十村记

精准扶贫路

主编——刘伟　　副主编——纪红建

神山梦圆

曾绯龙　张昱煜　著

湖南教育出版社

十村记：精准扶贫路丛书编委会

主　编：刘　伟
副主编：纪红建
编　委（排名不分先后）：

刘　伟　赵成新　纪红建　黄步高　刘新民
黄永华　徐　为　刘先琴　鲁顺民　李晓东
胡银芳　张大鹏　曾绯龙　李清霞　吕纹果
卢志佳　杨丰美　王绍据　杨俊江　陈克海
曾小颖　张昱煜　田遂霖　吕晓策　陈　凯
杨　宁　徐夏楠　耿坤丽　张航智　刘一行
彭广林

总　序
扶贫路上伟大的历史足迹

贫穷，在不少的时候，是中国社会的历史包袱。因为贫穷，中华民族经历了许多的磨难和屈辱。因此，与贫困的抗争，一直是中国社会无法回避的难题。中国共产党人的革命，也是伴随和追寻着要独立、反饥饿与求生存、谋幸福开始的。最近十年来，在当下的中国，一个伟大的扶贫行动，最终要实现全面脱贫目标的攻坚行动，在以习近平同志为核心的党中央的坚强领导下，在全国很多地方全面持续展开。这是中国历史上直面贫穷展开的伟大反贫困奋斗故事，也是人类历史上最大规模务实和精彩的减贫脱困故事。这套题为《十村记：精准扶贫路》的报告文学丛书所展现的多样丰富内容，就是这些精彩故事的真实动人呈现，是中国乡村社会历史巨变的真实记录，非常具有现实和历史的意义。

在全国各地展开的扶贫故事，其丰富的表现情景各不相同，色彩斑斓。《十村记：精准扶贫路》创意性地选择习近平总书记多年来调查研究，并针对实际情况提出科学合理扶贫论述的十个村子为对象，邀请作家分别深入采访，真实形象描绘其各具个性的脱贫情形，还原经验教训，很好地呈现出中国扶贫脱困的艰巨多样和令人振奋的场景，十分具有解析再现和总结作用。习近平总书记说："40多年来，我先后在中国县、市、省、中央工作，扶贫始终是我工作的一个重要内容，我花的精力最多。"种子在厚土中发芽生长，情怀在内心滋生延伸。青年时在陕北梁家河的基层农村生活经历，是习近平认识感受贫穷压力的开始，也是他立志扶贫改变人们贫困生活处境愿望的发端。这种情系苍生、悲悯贫弱的心怀，体现出一种崇高纯粹的精神和宽广益世的情怀。正因为如此，才有习近平40多年间的许多扶贫故事，才有党的十八大之后，全面展开的扶贫攻坚、精准扶贫的火热奋斗场景。《十村记：精准扶贫路》，用分散在全国各地的十个贫困村中真实鲜活的人物、乡村命运改变的故事，让我们深入具体地看到了总书记持续不断、真诚投入、现场指导、灵活施策、科学决断的行动；在很多扶贫干部无私、智慧地开拓中，贫穷地方不断减除贫困的过程中，感受到党员干部情系人民福祉的情怀，落实"人民对美好生活的向往，就是我们的奋斗目标"的自觉行动。这些真实形象的记述，为中国历史，留下了深刻立体的脱贫印记。

存在于各地的贫困情景，各有其原因，但大多都因为山高沟深、偏远封闭、环境恶劣、交通不畅、教育落后、观念陈旧等。像福建宁德的赤溪村，村民雷程祖就感叹说，他们是"穷在山上，穷在路上，穷在娶不上媳妇上"。这个挂在半山腰的村子，曾经穷得婆媳共衣裤遮体，全家没有一只像样的碗，人畜同茅屋，过着像原始部落般的日子。山西岢岚赵家洼的村民，过去因为穷困，常年蜷缩在碎砖烂瓦垒砌的破房子内，吃不饱穿不暖，很多人成了"刮野鬼"，到处游荡。在河南兰考的张庄，历来"风沙、内涝、盐碱"三害严重，一年三灾，三年大旱，四年大涝，麦尽干枯，秋禾无望，四野一空的情形多年难变。陕西耀州照金的人们，虽在革命老区，可多年贫困，生活艰辛，房屋破旧，人们时常担心雨天房屋漏雨。在河北阜平骆驼湾村，因为土地贫瘠零散，耕种不易，加之山路难行，贫困成了最经常的表现。在安徽金寨的大湾村，饥饿是最深的记忆。在贵州遵义的花茂村，过去人们"生一次病，要半条命。没有钱望（看）啊"。在四川大凉山的三河村，在湖南湘西花垣的十八洞村，在江西井冈山的神山村，虽然都有美丽的风景，可是因为出门的路啊，阻且长，变成了美丽之困，人们多年来只能用双脚丈量风雨苦难……这些密切联系着人们生老病死的日常生活贫困情景，述说着一家家、一个个人伴随贫穷困苦生活的经历和命运表现，说起来都令人哀伤和感叹！这种锥心刺骨的民瘼，是以"人民至上，生命至上"为治国理政理念的党和政府最为牵挂的重要内容。也正是党的十八大以来，从中央到地方，坚决努力扶贫攻坚，实现脱贫补短板，为全面建成小康社会而奋斗的根本所在。

多年以来，在中国当下的扶贫解困道路上和故事中，习近平同志无论是在地方还是在中央，是作为地方干部还是作为党和国家领袖，都担当着重要的设计和"导演"的角色，使这样伟大而艰巨的工程持续推进并获取辉煌的成果。各处的贫穷困境，是多种原因造成的，绝非喊口号、说大话等可以改变的。在中国扶贫脱困的长期过程中，40多年来，习近平同志不辞劳苦，深入很多偏远偏僻山村，身体力行，持续关心，实地考察调研，用许多的行走和实践书写了"习近平的扶贫故事"。习近平同志曾说："我去了中国很多贫困地区，看望了很多贫困家庭，他们渴望幸福生活的眼神和不怕苦不怕累的奋斗精神，深深印在我的脑海里。"在一份介绍赤溪村扶贫的文件上，他强调脱贫攻坚要"艰苦奋斗，顽强拼搏，滴水穿石，久久为功"；在大湾村，他指出，打好扶贫攻坚战，要采取稳定脱贫措施，建立长效扶贫机制，把扶贫工作锲而不舍抓下去；在十八洞村，他提出，我们在抓扶贫的时候，切忌喊大口号，也不要定那些好高骛远的目标，扶贫攻坚，就是要实事求是，因地制宜，分类指导，精准扶贫；在花茂村，他勉励大家，心往一处想，劲往一处使，汗往一处流，共同把乡亲们的事情办好。在这些贫困村子里，习近平同志像一个农民的朋友、邻居、亲戚，也像一个知兵懂战的统帅，与村民、干部促膝话桑麻，共谋脱贫计。他提出了许多务实具体的意见，筹划了很多事关全局的扶贫策略。正是这些具体建议和全局策略，为各地的扶贫干部和村民指出了行动的方向和道路，使扶贫工作扎实开展推进。《十村记：精准扶贫路》所记述的大量扶贫故事，都是总书记扶贫目标愿望的真实写照，都是精准扶贫故事的美丽演绎，令人感受深刻，心生敬意！

优秀的文学创作，一定是有价值的书写，是对社会生活发展和人们命运改变的热情关注。《十村记：精准扶贫路》这部通过现场采访，分别描绘各地不同扶贫脱贫真实情景的报告文学丛书，是对中国历史空前的反贫困行动的自觉融入和靠近，表现了作家有益的现实文学追求精神，是实现文学"经世致用"，追求历史书写的很好成果。这十部作品题材现实，格调温情，风格质朴，语言平实，作家分别用线性串联的，或是故事组团式，或是历史人物命运变迁等网络交叉结构叙述，在各地贫困乡村人们生活环境和自身命运的变化过程中，真实地表现了历史的重大跨越，讲述了中国当代的精彩脱贫故事，是一种非常有价值的中国乡村历史文学记述。

《十村记：精准扶贫路》的诸位作者，深入扶贫一线，与村民和扶贫干部倾心交谈，在扶贫项目点上直接观察，分别具体形象地描述了各地人民修路、通水、通电、开展林果种植、畜牧水产养殖、利用自然环境和社会资源开展旅游、搬迁新村等努力摆脱贫困的行动过程，其间充满繁复曲折、艰辛奇趣、汗水欢乐，内容非常丰富而动人。看到作品中许多村民告别贫困和艰辛命运后浮现到脸上的笑容，讲述新生活时开心的话语，令人非常欣慰。这一切的到来，依赖于领袖的决策引导，也与当地扶贫干部和村民的不懈奋斗密不可分。作品在客观真实地叙述了这些村子致贫原因和经过艰难努力脱贫情形的同时，对很多扶贫干部的忘我开拓的精神，村民摆脱贫困的渴望、配合投入的行动给予细致描绘，使很多的矛盾纠纷和解决处理过程成为有趣的真实文学故事，具有生动形象的戏剧性感染力量。在不少地方，作家的观察思考，如对于兜底脱贫、对于有些村民搬迁之后如何发展生产与就业等问题的思考，也有益于作品内容的丰盈，令人印象深刻。

《十村记：精准扶贫路》的策划、创作、出版过程，富有个性，是以小见大，以局部侧映全局，以真实生动的精准扶贫故事表现领袖的扶贫情怀、国家的扶贫行动和伟大成果的精心出版活动，创意、实施、结果、影响等，都十分值得点赞。

是为序！

中国报告文学学会常务副会长　李炳银
2020年6月于北京

编者序
于波澜壮阔之中，书感人肺腑之事

2017年8月，北京天气很热。一个清秀的小伙子来找我，说是经朋友介绍，请我出面组织编撰一套书。他，就是湖南教育出版社的编辑杨宁。

杨宁拿出一份选题策划方案，是有关丛书出版的初步构想。丛书初拟书名是"足迹——精准扶贫路"，准备写习近平总书记以扶贫为主题视察过的一批乡村，希望沿着习近平总书记的扶贫足迹，以点带面地展示中国的扶贫成果。

我看了以后，感觉这是个很好的图书选题策划。全面小康、精准扶贫是近些年来非常重要的工作。2012年11月召开的党的十八大，提出了确保到2020年实现全面建成小康社会宏伟目标；2013年11月3日，习近平总书记在湖南湘西十八洞村首次提出"精准扶贫"的重要论述。经过几年的努力，扶贫工作已经取得了一定的成效，我们离全面建成小康社会的目标更近了。这个时间节点，策划这么一套书，政治敏锐性强，市场定位高，出版时机好。

我欣然接受邀请，答应担任这套丛书的主编。

不过，我提出，以"足迹"方式，略显直白，书名还得有文气，接地气。在后来与杨宁的交流中，我建议以纪实的方式撰写，报告文学更好，便于作者基于真实素材而发挥。在习近平总书记视察过的贫困村中选择十个扶贫难度有代表性的、扶贫成果显著的、在全国有示范效应的村子来写：湖南十八洞村、江西神山村、陕西照金村、福建赤溪村、河北骆驼湾村、安徽大湾村、河南张庄村、贵州花茂村、山西赵家洼村、四川三河村。丛书书名改为《十村记：精准扶贫路》，出版社领导和杨宁也接受了。

2018年8月，湖南教育出版社启动丛书编写会议。我和大部分作者赶到长沙，在湖南教育出版社副社长黄永华主持下，我们就丛书的定位、体例、框架、写作风格等进行了讨论。出版社党委书记、社长黄步高提出，要选取精准扶贫成功的典型故事，内容要有可读性，体现专业性。会议确定了基本撰写方案。当时获知，丛书已列入国家"十三五"重点出版规划项目。

2019年4月，我们邀请了众多业内专家在北京举行了初稿评议会。来自中国出版协会、全国扶贫宣传教育中心、中国当代文学研究会、中国报告文学学会、中国图书评论学会及《文艺报》《中华读书报》《中国扶贫》《闽东日报》等单位的专家与会。这些报告文学、扶贫宣传等领域的专家就丛书初稿认真地给予了评价，既有肯定，也指出不足，甚至就一些比较肤浅的文字表达，进行了尖锐的批评，同时提出了十分中肯的修改意见。

会后，杨宁整理了专家意见，发给了我和各位作者。不少作者根据需要又深入村里进行了补充采访，然后对书稿进行较大规模的修改和完善，切实提高了丛书的整体质量。

丛书作者多是请光明日报社驻地记者站推荐，有的是我推荐。作者要有相当的写作能力，尤其是要有深入采访及驾驭纪实类作品写作的能力。

比如，《十村记：精准扶贫路——张庄之问》的作者刘先琴，是光明日报社资深记者，之前还担任过《中国青年报》记者，采访调研能力极强，善于抓大题材。她也是知名作家，身兼河南省作协副主席，除了新闻报道，还出版过十几本散文和报告文学集，她的《玉米人》获第十三届精神文明建设"五个一工程"奖，《今生有缘》获首届杜甫文学奖。《十村记：精准扶贫路——赵家洼的消失与重生》的作者是《山西文学》主编、山西省作协副主席鲁顺民。他当过中学语文老师，后来成为职业文学编辑和作家，出版过散文、报告文学集，获得过赵树理文学奖。《十村记：精准扶贫路——赤溪清水流》的撰稿人胡银芳，是很特别的作者，出版过报告文学、长篇小说等。当然，除了北京广播电台高级记者、作家的身份，她也是福建省宁德福鼎市贯岭村的媳妇，她的婆家与同在福鼎的"中国扶贫第一村"赤溪村相距不远。宁德曾是全国十八个集中连片贫困地区之一，习近平同志曾在此担任过地委书记。在宁德工作时，习近平同志提出过"人穷志不穷""滴水穿石"，写下了《弱鸟如何先飞——闽东九县调查随感》。胡银芳在《十村记：精准扶贫路——赤溪清水流》一书的第一章就写到她这个北京女性"回婆家"的感触。"在后来的三十多年里，无论是采访还是旅行，无论是国内还是国外，我总把宁德的贫困山区和我所到的任何一个乡村作比较。但是，这种比较通常的结论都是——宁德，美丽而贫穷。"正因为她有在闽东生活的经历和感受，所以对赤溪村的描写十分细腻，情感流于字里行间，读来分外感人。

《十村记：精准扶贫路》十本书的作者，都多次到所写的村落采访、调研，深深地感受到这些贫困地区自然条件之差、交通之落后、风俗之难移……十个村落的扶贫经历，折射了中国艰难曲折的扶贫脱贫奔小康的历程。十个村的故事和人物，看似平平淡淡，实则是人物鲜活生动，故事感人肺腑，历程波澜壮阔，在中国扶贫攻坚、实现全面建成小康社会的历史中，留下了十分可贵的、真实的记录。

十本书的作者，个个都有深刻的社会观察能力，都有较强的写作能力，且都有专著出版，我就不在此一一介绍。

这些作者所写到的村落史、人物志，以及他们采访撰写的认真精神，无不令我感动。还有编委会的专家：湖南省扶贫办副主任赵成新、湖南教育出版社总编辑刘新民及丛书的副主编——知名作家纪红建等都在编写过程中做了许多工作。在这里，我要向作者、专家和湖南教育出版社领导、责任编辑杨宁及其他编辑表示真诚的感谢。

《十村记：精准扶贫路》即将付印之际，欣闻丛书入选中宣部2020年重点主题出版物，这是对我们工作的初步肯定。希望通过我们的讲述，能让更多人看到扶贫攻坚中的感人故事。

光明日报社原副总编辑　刘伟
2020年6月于北京

目 录

引子 …………………………………………………………… 001

第一章
神山之美：陶令不知何处去，桃花源里可耕田 ………… 005

这里的空气都是甜的 ………………………………………… 007
依山傍水干打垒 ……………………………………………… 013
山歌好比山泉水 ……………………………………………… 015
舌尖上的乡愁 ………………………………………………… 019
客家人的精神家园 …………………………………………… 023

第二章
神山之痛：堆来枕上愁何状，江海翻波浪 ……………… 031

山路远，溪水长，火把照明上学早 ………………………… 033
小病怕，大病愁，病魔敲门心揪揪 ………………………… 039
盼星星，盼月亮，盼来电影放映队 ………………………… 044
竹子青，木头长，卖点山货换油盐 ………………………… 048
蔸子火，暖暖身，三更编箩有盼头 ………………………… 052
一季稻，塞牙缝，红薯南瓜当主粮 ………………………… 056

第三章

神山之为：到中流击水，浪遏飞舟 …………… 059

心中自有一盘棋 …………………………… 061
文化的力量 ………………………………… 082
嫁接光明的人 ……………………………… 092
传递幸福的能量 …………………………… 099
爱过，是一种幸福 ………………………… 103
筑梦在神山 ………………………………… 110
"贴心服务"暖村民 ………………………… 115
微信推介乐无穷 …………………………… 124

第四章

神山之梦：天若有情天亦老，人间正道是沧桑 …… 131

一个爱做梦的"庄园主" …………………… 134
好一朵井冈山花 …………………………… 144
甜蜜的事业 ………………………………… 157
日子再苦也要笑着过 ……………………… 164
"铁杆土著"的大眼界 ……………………… 170
幸福守望者 ………………………………… 174
有家就有温暖港湾 ………………………… 178
心上的暖 …………………………………… 182
用眼神与笑脸交流 ………………………… 187
一个老党员的心里话 ……………………… 191
神山铁脚板 ………………………………… 197
同志仍须努力 ……………………………… 203

第五章
神山之变：赤橙黄绿青蓝紫，谁持彩练当空舞 …… 207

村民玩起"邮乐购" …… 209
把神山精神带到山外 …… 215
倔强的井冈竹 …… 218
山沟沟里的全国人大代表 …… 222
日记本里寄深情 …… 231
回乡也能竞风流 …… 235
糍粑越打越黏，日子越过越甜 …… 240

神山村扶贫大事记 …… 245

后记 …… 247

引　子

井冈山高，赣江水长。

所有壮美的名山都有故事，而最壮美的故事无疑属于井冈山。

岁月无根，却长出一颗颗人文果实，充盈着追梦者的明眸，熠熠生辉；岁月无声，却烙刻一串串时代足音，丰富着红土地的内涵，气韵悠长；岁月无形，却铸就一座座英雄丰碑，闪现着杜鹃花的殷红，光耀千秋。

光阴的水流浩浩荡荡，一往无前，在连绵起伏的罗霄山脉，掀起一个大波浪。这是一个震撼寰宇的波浪，以点带线，以线带面，逐渐辐射广袤的神州大地。最终，定格为一个神圣符号，定格为一种伟大精神，定格为一座井冈山。

井冈山，它是红色摇篮、绿色家园；井冈山，它又是古色厚土；井冈山，它还是金色希望。

今天，就让我们走进井冈山！

走进这片飞速发展的城乡大地，走进一个既凝聚了"红绿古"资源，又绽放金色希望的小山村。

这里，是井冈山历史风云激荡与人文脉络延续的现场见证者，是改革开放尤其是精准扶贫之后发生深刻变迁的直接受益者，是跨越时空的井冈山精神的忠实弘扬者。

这个小山村，有一个吉祥而响亮的名字——神山。

九十年前，星火燎原，中国革命从这里出发。井冈山，从此成为众人仰之弥高的精神殿堂。

九十年后，不忘初心，神州大地向这里看齐。井冈山，从此成为让人心驰神往的脱贫样板。

回望。总书记的足迹情暖山乡、鼓舞人心。

2016年2月2日，历史将铭记这个时刻。习近平总书记轻车简从、风尘仆仆来到了神山村。

"井冈山要在脱贫攻坚中作示范，带好头。""在扶贫的路上，不能落下一个贫困家庭，丢下一个贫困群众。"

总书记的殷殷期望，言犹在耳，正化作磅礴力量，助推神山"脱胎换骨"。

回望。村支书的足迹踏石留印、抓铁有痕。

黄端初、彭水生、黄承忠、彭展阳等神山一任任村支书"咬定青山不放松，任尔东西南北风"，义无反顾传递着脱贫攻坚的"接力棒"。

回望。扶贫干部的足迹坚实无悔、坚定执着。

陈学林、刘美仁、康莉、杨烨等一个个扶贫干部，继承红色基因，发扬优良传统，精准施策，对症开方。他们以勇敢的担当、忘我的奉献，借力发力，将"有能力"的"扶起来"，实现神山村家家有致富产业；将"扶不了"的"带起来"，实现个个有股权收益；将"带不了"的"保起来"，实现人人有兜底保障；将"住不了"的"建起来"，实现户户有安居住房；将"建好了"的"靓起来"，实现神山村有面貌提升。

"但愿苍生俱饱暖，不辞辛苦出山林。"

扶贫干部们踊跃当先锋、带好头，身子弯下去，再弯下去，贴近泥土，贴近低处的呼唤，贴近神山村的宁谧安详。他们将活力注入血液，将生机点燃田野，将希望的绿意延伸四方……

回望。神山村贫困群众的足迹浸透坎坷、绵延远方。

这些可亲可敬的山里人呵！把甜蜜的念想刻进每块砖瓦、每根钢筋、每棵果树、每畦菜园、每片茶园、每座农家乐餐馆、每件竹木工艺品……

他们一滴汗珠子摔八瓣，撸起袖子加油干。用双脚丈量意志，用汗水浇灌日子，用劳作收获沉甸甸的果实。

"红雨随心翻作浪，青山着意化为桥。"

谁也无法锁住幸福人生的滚滚春潮，就像谁也无法禁锢山里人幽微却持久的人性光芒；无法禁锢山鹰穿透大山密林的茫茫云雾，眺望岁月沧桑，眺望致富的歌儿在神山村的蓝天愉悦翱翔。

红色引领，绿色崛起。

有了党的正确领导和总书记的亲切关怀，有了政治的高度、民生的温度、超常的速度、空前的力度，神山村最终实现从"输血"向"造血"质的转变。

神山人在泥泞里歪歪斜斜开拓进取的脚印，从此幻化成一段田园牧歌、一个梦里老家、一片诗意桃源。

长风浩浩，壮志凌云。

听吧，激越前行的奋斗音符！

大弦嘈嘈，小弦切切。旋律有情，歌唱盛世。神山儿女，裹着风霜而来，裹着火焰而来，裹着豪迈战鼓而来。在一片片荆棘密布的荒山僻岭，用心用情用力耕耘；在一个个充满挑战充满机遇的陌生领域，收获无上荣光。

糯米小糍粑，游客香饽饽。烈士后代左秀发一年光打糍粑就能增收上万元，生活越过越甜美。彭夏英，原先靠山吃山，而今自力更生办起红火的农家乐餐馆，年收入可观，还荣获全国扶贫攻坚奋进奖。小小竹子拔节向上，象征农家日子节节高，左香云对此感触颇深：他从加工竹筒到卖竹筒酒再到多种经营，引领当地的乡村旅游，收入稳步递增。自己还有幸成为全国人大代表，成为井冈山的农村致富之星。

春风吹出千万朵花瓣，催出饱满悠长的芳香。

在这里，适宜抚一曲《高山流水》，适宜绘一幅水墨国画，适宜唱一支客家茶歌。让霞光沉淀下来，岁月沉静下来，浸透山里老表发自内心的喜悦；让越来越柔情的梦想舞动起来，燃烧起来，明亮起来。

想象着，期待着，一阕清婉的诗意！在噙着热泪的眼角，在修葺一新的民居，在冒着热气香甜可口的糍粑上，悄悄绽放。

长路迢迢，足迹漫漫。

率先脱贫"摘帽"，只是新时期万里长征的第一步。神山人永远在奋斗，永远在追求，永远在路上。要确保可持续脱贫，神山村依旧使命光荣、任重道远。

新时代、新思想、新目标、新征程。

让我们衷心祝愿神山村不忘初心，牢记使命，一心一意践行中国梦，在新起点上不停歇，在新成果里不自满，在新追求中不懈怠，奏响新时代的最强音！

第一章
神山之美：>>
陶令不知何处去，桃花源里可耕田

这片神山厚土，
浓缩了天地之气与桃源之景，
浸润了人文之美与山水之情。
引领着我们阅古风诗韵，
聆白鹭飞歌。
让柔情定格于——
悠久历史与淳美乡愁如环相接的一刹那。

这里的空气都是甜的

神山村　本书图片均由作者提供

神山村，位于江西省井冈山市茅坪乡。

茅坪乡在井冈山市中部，东邻柏露乡，南接大陇镇，西毗葛田乡，北连新城镇、荷花乡，区域面积为41.2平方公里。东北距市址35公里，东南距茨坪35公里，西距龙市10公里。

据《宁冈县志》载，早在商周时期，先民即在宁冈境内聚居生息。又据茶源村《尹氏族谱》载，茶源尹姓一世祖尹仁忠于元代至元年间（1264—1294）从大陇塘头徙居茅坪茶源，是茅坪有据可查的最早居民。

中华人民共和国成立前夕，茅坪属象山乡，中华人民共和国成立初期属四区（龙源）茅坪乡。2000年，井冈山与宁冈县合并为新的井冈山市后，仍为茅坪乡，下辖茅坪、马源、坝上、桃寮、神山、大坪等六个行政村，有39个村民小组，926户，共4000余人。

茅坪，是井冈山革命根据地创建过程中红军和中共湘赣边界特委的"安家之所"。

90多年前，毛泽东、朱德、陈毅、彭德怀、谭震林、宋任穷等老一辈无产阶级革命家在茅坪活动过的一些旧居及旧址，虽历经岁月与战火的洗礼，但大部分完好地保存了下来。其中包含领袖旧居8处，革命旧址24处，列为全国重点文物保护单位的有5处，列为省级文物保护单位的有3处，列为市级文物保护单位的达14处。它们是中国工农红军在茅坪安家，开辟井冈山革命根据地的历史见证，现已成为中国人民解放军国防大学、南昌陆军学院、中国井冈山干部学院等院校的现场教学点与全国青少年革命传统教育基地，也是吸引全国众多游客与红培学员的"磁力场"。

茅坪的主要旧居旧址有以下这些：

八角楼：因房屋顶上有一个八角形的天窗，当地群众习惯称它为八角楼。井冈山革命斗争时期，毛泽东曾经在这里居住和办公，并在寂静的夜晚深思熟虑，于微弱的油灯光晕下，写下《井冈山的斗争》《中国的红色政权为什么能够存在？》这两篇影响中国革命进程的彪炳史册的光辉著作。

象山庵：因庵后的山宛如大象形状而得名。初建时内设"大佛殿""达摩祖师殿""千斋殿"三个大殿，是当时湘赣边界的一座名庵。井冈山革命斗争时期，这里曾经是红军的重要活动场所。毛泽东和贺子珍的简朴婚礼就是在此举办的，留下一段后人津津乐道的革命佳话。

攀龙书院：中共湘赣边界前敌委员会、特别委员会旧址。此处曾建立了井冈山革命根据地第一所红军医院，设立了医疗室和药房。1928年10月之后，这所医院搬迁至小井村。

洋桥湖：这里有毛泽东旧居和朱德旧居、洋桥湖红四军军部旧址。毛泽东在这里写下了《宁冈调查》。这一带还广泛流传着毛泽东寒冬送棉衣给群众、朱德模范遵守纪律（赔茶壶）的生动故事。

桃寮红军被服厂旧址：1927年冬天，在桃寮村张氏宗祠开办了红军的第一所被服厂。被服厂主要生产军衣、军帽、盛米袋、绑脚、子弹袋等，后来迁往茨坪的李家祠。

谢氏慎公祠：一座古风犹存的祠堂。在这里，召开了中共湘赣边界第一次代表大会，选举产生了湘赣边界第一届特委会。

茅坪乡境内高山崔巍、沟壑纵横、林木繁茂、瀑流飞溅。南部有黄洋界，海拔1343米，因茫茫云海极其壮观，以及黄洋界保卫战与毛主席的诗句"黄洋界上炮声隆，报道敌军宵遁"而声名远播；铁顶界，海拔1141米；剪刀山，海拔1052米。东部有周山、神山，为神山村所在地，海拔均在800米以上。西部与北部为丘陵地区，地势由东南向西北倾斜。

这里环境秀美，空气洁净，到处被绿色缀饰，宛若翡翠。

极目远眺，但见群峦逶迤，田埂婀娜，水塘轻灵。绿波荡漾的竹林，时而溅起几朵白色浪花，那是伶俐的白鹭在纵情歌唱。隐约可见民居星星点点散落于田边山麓，或为白墙黛瓦的砖瓦房，或为风格独特修葺一新的"干打垒"，或为造型前卫的小洋楼，袅袅炊烟被微风牵引着翩翩起舞。

茂林修竹间，偶尔闪出一棵虬枝横逸直刺青穹的古枫，枫叶耀眼，万绿丛中一点红。古枫下，通常绽放一大片山菊花，金黄色火焰在霍霍燃烧，与古枫喷射的嫣红火焰一起，在欢快表演火焰二重唱。

而地处茅坪乡一隅的神山村景色更佳。

神山村，位于茅坪乡政府驻地偏东南约11公里的山谷中。很久以前，这里因四周高山环拱，形状宛如雄伟城垣，故美其名曰：城山。后来，由于这里一年大部分的时间内都是烟雨迷蒙、云雾缭绕，显得缥缈神秘，仿如琼台仙境，美不胜收，渐渐地当地百姓将其改称为神山。

神山村东连柏露乡，西接桃寮村，北邻坝上村，南毗大陇镇，地处崇山峻岭深处的亚热带森林区域，自古以来交通闭塞、地势险要，可谓"一夫当关，万夫莫开"。境内的清水庵是当年红军的弹药库，红军被服厂也设在神山村口。毛泽东、彭德怀、余贲民曾经在周山赖家祠旁边的寮棚居住生活过，留下不少革命故事。

神山村，辖神山、周山两个村民小组。这里2014年只有53户人家，2016年上升为54户，如今增加到64户。随着当地旅游产业的兴起，乡村振兴的推进，一些外出漂泊的神山游子归心似箭，陆续回家创业，这里的住户还会逐渐增多。

神山村先民大多数是数百年前从粤、闽、湘等地迁徙来的汉族客家人，有黄、赖、左、彭、张、吴、胡、葛、王、李、熊、邹等十几个姓氏。周山组大都姓赖。

神山属亚热带湿润气候，雨量充沛，山林资源十分丰富，森林覆盖率达95%，盛产松、杉、樟、枫、柞、柏、泡桐等林木和竹，偶尔还可以看见一些珍稀树种，比如罗汉松、红豆杉、楠木、银杏、水杉、杜仲、竹叶松等。

长在神山盘龙二王庙旁侧的一棵千年银杏树，高30余米，树围2.2米，长得郁郁葱葱、气势磅礴，被当地人奉为"神树"，得到悉心爱护，不容亵渎。

这里的竹类品种繁多，有毛竹、紫竹、箬竹、淡竹、佛肚竹、方竹、黄竹、观音竹等，以毛竹居多。抬眼望去，油亮的毛竹层层叠叠，形成绿色的海洋，汹涌澎湃、蔚为壮观。

林中野生动物活动频繁，品种也多，有竹鸡、水鹿、五步蛇（尖吻蝮）、野猪、野鸡（环颈雉）、白鹤、大鲵、竹叶青、蜥蜴、麂子、中华竹鼠等。

神山村，水源丰沛。茅坪境内的主要河流象山水，也叫茅坪河，就发源于神山暗垄，流经坝上，有坝上水、半冈山水、矮岭水、大坪水、天湖水等相继汇入，至葛田乡注入龙江河。

水流滔滔，水润万物。

因此，神山一带的植被异常丰富，空气也特别湿润清新。不管谁站立于神山村口，都能感觉心地澄明、宠辱皆忘，不以物喜、不以己悲，有羽化登仙之感。咂舔嘴唇，都会品出一种微甜的味道。

记得我们第一次来到神山村采风，是2016年仲春时节，在静静的时光流里，便幸运地撞见了如诗如幻的画面！

满目美不胜收的绿啊，宛如一段起伏跌宕的交响乐。

近处打着滚儿的萋萋芳草，苦菜花、山菊花、勿忘我等数不清的野花，以及佛手瓜、葡萄、苦瓜、蛾眉豆、丝瓜架上欢跳的浅绿音符，眨巴着眼睛迎风轻舞的各种灌木嫩芽，组成交响乐的序曲。错落分布的松杉、枫樟、黄桃树、梨树、枣树、金橘树、井冈蜜柚树、荷树、鸡爪子树（枳椇）、山楂树、柿子树等树木，凸显抑扬顿挫、连绵不绝的青绿、黄绿和墨绿，在一道欢奏交响乐的主旋律。抬首远眺，一片绿树繁花蔽掩着客家风格的建筑群，袅袅升腾起蓝绿色雾霭，这不就是交响乐的尾声吗？悠远、隽永，令人回味悠长。

蓦地，一道阳光从厚厚的云层里斜射过来，恍如一支修长精致的毛笔。它投向水光潋滟的溪涧上面，凝然不动。不一会儿，山间雾气渐起，风过四散，遂有无数光斑被阳光之笔任意点戳，如天女散花，轻舞飞扬，天地间顿时呈现一片无边的璀璨。很快，雾气消逝，阳光亦悄然隐遁。神山村周边，又回归单纯、干净且层次分明的绿色。

流经神山村的一条小溪涧，由于水底密布碎石，矿物质较丰富，水中呈现淡绿、粉红、靛蓝、灰褐、米黄、青白、墨绿等色彩，恰似万花筒，摇曳变幻，让我们的目光痴了，心儿醉了，腿脚酥了。

这样的色调，甚至是几种色彩的叠合，鲜嫩水灵，只有大自然的神来之笔方能绘就。就是中国的画圣吴道子与西方印象派大师莫奈穿越时空来到这里，亦绘不出如此纷繁奇幻的颜色。

同行的旅伴们忙不迭地拍照摄像，笑声歌声应和着枝网间剔透的鸟鸣。刹那间鸟儿又滑落水面，逗起一圈圈小巧的涟漪。

一首诗蓦然打开其轻盈羽翅，在溪涧之上缓缓飞翔：

"缤纷的色彩瞬息间涌现出来，宛如内心的渴望一样；馥郁的芬芳从花朵里沁出，恰似一缕缕甜蜜的秘密……"

依山傍水干打垒

神山村最早的客家先民住在用杉皮、竹片、松木等材料搭盖的简易棚子中，故他们被称作"棚民"。

因棚子经过日晒雨淋，往往会有一些建材掉落或损毁，导致四周寒风可以轻易穿过，棚顶也时常出现阳光直接暴晒或滴答漏雨的情形。可见客家先民的日子过得何其艰苦！

随着时光的流逝，客家人逐渐恋上神山这块土地，开始以打猎耕田、开荒种菜、挖药捕鱼、采摘山果、砍柴烧炭、养鸡养猪、手工制作等劳作为生。

历经辛劳耕耘、沧海桑田，当地的人口慢慢增加，户数从几户逐渐上升到几十户。居住条件也在慢慢改善，他们开始拆除棚子建起正式的房屋。所建的房屋大多数是土木结构，用黄土垒墙，俗称"干打垒"，也叫"做大屋"。

"干打垒"是神山人别具一格的居所，除了青瓦、木梁和基脚，其余部分均由黄泥层层垒成。这种结构的屋子，第一眼看上去非常突兀，也非常简陋，让人下意识联想起山间鸟兽的巢穴。细看，你会发现它体现了人与大自然和谐共处、天人合一的理念，体现出客家人朴素善良、聪慧勤劳、和睦共处的品性。

在所有的鸟类的"寓所"，燕子窝应算是最精巧完善的一种吧？！

燕子选择把窝安在屋檐下，与人相依相随。家燕营巢时，会先做好外壳。一对家燕轮流到外面去啄取湿泥，或去衔取稻草和草根，与嘴里分泌出的唾液混合，从巢的基部逐渐向上紧密地堆砌在一起。筑巢的外壳一般需要12～13天。外壳做好后,以后的3～4天里,家燕就忙于在巢内做一个圆形软垫。软垫的材料往往是一些轻软的干草、羽毛、棉花等,这个软垫主要是为了产卵时放鸟卵及孵卵时用。

"干打垒"构建原理与燕巢有着异曲同工之妙。

不知多少年前,神山的客家先民就能从天地气象中吸取精髓,因地就势,就地取材,像燕子一样颇富想象力与创造力,用简略材料造出如此坚实美观的住所,从而避风遮雨,传嗣家族,让人无比敬佩。

神山人构建"干打垒",是一个必须精心准备且十分讲究仪式感的过程。

俗话说"田产易买,四角难撑"。在建房之前,家里长辈须虔诚地请来风水先生,再三勘探地形与朝向,以坐北朝南、依山傍水、"左青龙右白虎"为最理想风水,还得细心考虑动工的日期。

选好一方风水宝地,择定良辰吉日,所有事情尘埃落定之后,便开始大张旗鼓地向亲朋好友发出邀请,请求大家一道来帮忙。

开工之日,一定是蓝天白云、艳阳高照,这当然得益于之前对时日的费神挑选。

工程第一天,亲朋好友实在干不了什么正事,只是过来相聚热闹一番而已。主人全家则忙着杀猪宰鹅,备上好酒好菜,让前来帮忙的亲朋好友吃个痛快,以图吉祥喜庆。

按照客家习俗,村民建房,须请帮手,否则会落下不近人情的话柄。被请的帮手也要欣然前往,即使之前村民之间闹了别扭,产生了误会,也不能事不关己高高挂起。因而,神山村每建一栋"干打垒",就是一次隆重的乡邻聚会之机:除了自家亲戚要举家前来助阵贺喜,村里每户都要派名身强力壮的劳力过来帮忙。

神山人在这方面有着特别的禀赋,凡是上了点年纪的人,干起活来个个动作纯熟,无论捣泥还是垒墙,都身手矫健。他们以农具为笔,以黄泥等作天然颜料,在地上行云流水般构思绘图,像一个个无师自通的丹青好手。

神山村所有"干打垒"构造都是统一版式,只有两层,完整建好却通常要消耗两个多月甚至更长时光。在此进程中,亲情在汗水灌溉下愈加浓重,积怨则在彼此帮助与辛苦劳作之后云消雾散。

生土夯筑,巧夺天工。做大屋,成了神山村远亲近邻的"黏合剂";做大屋,滋润了一代代神山人刻骨铭心的记忆。

山歌好比山泉水

不少神山人都会哼唱客家山歌,一首首山歌的字里行间保存着珍贵的历史记忆,汩汩流淌着浓郁奔放的客家风情,形象细腻地展现出客家人热情淳朴、开朗风趣的精神面貌。

我们收集的部分客家山歌中,就有一首柔情缠绵的《阿妹送行红军阿哥》:

"一盏油灯结灯花,

妹做军鞋坐灯下;

厚厚铺来密密缝,

送给阿哥好出发。

老妹做鞋到深夜,
鞋绳抽得响沙沙;
明朝出发来告别,
要说几多心里话。

鸡啼三遍月影斜,
千言万语一句话;
妹送阿哥上前线,
等你回来再成家。"

当地村民赖石来、邹姜莲、吴余清、熊春香等老人,经历或见证过红军战斗及生活场面,喜欢以唱山歌的形式来表达对红军尤其是对毛委员的敬仰与缅怀之情:

"红军来了晴了天,茅坪人民笑连连;
三荒五月有饭吃,九冬十月有衣添。"

"横风横雨路难行,打双草鞋送红军;
茅坪人民民拥军,双双草鞋拥军情。"

"北斗星,亮晶晶,毛委员,爱人民,一片爷娘心,恩情说不尽。井冈山头连青天,汪洋大海不见边,比起恩人毛委员,高山嫌低海嫌浅。"

"天上的北斗亮晶晶,八角楼的灯光通通明。
毛委员就是那掌灯的人哪,照亮中国革命万里程。

革命领袖毛委员，八角楼里书写到深更。

光辉的真理照人心哪，你是我们穷人的带路人。"

嗓音清亮圆润的神山村村民彭夏英，书虽读得不多，小学都没毕业，但脑瓜子特机灵，口才也伶俐。

2018年10月30日，中国妇女第十二次全国代表大会在北京人民大会堂开幕，她也参加了这次盛会。在出发之前，为了表达自己渴望成功、追求幸福的情感，彭夏英特意创作了一首山歌，经人稍微润色后，她用客家特有的腔调与节奏，给江西代表团的姐妹们倾情演唱，反响强烈。大家竖起大拇指，纷纷称她是来自井冈山的"百灵鸟"。

2018年立冬这一天，彭夏英刚回到神山村，就接受了我们的再次采访。她逸兴遄飞，笑靥如花，又演唱了一回：

"打起攻坚战，过起新生活。

唱起幸福歌，让阳光暖心窝。

做个好人有好报，好花结好果。

没有翻不过的山，没有蹚不过的河。

心中有梦无难事，酸甜苦辣都是歌，都是歌。"

从井冈山柏露邮政代办所退休的罗桂堂算是地道乡贤，与小儿子罗斌一起，在自家张罗电商服务，将神山土特产源源不断地销往外地。

闲暇时光，罗桂堂喜欢跟老伴黄翠英养养花草（门口便种了几株大丽菊，红艳而修长的花瓣充满喜气），种点蔬菜（家里食用绰绰有余），或者同来家里串门的乡亲们一起学唱客家山歌，为生活添些色彩、添些情调、添些品味。

来到罗桂堂家采访时，他热情地泡茶给我们喝，并兴致勃勃、手舞足蹈地演唱了自己在参加文化培训时学会的一首脍炙人口的客家山歌《请茶歌》：

"同志哥，请喝一杯茶呀，请喝一杯茶。井冈山的茶叶甜又香哪，甜又香……"

在他的感染下，我们也情不自禁地跟着曲调哼起山歌来。

我们离别时，罗桂堂意犹未尽，又清唱了电视连续剧《井冈山》的主题曲《红军阿哥你慢慢走》：

"哎呀嘞！红军阿哥你慢慢走嘞！小心路上就有石头，碰到阿哥的脚指头，疼在老妹的心里头……"

山歌婉转嘹亮，穿过小院，穿过溪涧，穿过菜园，穿过田野，与四周树林里欢唱的群鸟组成一支奏鸣曲，让神山村的天地，变成人与动物和谐共处快乐表演的舞台。

神山村"走进新时代　踏上小康路"群众文化活动

神山村的文化生活日渐丰富

我们衷心期待，罗桂堂与越来越多的乡亲们一起，在各级政府与扶贫干部的引导下，慢慢地爱上唱山歌，唱出客家风韵，唱出红色情怀，唱出山区的深刻变迁，唱出精准扶贫的大好政策，唱出神山人内心深处幸福与梦想的味道。

舌尖上的乡愁

神山村跟山外的客家村子一样，有一套让在外打拼的游子魂牵梦萦，让外乡人流连忘返的饮食文化。我们随机问了赖发启、胡玉保、彭小华等农人，并品尝了部分美食，参与制作了几样简单而有特色的小吃，整理出一套别具风味的客家菜谱。

扣肉：用刀刮净猪肉皮面，放进清水中浸泡一小时，再用刀将皮面轻刮干净，放入锅内煮到七八成熟，捞出肉后，用干净抹布擦净肉皮面的油水。然后趁热轻轻抹上一层酒酿，晾一会，待肉皮吸进酒酿后，放入油锅炸成金黄时捞出。最后切成约0.6厘米厚的片，皮面朝下按梯形码入碗里，放入姜片、豆豉、菜干佐料上笼蒸熟。

米粉蒸鹅：把大米和八角先用旺火炒热，改小火炒至米变成金黄色，再碾成细粉，制成米粉。然后，将鹅肉切成约0.6厘米厚、10厘米长的条块，放入酱油、精盐、黄酒。用米粉将鹅肉拌均匀后，上蒸笼蒸烂，淋上做好的辣椒、葱、姜以及配料汤汁即成。由于这样的大餐太奢侈，一般只有在神山人做儿女婚庆、老人大寿或小孩升学酒席时才有机会享用。

泥鳅钻豆腐是一道别有风味的美食：先将活泥鳅浸在凉水内，放入少许食盐，喂养两天，使其吐净腹内泥土、杂物，再用竹笊篱捞出。烹制时先加底油烧热，用葱、姜、蒜炝锅，添汤，然后下豆腐、盐、酱油、辣椒，再放入活泥鳅，盖上锅盖，烧开炖熟后即可。

很多城里人从未品尝过的神山特色主食，也很值得一写。

甑蒸饭：先将米洗净，放入锅内将米煮开至饭不现米芯即可捞出（俗称捞饭）。再将捞饭放入木甑，上锅，锅内加水，旺柴火蒸熟。闻之香喷喷，食时越嚼越有味。俗语云："甑蒸饭，无菜也可吃三碗。"

竹筒饭：取毛竹二至三节，打通一端和中间竹节。将淘洗好的米放进竹筒加水，用木头堵塞打通的竹节，架放在柴火上烘烤。当竹筒烘成黑黄时，用刀将竹筒砍开即食，味道喷香。神山人以前上山砍柴、打猎、砍竹子、挖野菜、采蘑菇、背木头时往往会吃上一顿香气扑鼻、回味悠长的竹筒饭。

这里的副食，也是风味独特。

如：玉兰片。将鲜笋去基部粗老的部分，细嫩部分连同笋箨一起煮熟至有香气溢出为止。冷却后剥去笋箨，修整基部并削去笋衣，小笋压扁，大笋对半切开压扁，用柴火烘干。然后用水泡发，再熏6个小时，使其颜色更加鲜艳，并可防蛀防霉。最后晒干、烘干或烤干。

食用玉兰片时，应放进热水中浸泡3～5天，至闻不到烟熏味为止。玉兰片可炒，可焖，可炖，可卤，可煨，还可拼冷盘、做汤料。1965年，毛泽东重上井冈山时，品尝玉兰片后赞道："蔬中珍品，脆嫩味美。"

神山村的茶点，更吸引我们的滚烫目光。

美食，尤其是山沟沟里"土得掉渣"的美食，最能惹得人常回忆，长回忆，譬如米果——选用优质糯米为原料，经浸米、打粉、揉粉等工序制作而成。其色白如玉，质地滋软，细腻韧滑，久煮不烂，味美爽口。米果可煎，可炒，可蒸，可煮，如果煮熟拌豆粉加糖叫豆粉米果，或就叫作甜米果；加艾叶揉成糊状，蒸熟，叫艾叶米果。

杨梅干：将新鲜杨梅摊在篾垫上曝晒，早摊夜收，每天翻动2～3次。晒3～4天后待杨梅变深黄色，用手捏不出水分，便可盛在笼里蒸10分钟，撒上白糖拌均匀。再曝晒2～3天，干燥后即可食用。采访中，我们了解到，神山村彭小华家做的杨梅干，成了北京、上海等地外来游客的"抢手货"。

"还有些连名字都稀奇古怪的茶点呢，"一位叫熊吉甫的村民告诉我们，"不过，现在会做这些茶点的人越来越少了。可能是因为而今超市里香甜可口的糕点太多，又不怎么贵，大家可以随便去买。还有就是，传统小吃的制作方法太繁杂太耗费精力，现在年轻人有时间有兴趣制作，想想有点可惜。"

像艾叶饺，即以野生艾叶草汁拌糯米粉作皮，包馅捏成的饺状小吃。艾叶饺皮薄馅多，温润剔透，色泽翠绿，香味绵长。

还有火灰食，即神山人很久以前喜欢将火炉沉于地下，周边以青砖或石条镶嵌，然后将青蚕豆、湿花生、河鱼、红薯、青椒等放置在火灰里煨焙。其青野之味、烟火之气，是其他烹饪方法所无法比拟的。

当然，神山人最爱吃的美食乃糍粑。在神山村，每逢传统节日或家庭喜庆之时，都有打糍粑的习俗。

糍粑的制作方法是：先取一些上等糯谷，最好是壳薄质软的红谷糯，加工成白净的糯米，然后用清凉的山泉水把糯米浸透，倒进木甑里蒸糯米饭，再将糯米饭放进石臼里，用杵槌反复舂制而成。因此，客家人形象地称之为"打糍粑"。

对习近平总书记来神山村亲切看望大家时，亲手与自己一起用杵槌体验"打糍粑"的情形，村民李宗吾至今念念不忘。他常常向游客演示当时的感人场景，周而复始，乐此不疲。

舂糍粑的杵槌，要用光滑的茶树木杵，这样糯米饭粒才不会黏在木杵上。经过用力舂捣，使之成羹状，然后做成如鸡蛋般大小的糍粑。蘸上炒米、花生、芝麻、黄糖等配制的佐料粉，吃起来柔韧鲜滑。

村民左从林告诉我们，当地有句俗话："十月朝，糍粑粄子碌碌烧。"说的是每逢农历十月初一，家家户户做的糍粑热气腾腾。

在神山村采访的日子里，我们只是接触了其中的一小部分美食。听其名，如沐春风；观其形，小巧玲珑；察其色，清雅柔美；闻其香，心旷神怡；品其味，胜似仙人。

客家人的精神家园

井冈山，是客家人安居乐业的美丽家园。

翻开客家厚重悠远的历史册页，可以了解到客家人是中原汉族在不断流离迁徙中，融汇、磨合当地文化而逐渐形成的一支汉民系。

要说到井冈山客家的来历，就必须谈起客家历史上几次大迁徙。井冈山最早的客家人是秦时的"木客"。相传，秦始皇在建造阿房宫时，征调大批民夫到南方采伐珍稀树木，包括金丝楠木、红心杉木等。秦灭亡以后，这些伐木者遂乘木船溯赣江而上，穿越波峰浪谷，驶过"赣江十八滩"的激流，逃过沿途强盗土匪的追击，历经重重艰难险阻来到物产丰富且相对安全的鱼米之乡。其中的一小部分，看中了而今井冈山一带的风水宝地，于是下船登岸，挥汗跋涉，终于筑庐安歇。

岁月不居，历史演进到东汉后期到晋朝年间，神州北部，狼烟四起，火光熊熊，战马嘶鸣，导致一批批中原人相继南奔。唐末，黄巢起义爆发后，客家先民为避战乱，第二次大规模举家南迁，来到赣南、粤东、闽南一带。宋末，蒙古军队南下，客家先民迫于敌患，或是奋起勤王，随从帝驾；或是辗转逃奔，流入江南或沿海地区的深山老林，形成第三次大迁徙。此次大迁徙之后，在闽粤赣等边区，形成了一个具有特殊文化特征的社会区域，成长起一个汉族新兴民系——客家，出现一批不断迁徙百折不挠被称作"东方吉普赛人"的客家人。第四次迁徙是明末清初，受清军南下影响，客家人再次迁至湖南、湖北、云南、贵州、四川、广西等地，有的还漂洋过海来到台湾省或东南亚一带。

悠悠岁月，漫漫征程。一代代客家先民筚路蓝缕，披星戴月，来到井冈山，也来到神山村。他们放下旅途的凶险，放下沉重的行囊，放下疲惫的心灵，从此安享天伦，繁衍生息。

在神山村周山组采访时，我们了解到他们这一支赖姓，是从赣州迁徙到此处，这在学术上称"客家倒流"，即沿着祖先的脚印往回走，其目的就是要找到有食物有水源的地方，拼命活下来。

迁居到神山村的客家人，同操一种方言，共守一种习俗，从无到有，从简到繁，搭起茅草屋，盖起窝棚或干打垒，用勤劳的双手和坚强的意志，拨开千重瘴气，开垦一块块良田菜地，种出一片片嘉禾菜蔬，延伸一道道树林竹林，将"锐意进取、同甘共苦、重义轻利、勤奋好学、热情如火"的客家思想精髓融入日常生活的一言一行当中。

村民彭夏英告诉我们：

神山人常年都喝茶。条件好的喝细茶，次点的喝粗茶，再差点的人家则从山上摘一种略有甜味的叶子来泡茶，或是用金银花、野山菊来泡茶。神山人冬天常喝熟茶，夏天则隔夜烧好茶，供第二天作凉茶带着上山下地。

他们也非常讲卫生，家里庭院打扫得干干净净，到处看不到果皮纸屑，桌凳、门窗、灶台抹得一尘不染。虽然小鸡、小猫、小狗等家里的小动物在脚下不停地穿梭嬉闹，但主人会不厌其烦地及时清扫掉动物拉的粪便，让家里时时刻刻都保持整洁。

我们有幸经历了这样的尊贵待遇：

我们刚落座，主人先端一盆干净的水，递过一条毛巾，让我们洗手洗脸。接着，听见厨房里面噼里啪啦漫起一阵子爆响。随即，一股浓烈香气蹦出厨房，在厅堂内弥散开来，扑向鼻腔，诱惑我们的唇齿与味蕾。

不一会工夫，大盘小碟，装着焦黄油亮的红薯片、圆溜溜香喷喷的青豆和花生、油炸青椒、油炸南瓜花、油炸薄荷花，以及芥头、醋姜、蒜子、刀豆等小吃，猕猴桃、金橘等水果，伴随着热情的主人进进出出的匆匆脚步，呈现在我们面前。待到佐茶的小吃与果品上齐，主人遂将我们碗中供净口用的剩余白开水泼去，然后换上滚热清香的绿茶。

勤劳的神山妇女心灵手巧，用各种花、茎、根、果、皮，如南瓜花、豆角、狗瓜豆、土豆、红薯等，切成各种形状，用米粉和盐拌匀晒干，食时油炸，放入茶盒，供客人喝茶时品尝。夏天，用苦瓜干炒黄豆泡茶，清凉解毒，别有一番风味。这些茶点又香又脆，味道鲜美，是令人垂涎的土特产。

在彭夏英家、左细英家、赖福洪家、赖志鹏家、左秀发家、彭小华家、邹长娥家……津津有味地喝着神山人精心炒制的神山茶，端起茶杯，聊起家常，我们没有把自己当作神山的客人，而是当成了神山的一分子。

我们觉得神山人把热情和淳朴，好客和善良，勤劳和乐观，坚毅和睿智，顽强与韧性，把对天地之敬、对生命之爱、对万物之情，都浸泡在醇香四溢的清茶里。只需轻啜一口，五脏六腑都格外舒畅。

也许，神山人不一定懂得"野泉烟火白云间，坐饮香茶爱此山。岩下维舟不忍去，青溪流水暮潺潺"这首诗深藏的含义，但是，他们对美好生活的憧憬，分明已经融入一杯香茗、一股清泉、一份情义之间。

岁月似水，日子如茶。

一杯神山茶，给寡淡而贫困的日子带来希望和梦想，也让大山深处的四季泛出清香，涂满色彩。

神山人每个月都有独特的习俗，伴随着长辈的娓娓道来，我们仿佛与他们共度四季，和天地万物自由交流；仿佛与上苍的秘籍——二十四节气亲密对话，其乐融融。

比如神山人把正月称为端月。一元复始，万象更新。从大年初一起，神山村的男女老少欢欢喜喜度新春佳节，家家户户都贴上大红对联。初一，早早起来，先在祖宗神位前烧香礼拜，再向老人请安拜年。男女老幼都换上新衣庆祝一年伊始，晚辈向长辈拜年，左右邻居互相登门拜年，互道"万事如意""恭喜发财""春节快乐"之类的吉利话，对老人则道出"健康长寿""寿比南山"等祝词。此时，各家各户备有烟酒茶点招待，有些血脉之亲或邻居之间则集中在一家大门口大摆"茶会"，俗称吃"团圆茶"。

从初二开始，村民开始走亲访友，女婿偕妻带子至岳父母家，外甥至舅舅家去拜年……在端月期间，亲朋好友相互拜年，迎来送往，宴请招待，十分注重礼仪。客家有练武习艺的习俗，也有附近的客家村组织青年，舞着龙灯，间或带上采茶戏戏班子来神山拜年、献艺，俗称"打故事"。主家盛情款待，还要封红包、摆茶点招待。处处爆声震地、锣鼓喧天，一派欢腾景象。

又比如把十二月称为腊月。松柏迎风傲，寒梅斗雪妍。这里老少都要添置新衣服，家家筹备好茶点食品，户户搞好卫生，准备过年。

农历腊月三十俗称"过年"。在这一天，神山人早上便杀好鸡、鸭并蒸熟，祭拜祖宗。每人还要提前洗澡，换上新衣服，家家户户都贴上大红新春联,除旧迎新。过年准备佳肴,不可没有全鱼,这包含着"年年有余"之意。年夜饭的菜肴有特定叫法,如黄豆芽叫"如意菜",青菜叫"安乐菜",蛋饺叫"元宝",肉丸叫"团圆"等。晚餐后,妇女们把所有餐具洗刷干净,并要煮好隔夜饭,确保大年初一清晨的饭甑不是空的。

当地的迁新居与丰收仪式值得一提。

迁新居时,一人必须先入室燃响一挂鞭炮,其余家人则在鞭炮的烟雾与震响中鱼贯而入,将烧着的茶枯(茶籽饼)置入灶孔开炊,俗称"进火"。亲朋好友纷至沓来,有时会擎起灯笼祝贺,主人则设茶点或宴席招待,俗称"暖火灶"。

村民吴清娥告诉我们:

神山村俗有"莳田冇聊(休息)朝(早上),割禾冇聊昼(中午)"之说。在莳田、割禾时节,神山人除了亲友帮助之外,还有彼此换工互助的习俗。割禾一般每人每天割谷两担,如庄稼长势好,主人招待又特别热情,众人偶有多割一担谷在中午之前挑回家的,俗称"送报担"。收割完毕,村民有时会打糍粑、杀鸡鸭、买鱼肉做酒席,以酬谢曾帮助割禾等诸项农活的亲友,俗称"做禾了"。

神山人自古以来勤劳淳朴,长年累月辛勤劳作,布衣粗食,依旧淡泊自乐。他们平素与人为善、助人为乐。

孝敬老人为神山村民的传统美德。子孙以赡养父母祖辈为己任,如有几个儿子,则轮流供养;仅有女儿者,或者招女婿在家,或者在女儿家生活。

尊师重教也是神山人的优良传统。当地开明人士省吃俭用捐田集资,筹办学校。旧时,学生入学,学谷从丰,轮流当饭(定时供给先生饭食），热情供奉，菜肴从优。有的日后学成，学识、地位虽高于先生，却从不怠慢。先生若有困难，则竭诚照顾与无私援助。

神山村民好客之风历代相沿。

途中村民会面，均不约而同点头互打招呼，老一辈则多拱手为礼。平时陌生人来到家中，主人也会待之如熟客，诚恳让座、敬茶、上茶点，甚至酒饭相待。无论新春佳节或者红白喜筵，即使清贫之家，也必尽力而为。村里民谚如是说："冇米也打三下空碓。"

神山村民互助共济蔚然成风。

每逢天灾人祸、疾病死伤，神山村亲朋邻里之间常常彼此登门探视，多方慰藉，并根据情况馈赠，或赠钱给物，或出力帮工，都是竭尽全力。

神山村的传统美德源自悠久家训。

我们走访的赖发新、赖易诚等几户赖姓人家，都在屋内厅堂醒目处张贴了"赖氏家训"，有的人还背诵得出来，并逐一对照家训内容道出各自尚存在的差距与不足。这说明赖氏家训已经渗透到他们的骨子里头，正开出一朵朵"真善美"的花朵：

"养老爱幼，帮亲助戚。友善宾朋，和睦邻里。妯娌和睦，兄弟并进。尊老爱幼，长幼同心。见功思过，见利思义。见人必恭，见难心及。自爱自重，自尊自律。修身养性，崇德重义。"

在黄端初家里，我们同样发现贴在进门处墙壁上纸面已经发黄变暗的"黄氏家训"：

"屋要好住，人要好心。行要好伴，居要好邻。长幼贵有序，邻里贵宽容。手足贵相助，夫妻贵相从。婆媳相让，一家和气。

夫妻相敬，举案齐眉。送子读书，儿行孝道。积谷防饥，积德防老。"

黄端初身体力行"黄氏家训"，并潜移默化地影响家人与村民。他不仅是位好丈夫、好父亲、好长辈，还是一位"政声人去后，百姓记心头"的好村支书。

另外，神山村素有"路不拾遗，夜不闭户"的好民风。

村民黄宁安不无自豪地对我们说："神山村有的人家即使出远门忘记锁门，也不会闹贼，这里风气特别好。"

果真如此。我们发现，就是大白天，也有许多农家的大门是敞开的，部分房间的门锁只是简单搭扣一下，并未上锁。目之所及，吃的辣椒、南瓜、水果、糕点等随意放置，用的农具等随地堆放，甚至还有钱币散乱放在厅堂的方桌上，而里面空无一人。

尤其让我们感动的是，赖福山讲述了这样一个善心大爱故事：

很多年以前，村里特别缺粮食。有的人家多种了一些红薯，到了年底往往吃不完，怎么办？于是，他们就在自家附近的山上挖个地窖，将剩下的红薯"窖"起来，等到来年再吃。但也有村民因身有残疾或劳力不足，不仅口粮不够吃，红薯也没啥收成，眼看数九寒冬到来得挨饿了。那些挖地窖的村民往往故意不在窖门上锁，只是随手用门闩或绳子拴紧，这样既可以防野兽，又可以方便那些饥饿的人晚上自己打开窖门随意取用红薯，同时也保护了他们的自尊心。

第二章
神山之痛： >>
堆来枕上愁何状，江海翻波浪

神山看不见她，
是因为她化身在万物之中；
神山看得见她，
是因为她正从万物中悄悄凸显。
她，
其实就是蕴藏在神山人心中淡蓝蓝的忧伤啊！

山路远，溪水长，火把照明上学早

神山之美，美在生态，是那种一年四季风光旖旎、变化多端，既有"淡妆浓抹总相宜"的高贵气质，又有"养在深闺人未识"的神秘色彩；

神山之美，美在建筑，是那种无比简陋却色调古朴，与周边环境融为一体的粗犷野性；

神山之美，美在山歌，是那种能够唤醒乡思乡愁与儿时记忆的纯真情愫；

神山之美，美在小吃，是那种原汁原味，让人泪流不止的妈妈的味道，那么甜蜜，那么醇香，那么温暖；

神山之美，美在民风，是那种从历史与灵魂深处孕育的精灵，汲取天地之气，彰显民间胸襟，解读岁月密码。

神山村虽然偏远，先前交通极为不便，但历史上还是文风颇盛，文脉源远流长。村民无比自豪的是小小的神山村，居然出了一位影响茅坪，甚至在整个井冈山都颇具名气的响当当人士——赖尊立。

赖尊立（1836—1910），又名家和，字慕惠，号柱维，神山村周山组人。兄弟四人，他排行老四。赖尊立自幼习读孔孟之道，精通"六艺文学"，18岁就是"邑中庠生"，才华横溢，热衷科举。但他壮志难酬，连连失利，直至光绪十六年（1890）恩科才中得举人，那时他已经54岁了。赖尊立虽成"钦赐举人"，但因生性耿直、不善圆通，可谓"一身正气为人，两袖清风处世"，故一生未能涉足官场，只是四处游学，教习孺子。

赖尊立不贪恋仕途，不追名逐利，毅然遁入田间僻野传道授业，无怨无悔，让文化的星星之火燎原四方。如此的"愚钝"行为，神山人一点也不埋怨，更不怪罪，大家都觉得赖尊立挺有个性，尽显风骨，就像其名尊立一样，自尊而独立。

赖永青大学毕业后，又读硕士、博士，现工作于北京。这位神山村的成功人士认为，中国史册不会因为少了一位身居高位的官员而留下缺憾，滚滚红尘中追求富贵者实在太多。但倘若少了传播文明传递正能量的落寞背影，那些史册里的文字该何其庸俗无趣！

但凡接触过赖尊立的人都感觉他"道貌古风、视听聪明"，一副"谦卑中和"之态。他晚年须发皆白，但面容红润，精神矍铄，颇具仙风道骨、隐士之风，亲友一致称他为"周山美髯公"。

赖尊立逝于宣统二年（1910），享年74岁，葬于周山。他生有四子，其家谱称其"守先待后、福寿无穷"。

赖尊立，算是过去数百年间，神山出过的唯一一位大人物，而且是有才学、有品位、有气节的文人，他激励着神山一代代人克服困难发奋读书，竭尽所能改变"睁眼瞎"的命运。

赖尊立教习孺子之举，直接影响又一位神山好汉。他叫赖林福，1956年想方设法在周山组兴办了一所民办小学，并于1960年作为代表，无限荣光地出席了全国文教群英会，确确实实为神山人露了脸、争了光，也是第一次将"神山"这个亮铛铛的名字带到首都北京。

1969年，神山还开设了一个小学教学点（只办到低年级）。但没过多久，由于出生率低，学生太少，在整合教育资源时就被撤销了。于是，神山的孩子得翻山越岭步行去外面求学。

今年50岁的村民刘桂媛回忆往事,感慨不已:

"记得当时,我大儿子赖平9岁,小儿子赖建7岁,起初每天与同村另一位8岁的男孩一起走路去坝上小学读书,晚上回(后来实在没办法就寄宿在学校一段时间)。他们中午吃带的饭菜。饭学校会统一热一下,菜就是黄豆、萝卜干,放些干辣椒、蒜子、生姜与几片五花肉爆炒一下,还有就是老咸老咸的霉豆腐,几样东西轮换吃。想吃点新鲜蔬菜呀,喝口热汤呀,门儿都没有。天天就这些干东西、咸家伙,吃得小孩皱眉头,直说要呕吐。

"那时呀,我是早晨天没亮就把小孩从热被窝里拖出来,逼他们背起书包出发。一趟得走十多里山路啊!到处是带刺的茅草与枝条,割得几个小孩呀,脚上小手臂上脸上都是血印子。这些倒不打紧,山上还有蛇呀,还有野兽一阵阵在叫呀,我们大人都好怕的,就几个毛头小孩咋能不怕呢?怕有啥法子,帮他们每人削根结实的木棍当防身武器,一路木棍呼呼乱打。或者唱几句简单的山歌,使劲吆喝几声,来为自己壮胆。

"记得刚上学的一阵子,小孩一个个回来时眼睛都哭得老肿,甚至还装病,说啥宁愿打针吃药也不去学校了。但我得狠下心赶他们去,不去不行呀!书读多读少总得去读,不然像我一样,大字不识一个,铁打的文盲,跌古(感到羞耻、跌面子的意思)!连自己名字也写不好,行吗?山里早晨雾多雾大,晚上又天黑得早,有时小孩得打着火把走路,不然容易跌跤,也可能迷路。就几个冇芦苇秆高的小不点儿,举着火把,听着野兽的叫声去上学,现在想想都后怕。

"你们会问我咋不天天去送呢。可能吗?两个小孩得交学费,老公腿脚又不方便，重活体力活我得一个人扛着。虽然这里风气好哇，邻里互帮互助的，但不能总是依靠别人。我有手有脚的，力气大，干活累不死人。不过，小孩放学我一般会去接他们。特别是下雨或下雪天，天冷，又黑蒙蒙的看不清路，就更要去接，怕路滑他们摔伤或冻着。当然，更怕野兽出来。这个时候，老公一般在家里做饭，我就打着火把沿路去接。当看见几个冻得鼻涕直流的小孩打着火把哭个不停迎面走来时，我的眼泪也哗哗直流。

"两个小孩太可怜了，每天一个来回走那么远的山路。后来呀，我实在看不下去了，就和老公带着两个孩子寄住在大陇亲戚家里。孩子终于可以走很短的路去大陇小学读书，而且中午也可以回家吃饭，有蔬菜吃，有热汤喝了。再后来，我们又到龙市租房子住，陪两个孩子上初中。我进了当地的一家瓷厂打工，老公呢，就在家里负责买菜、做饭、监督小孩做作业。

"就靠我那么一点点工资养活全家，真是太苦了，这日子过得……"刘桂媛一边抹眼泪，一边拿玩具给跟前才两岁的孙女玩，"于是，大儿子高中没有读完就参军了，他说家里太穷了，不想增加我们的负担。小儿子本来考上了高中，看见哥哥离开学校，他也哭着回家要出去打工，我咋劝也没用。两个苦命的崽啊！"

其实，刘桂媛的两个儿子，一个初中毕了业，一个上了一段时间的高中，已经非常不错了。当地更多家庭的小孩，往往只读到初中，甚至小学都没毕业，求学之旅便戛然而止，让梦想的翅膀骤然折断，让未来的人生徒生喟叹。这也在其父母的心头扎下一根永久的刺。

村民胡玉保身体不好，治病花费了不少钱财。后来家里实在借不到钱了，他女儿胡秋花便从茅坪中心小学辍学，只能眼巴巴地看着同学们一个个走进中学的校门，自己躲在墙角或大树背后，泪光晶莹、黯然神伤。

村民彭夏英的女儿彭张芬，只读了初中一年级就辍学了。那时彭夏英上山干活摔了一跤扭了腰，疼得实在受不了，无奈做了五个小时的手术，在床上躺了一个月，半年做不了任何事情。之前，彭夏英的丈夫在帮别人拆旧房时，不幸被倒塌的泥墙砸伤，一时间失去劳动能力。家中所有的重担本来压在彭夏英这棵柔弱的树上，而这棵树却在节骨眼上轰然倒下。懂事的大女儿遂主动放弃读书，回家做饭、洗衣、砍柴、喂鸡、拔猪草，啥苦活累活都干。大儿子、小儿子怕姐姐一个人做事太孤单，太辛苦，也相继辍学回家勇当姐姐的帮手。

还有村民左从林，四个小孩只有一个上了初中，其余三个要么小学毕业，要么只读到小学三年级。

"其实，孩子想读书，我也晓得读书的好处，可当时就是穷，没书读啊！"今年67岁的左从林，别看他现在的农家乐搞得风生水起，家里的茶叶、香菇、木耳、笋干、笔筒、酒勺子、根雕、杨梅干等土货卖得火爆，原先却穷得叮当响。他有些伤感地对我们说：

"这里的小孩，以前有的去坝上，有的去茅坪上小学，都必须走老远老远的山路。时间都浪费在走路上，累都要累死，咋学得了多少东西？再说，小孩带的伙食太差，营养也跟不上，上课时老犯困，听不进去。一到晚上，村里自己弄的小水电供应不上来，一点点亮的电灯也用不了多久，基本上到处都是黑灯瞎火的，小孩往往不能做作业，不能复习功课。这些原因都让小孩的学习成绩上不去。"

散养式缺少投入的教育，让这里的小孩通常是随波逐流，无枝可依，从而因文化贫乏而贫穷，并让贫穷变成一种会遗传、会跟风、会蔓延的"疾病"，在一代代人当中，形成一个挣不脱、摆不掉的恶性循环。

诚然，这里也出过一些中专生、大学生，甚至还有博士毕业的。但据我们了解，这些"鲤鱼跳农门"的孩子，基本上是其父母毅然在大陇、古城、茨坪、新城、龙市，乃至更远的教育条件相对更好的地方陪着他们一起求学。

曾经有六户村民决绝地举家外迁，就是为了小孩的人生前途。更有周山组的赖余德、赖发荣等四名男子，宁愿去离集市、学校近点的周边村庄当上门女婿，也不愿再待在这里。用他们的话说，亏自己这一世不打紧，可不能亏了下一代！"睁眼瞎"的苦，他们吃够了，不想让孩子们重蹈自己的覆辙。

神山亘古不变的偏僻险要的地貌地形、极端恶劣的生存环境，以及十分有限应该可以说接近贫瘠的教育文化资源，让留在大山里的孩子们一次次拼搏，一次次失落，一次次伤心流泪，而离开这里，多多少少可以看到明天的一线生机。有些父母怪自己没有能耐，让娃儿们来到这世上，跟着自己受苦。

尽管如此，我们还是无比钦佩神山村那些勤劳憨厚、在煎熬中抗争、在逆境中呼喊、在困苦中坚守的大人们，以及他们通情达理、求知若渴、勇敢前行的孩子们；无比感佩在山路迢迢、溪水潺潺、雾气袅袅、夜色茫茫的背景之中，一个个学子手中高擎火把，蹒跚而执着地前进。火把所闪耀出来的淡淡火光，虽然摇曳不定，却丰盈而柔情、滚烫而倔强。

一支支火把，裹着神山四季的花香和鸟鸣，闪着无尽的光芒。那火把，一刻不肯停歇，像哲人一样，指引着一颗颗不屈不挠的心灵，向前，向前，再向前。

小病怕，大病愁，病魔敲门心揪揪

以前，广大农村还没有普遍覆盖医疗保险，加之其他社会保障体系也不完善，不要说贫困之家，即使是收入较高的农家，如果家庭成员当中出现患大病情况，也往往因此债台高筑，备受痛苦煎熬。

神山是典型的山高路远贫困村，村民平时靠天吃饭，勉勉强强填饱肚子，几乎家家户户都没有什么积蓄，因此只要有家人生病，哪怕只是小病、慢性病，一家子也是满面愁容，郁郁寡欢；若遇上大病缠身，那就等于天塌下来了。"小病忍着，大病也就多忍一会儿"是村民们的一贯做法。

2018年采访时，75岁的胡玉保深有感触，其回忆浸润着伤感与无奈：

"我是湖南永州人，经人介绍，认识了神山村的彭桂莲，并结了婚。老婆心脏一直不好。记得1970年的秋天，我送她走山路到附近的茅坪卫生院生小孩。托毛主席的福，托共产党的福，好像从1967年开始，茅坪卫生院来了一批批上海医疗队的医生，还有妇产科医生呢，设备顶呱呱，医生的技术和人品也有得说。老婆因为心脏病，加上营养不良，又走了老远的山路，身体状况不是很好。医生说她生小孩好危险，要我们考虑是不是打掉小孩。但我和老婆都喜欢小孩，看见村里的小孩眼睛就发亮，就想抱一抱、亲一亲，咋可能放弃呢？

"还好，医生很负责任，一个个待在老婆身边，照顾得比亲人还亲。谢天谢地，谢谢上海来的大恩人，老婆终于平安生下宝贝女儿，我给她取名叫秋花。"

我们问："是希望女儿长得像神山秋天的山菊花一样漂亮吧？"胡玉保连连点头，笑起来，脸上的皱纹一下一下蠕动着。

胡玉保与作者（右）交谈

"女儿一天天长大，长得真的很漂亮，也很健康，可她可怜的妈妈身体就是好不起来。问过好多回医生，都说我老婆的心脏病单单吃药治不好，得开刀。开刀，你们想想我那时咋可能呢？我没日没夜地干活，几辈子也攒不到老婆动手术的钱，就是手术费的零头也难攒到哇！

"不是我不想去攒钱，是我冇这个本事。做生意，冇本钱；做手艺，冇技术；去打工，又冇文化，冇哪个厂子要。只有在家里种地，还有就是砍柴、背木头、采蘑菇、做草纸、削竹筷子竹片卖，那也挣不了几个钱。向亲戚朋友借钱，更难哩，村子里，彭水生是我小舅子，左秀发是我老婆的姐夫，亲戚们都是穷得要命，借个几十块钱还行，借上几百几千就好吃力了，借个万把块那简直是要他们的命。

"1994年的12月份吧，我家里屋漏又逢连夜雨，麻烦事又来了。老婆的阑尾炎发作，疼得冒汗。现在你们都觉得阑尾炎就是一种小病，而当时却吓破了我的胆，就像要塌了天。用了一段时间的中草药，冇效果，只好硬着头皮带老婆去开刀。结果割掉了讨厌的阑尾，老婆的心脏病却更严重了。

"1995年就快过年时，老婆的心脏病发作了。这次病来得凶险，老婆在医院住了2个月零20天。每天得花几十块钱。钱，就像哗哗流水一样用掉啦。老婆心疼了，喊着要回家。我说不行呀，借钱也得待下去，应该借了好几百块钱。后来，老婆的病情一天天加重了，又冇钱动手术，只能保守治疗，吃点西药，隔段日子就去医院打打吊针。

"就这样熬到1997年下半年，老婆终于熬不住了，丢下我和秋花走了。她那时才52岁，现在看来应该正当年，还冇看够世界，还冇过过一天的好日子嘞。就这样走啦，再也不回头，不回头啊！"

吴清娥，2018年就81岁大寿了。她有三男一女四个小孩，跟二儿子赖发新住在一起。一家人虽然日子过得清苦，但毕竟团团圆圆和和气气，所以感觉还比较安逸。只是2012年，她16岁的孙子赖凤军不幸去世，因为得膀胱癌无钱治疗。

"你们瞧瞧，高高的、壮壮的孙子长得好着哩，"吴清娥让我们翻看着赖凤军的一张张相片，她浑浊的眼里噙着泪水，带着颤抖的声音说道,"可老天不长眼不留情,硬是在2011年让孙子得这样的重病。亲戚得到消息后都来帮忙,这个给一点那个送一点,二儿子又想法子四处借一点,凑成30多万元,带孙子去上海做手术、化疗。30多万元啊,就这样一下子花光了,这可是所有亲戚朋友帮忙凑成的钱啊。医生说孙子还得在医院继续治疗,但钱没啦,二儿子只好对孙子讲谎话,说他病情在慢慢好转,可以回到家里吃药静养。2012年正月初十,在吉安市中心人民医院,孙子过完他的16岁生日才两天,就去了另一个世界。苦命的孙子呀!"

一张背面写着"2012年1月9日"日期的相片吸引了我们。

相片上,只见赖凤军瘦骨嶙峋,脸色苍白,与以前潇洒帅气的他简直判若两人。躺在病床上的赖凤军显得心事重重,目光茫然,嘴角挤出一丝淡淡的微笑,让我们看着揪心。

这是怎样的一种微笑啊!

是对父母精心呵护的无限感恩,希望以淡定从容的形象告别人世;是对这个缤纷世界的无限留恋,希望用微笑告诉世界:自己曾经跟病魔进行了艰苦卓绝的抗争。

不用说绝症,就是今天我们常见的疾病,在这里也会要人的命。

高血压,一种常见病,也是慢性病,往往按时吃降压药、注意饮食注意休息就可以保住性命。但村民熊秧莲就没有这么幸运,她46岁时,仗着自己血压有所下降,为了省钱,降压药就中断了一个月。突然有一天,熊秧莲在田里劳作时血压上升,头昏脑涨,眼前一黑,"砰"的一下摔倒了。当时神山的路况又不好,坑坑洼洼的,家人租了一辆面包车,花了一个多小时才将熊秧莲送到龙市的医院里。最终，熊秧莲还是因未及时治疗而去世了。

一名叫谢叶娥的村民，有一次可能是因为吃多了炒黄豆上火，鼻梁上长了个疮。她没有什么文化，又不懂脸部危险三角区，就随手抠破疮，流出脏兮兮的脓血。没想到她的脑袋慢慢发炎肿胀，没办法，为节约钱，就找了个附近的土郎中看病。土郎中也是半桶水，口口声声说谢叶娥得了大头瘟，就随便抓了些中草药让她服用。吃了药，谢叶娥的毒疮也一直没好转。后来谢叶娥疼得眼睛都看不清了，家人才感觉事态很严重。可家里甭说治疗费，就连去医院看病乘车的路费也没有，只能眼睁睁地看着谢叶娥在痛苦哀号中死去。谢叶娥死的时候也就23岁左右，如花似玉的年龄啊！

有时，不起眼的小病也会造成终生遗憾。

66岁依然没有成家的王青阳，小时候一次感冒引起耳朵发炎，因家人缺钱没及时带他去看病而导致耳朵彻底聋了。当我们路上邂逅王青阳，跟他以手势打招呼时，心弦禁不住在重重战栗。是物质的贫困与文化的贫瘠，是命运之神的无情捉弄，让王青阳至今听不见天籁之音，讲不清肺腑之言，找不到幸福伴侣。

更让人震惊的是，这里大部分妇女以前生孩子时都是自己接生。由于消毒不严，以及营养保障跟不上等因素，她们身上都或多或少留下了一些后遗症，在后来漫长的人生当中持续遭受苦痛折磨。

采访中，我们还了解到：

村民左细英，生了九个孩子，因山高路远耽误孩子就医，死掉了三个，真是让她痛不欲生。赖石清的两个哥哥，因病同一天夭折，一个是早上走的，一个是晚上走的，当时一个六岁，一个才两岁。赖石清的母亲生了好几个孩子，最后就剩下赖石清一人。父亲给女儿取名为"石清"，就是希望她的命像石头一样坚硬刚强，可以免于祸患，可以健康平安地长大。

盼星星，盼月亮，盼来电影放映队

比物质生活贫乏更可怕的是精神世界的一片荒芜。

神山村地理位置实在太偏，以前这里的文化设施基本上是空白，外面的精彩信息也颇难渗透到这里。村民一般在傍晚 5 点多钟便早早吃饭，饭后没有什么娱乐活动，要么几家串串门唠唠家常，要么挑灯或点燃树苑、篾片照明以方便做点工艺品，要么直接躺进被窝酣然入睡。过了 8 点，村里往往没有人员走动，鸡鸭鹅猪牛纷纷上宿，狗也懒得吠了，都躲到暖和的地方去睡觉了。

偶尔从神山村四周隐隐约约传来一阵尖利的鸟叫或沉郁的虫鸣，远远地飘过野兽的号叫，愈发显现深山老林的死寂。

这是一种让人不敢出门甚至不敢大声说话的死寂。

只有微淡的星光、皎洁的月色，抑或飘逸的山岚，才给天空之下大地之上的万物平添一丝生气。

"但村民也有自己的节日呀，那就是全家出动搬凳子看电影。"曾经在神山村当过十多年村干部的赖福山回忆道。他对细节的清晰描绘，他神情的瞬间变化，让我们如身临其境，心潮澎湃。"1949 年之前，茅坪群众以自然村或姓氏家族为组合形式，以戏班子为纽带，开展自娱自乐的文化活动，并用家法来督促。当时，茅坪有雅坞戏班、观音堂戏班、五斗戏班等戏班子，最常见的戏种为三角班,也就是现在的采茶戏。流行的戏目主要有《蓝桥相会》《刘海砍樵》《云南寻夫》等,群众可游走在三个戏班间免费观看。但到了1971年,也不知什么原因,戏班子全部解散了,取而代之的是电影院。当时茅坪公社建成全县第一家公社电影院,就在现在的乡政府所在地,拥有8.75毫米电影放映机一台及配套设施。虽然建起了电影院,但神山的村民去买票看电影的还是少得很。一来没钱买票;二来呢,大家去看一次电影路程太远又得摸黑回来不安全。后来,大伙商量好,每年邀请电影院的放映队来村里一两次吧(虽然电影放映队按规定也会不定期来放电影,但大家总感觉次数太少,不过瘾)。从此,大家在家门口就能让眼睛开开荤、解解馋,也以此为机会聚在一起谈谈收成,聊聊小孩,说说心里话。"

赖福山读了几年书,也有机会到茅坪参加会议,算是见过世面的。他十分健谈,语言也非常幽默,他继续侃侃而谈:

"电影放映队的成员来一次神山村太不容易了。他们必须从当时的茅坪公社出发,坐拖拉机沿着马路到达桃寮村口,然后就是一条长长的崎岖山路直通向神山。每次村里都会派出两组或三组青壮年(每组两人)去桃寮村口接放映队的人,主要是帮助放映队抬发动机(而放映机等其他轻一点的东西一般由放映队的人自己扛)。于是两人一起,轮流扛着笨重的发动机一步步走着。

"最快也得走四个小时吧,山路又窄又陡的,到处是灌木茅草,挺刺人的,还有凸起的石头挡路。哪敢走快呀?!扛着这么重的宝贝家伙,磕磕碰碰弄坏了咋办?扛东西的人往往最容易摔跤,闪了腰或崴了脚就不好办了,到时帮倒忙,反要放映队的人照顾我们,那跌古就跌大啦。

"下午两三点我们接到放映队的人,天快黑了一帮人才哼哧哼哧累得半死走到神山。村里早已经杀好肥猪,宰了鸡鸭,斟好冬酒,准备上喷喷香丰盛的晚饭了。

"一阵噼里啪啦的鞭炮响过,大多数村民都来到神山村口,像迎接亲人一样迎接放映队的人。一般放映员还在吃饭,不少老人、小孩就早早地搬条板凳去占位置。那些年纪太大走不动的老人,硬是叫年轻人背着去。可不是占据最前面的位置就好哇,那里虽然看得特别清楚,但声音太大,吵耳朵。要占据放映机两旁的位置才最妙,那里往往听得舒服,看得也舒服,还可以仔细瞧一瞧放映员是如何操作的。

"说来你们可能不信,有的村民甚至不吃饭(等到看完电影后才回家吃饭)或只带几只烤红薯烤玉米、一把炒花生,就直接出门抢位置了。真是盼星星盼月亮,才盼来电影放映队。这么重要的事情,大家多开心呀!"

赖福山回忆道:

"当一块白色黑边银幕拉开,放映机射出的第一束光投放到银幕上,吵吵闹闹的大家伙一下子安静下来。随着电影剧情的发展,大家又开始吵闹起来。有人大笑,还有人在哭、在骂、在跺脚、在扭屁股,啥样的都有。

"你们可能感到好奇怪吧,可当时就是这样子的。村民很少参加娱乐活动,都是冇见过啥世面的山牯佬(山里人的戏称)。不像现在的信息这么发达,技术又这么先进,电脑上手机上也能看电影看电视剧。山牯佬难得一次放松一下嘞,一个个开心得活像傻子小孩子疯子一样,回想起来好有趣。

"电影嘛,一般每次放两部片子,以革命战争片为主,也就是《红色娘子军》《红日》《地道战》《地雷战》《南征北战》《奇袭白虎团》《上甘岭》之类的，那时村民好喜欢看，喜欢里面的英雄人物，喜欢听里面的歌曲。记得好些片子都放了两遍，他们才说过瘾。里面的山歌嘛，跟这里的客家山歌和红色歌谣差不多，歌词简单、曲调好听。往往电影里面的演员在呜啦呜啦唱得起劲，银幕前面的村民也摇头晃脑咿呀咿呀跟着唱起来。

"放电影的这一天啊，连村里的狗都齐刷刷地聚集在一块，都来凑热闹呀，还可以捡些小孩子丢掉的红薯渣吃，狗也好像在过节。"

老村支书黄端初告诉我们：

"当时哪家门前的空地宽敞些，就选择在哪家的门前放电影。等到秋天田里的稻子收割完了，有时也在空落落的田里支起木头或竹竿挂起银幕放电影。晚上村里有点凉啊，山风一个劲地吹，又起了雾，慢慢地田里变得有点冷。一些老人冻得又是咳嗽又是跺脚又是搓手；小孩呢，冻得哇哇大哭；大人呢，就往小孩嘴里塞零食，不让小孩哭。但谁也不愿离开，电影实在太好看啦，轰隆隆的枪炮声太吸引人啦！

"那时候，村里的后生真不错，往往主动把凳子搬到外围去，或者像南极洲的企鹅一样，干脆傻站着，一边看电影一边来回走动，而让老人、妇女和小孩坐在人群里面，这样就可以尽点力为老老少少以及妇女们挡挡夜里的寒气了。"

无论多贫穷，多无奈，神山人其实一直在悄然追寻梭罗所提到的一种人生愿景：

人类无疑是有力量来有意识地提高自己的生命质量的，人是可以使自己生活得诗意而又神圣的。

竹子青，木头长，卖点山货换油盐

2018年立冬这一天，我们在神山村周山组巧遇正在帮忙装路灯的村民赖友芳。

赖友芳家应该是神山村最偏僻的一户人家。从神山村进村路口到他家，先得穿过整个神山组，然后走完已加宽改造焕然一新的神山至周山公路，并穿过整个周山组，再爬过一个长长的山坡，最后步行数百米。如此才能看到赖友芳改建完毕掩映在茂密树丛竹林里的房屋。如今当地政府已经修通了平整的进户水泥路，并正在安装太阳能路灯。

于是，赖友芳一边做事一边接受我们的采访：

"我们这里竹子特别多，以前啊，基本上靠山吃山，每家每户要挣点小钱只有在自留山的竹子上打主意。竹子全身都是宝呢，还有长出的冬笋（春笋一般不会去挖）就在我家里的墙角随便堆着，没菜吃就剥几个竹笋切成片，只要放点辣椒爆炒，味道可美哩！当然如果能放几片腊肉或者油渣炒竹笋，味道更香。但往往过年或来客人了，家里才有腊肉吃，平时能管饱饭就谢天谢地了，根本就不讲究吃菜。长了一年以上（当然最好是三年以上）的竹子就可以去砍了。每次出去可以背四五根回来，一天四趟，背二十根左右吧。

"竹子背回家，得经过劈、剖、刨、牵、削、刮、煮、晒等十多道工序，才能做成一根像样的竹筷。那时的竹筷便宜得很，一百双才卖两元钱。一百双，得费多少时间与精力啊！没法子，神山多数人只会做这门简单手艺，钱挣得少也得做，冇得选择。

一年下来，收入好难达到1000元。甭说万元户，当时能当个千元户就顶呱呱了。"

除了竹筷，当地人还会加工竹片，其实就是帮山外经营竹席生意的老板提供廉价原材料。曾经做过一段时期竹片的刘桂媛回忆道：

"应该是（20世纪）90年代中期吧，村里好几户人家会做竹片，做好后挑担出去到桃寮村，然后几家合伙租辆拖拉机装上竹片通过公路运往茅坪。竹片跟竹筷一样难做，费眼力，费手力，手指磨出血泡是常事，隔一条小路的邻居就是做竹片熬坏了眼睛，现在还经常眼睛疼，电视也看不清。我开玩笑说她有读书，大字不识一个，还患了近视眼。"

采访中，我们还了解到与竹筷有关的无比辛酸的故事。

有一年冬天，一个外号叫"老姜头"的村民从神山村出发，来回挑了几次竹筷到桃寮村，然后将所有竹筷捆扎好坐上他外甥的手扶拖拉机，沿着弯弯曲曲的公路前行。蓦地，尖利凶猛的山风吹过，将"老姜头"头上戴的棉帽吹落在地。当时拖拉机开得也不快，"老姜头"就没叫外甥停下来，立马跳下拖拉机。他只想捡起地上的棉帽啊，那可是家里一件值钱的东西。没想到"老姜头"跳的位置太凶险，一块凸出在路边的岩石瞬间与他的头部相撞。"老姜头"撞得一脸是血，临死前还交代外甥要记得卖掉竹筷。

竹筷做好后，大部分村民为了节省开支，并没有租拖拉机运输，而是开动双脚挑出去卖。没有比脚更长的路，以前的神山没有通路，当地人就是用双脚去丈量风雨丈量苦难的。

"我约上几个伴，一般不到凌晨四点钟就打着火把，挑着满满一担的竹筷去新城逢圩。"村民邹长娥告诉我们。她,额头布满皱纹,那里蕴藏着数不尽的辛劳与坎坷,让人无比感伤。她说:"到新城往往要早上八点多钟。路上饿了就从口袋里掏出事先用布包好的糯米饭团吃,也没啥菜,最多饭团里夹几块咸萝卜,跟叫花子一样。竹筷卖不完,当天就寄存在朋友或亲戚家里,下一个圩又得走路去接着卖,卖完了,便买些生活用品回来,主要是买米买油买盐,有时也会为小孩买一些零食和学习用品,比如水果糖、麻花、文具盒、橡皮、铅笔、作业本,家里有女孩子的会买些皮箍、发卡、毛线什么的,全装在一个大蛇皮袋里背回来。一家人都在盼着蛇皮袋里装的宝贝。那时不知道什么叫苦,天天好像有一根鞭子在打你,让你怎么也闲不下来,就晓得忙忙忙。虽然忙也忙不出个啥名堂,挣的钱少得可怜,但是真的好奇怪,每做好一根筷子,心里就增加一份快乐。"

与邹长娥聊天时,我突然想起爱默生在《论自然》中写的一段话,感到神山的村民面对死缠烂打的苦痛时,依旧热爱生活,热爱大自然:

"热爱大自然的是这样一种人:他的内心与外在的感觉依然和谐一致,他即使步入成年依旧童心未泯。他与天地之间的相互交流,已成为他每日精神食粮的一部分。在大自然面前,尽管他有深重的哀痛,他的心中也充满狂喜。大自然说——他是我的造物呢。不管他有多少无妄之灾,他还是乐于与我相伴的啊。"

神山的林木资源丰富,家家户户有自留山。以前,一般年轻人都去自留山砍木头,然后背到外面去卖。纯粹的原材料,质地再好也价格低廉。

当然,也有极个别思维开阔有市场经济理念的村民想到把木头加工，比如左香云就曾经用大量湿木制作弹弓，再卖到井冈山景区的各家门店，收获了人生第一桶金。

由于特定的地理环境，神山很少种油茶，更无种植油菜的传统。于是我们就纳闷：村民吃油怎么办？

当时很多人家就吃"红锅底"，就是不放油，或者尽量少放油，把铁锅烧红炒菜，菜炒熟了将就吃。往往只有到过年，乡亲们才会杀猪，几家亲戚分点肉吃，有的还会把猪肉卖掉。甚至有些孩子长到三四岁了，都不知道猪肉是什么滋味。卖木头、卖竹制品挣来的钱，还是不够买油吃。另外盐也得天天吃，必须花钱去买，油盐成了每家每户锅碗瓢盆交响曲中的主旋律。缺油少盐，村民就没气力干重活、干苦活，就更挣不到钱，日子就过得更拮据。所以，村民几乎不约而同地把焦虑的目光投向茫茫山林。

除了竹木资源，神山村的重峦叠嶂、沟沟壑壑，还隐藏着取之不尽用之不竭的山货。想办法将它们从隐蔽的地方找出来，一样可以卖钱换油盐。

村民彭小华，历经磨砺。他曾经卖过竹筷竹片，做过油漆工，开过客车，开过香烛店、塑料店、服装店，进瓷厂打过工，在外面精彩的世界转了一大圈后，现在又回到神山村这块生养自己的地方，尝试养蜜蜂，开农家乐，做点山货买卖，小日子是过得风生水起。他动情地对我们说：

"小时候家里可穷哩，跟如今真的是天壤之别。记得爸妈经常带我们几个小孩上山去挖冬笋，找苦菜、鱼腥草、毛蕨、野芹菜、马齿苋等野菜，摘杨梅、毛栗、猕猴桃、野李、野柿子、山楂等山果，摸小鱼小虾，采木耳、香菇、草菇、松菇等野生菌。慢慢地我也认得哪些菇类哪些山果没毒，可以放心食用；哪些有毒，不能采摘。穷人的孩子早当家呀，那时神山村每家的孩子都会陪着自己的爸妈去山里找各种各样的山货，然后带回家，自己吃一点，家里存一点。那些稍微值钱的木耳、香菇、松菇以及加工了的杨梅干、竹笋、猕猴桃干、炒毛栗等山货，就挑到外面的集市上去卖。卖来的钱可以换油盐，还可以交学费。

"这些经历当时看起来好像太痛苦了，但我觉得也是一种财富，让我能够应付后来的摸爬滚打，即使有时创业失败了，也只流汗不流泪，失败了重来，跌倒了再爬起来呗！"

聆听完彭小华的一席话，我们不禁联想到英国诗人阿尔弗雷德·丁尼生在长诗《尤利西斯》中的诗句，彭小华应该就是我们心中绝不屈服的英雄：

"我们仍有英雄之心的勇气，

虽然被时间和命运耗损，但意志坚强，

要斗争、要探索、要寻找，绝不屈服……"

蔸子火，暖暖身，三更编箩有盼头

啥叫蔸子火？

现代都市人一定是云里雾里，丈二和尚摸不着头脑。神山人对此却很熟悉，充满感情。

蔸子火，就是用树蔸子为主体，再陆续添加一些篾片、干柴、铁芒萁、松毛、木屑等生的火，既可取暖，又能照明。

"以前的神山村穷啊，穷到锅底朝天。村里有很长时间没有通电，用煤油灯的人家也很少。那时煤油金贵，得凭油票去供销社购买。火柴也金贵得很呢，那时叫洋火，得放在灶口，防霉防潮，小孩不能去随便划，怕划不着浪费，只有大人们才有权划火柴。家家的木炭也不多，照明跟取暖都是问题，"回忆往事，村里的吴清娥老人不停地叹气，眼眶里好像有一朵朵泪花在闪动。也许在她心里，往事就是一枚硕大的蚕茧，包裹无数痛苦与无奈，包裹无数坎坷与挣扎，"所以到了冬天，夜里那个冰冷没法说。我们喜欢用树蔸子生火取暖呀，还可以就着亮光一边说说话一边熬夜编箩筐。"

交谈中，我们获知了更多关于蔸子火的信息：

神山村的青壮年在每年入冬之前，会相邀去深山，通过镐凿钎撬、锯拉斧劈、锄挖刀砍、绳捆杠抬，将森林里老去枯死或者被采伐后留下的大树蔸子弄回家，放在后厅背后的厢房。放蔸子的地方叫"火塘"，也就是一面靠墙，另几面用砖头石块垒在地上，隔成或方或圆的地界。

烧蔸子火时，先点着蔸子架上撒的木屑、松毛、铁芒萁之类的轻盈易燃之物。约莫半个时辰，树蔸灼红，热气升腾，蔸子表皮开始一点点冒烟开裂，并发出"噼里啪啦"的声响。这时候，蔸子火霍霍烧起来了。于是，周围的人不停地丢进干柴与篾片，并用木棍撩动蔸子伸展的根节，随即逗起一朵朵耀眼的火花。火花越开越多，越开越大，先是向四周乱窜，像响尾蛇捕食时的长舌头，迅疾射出，又倏地缩回；接着，火花汇聚成一团火炬般的光芒，冲向房顶，照亮房间的每个角落，映红每个人的脸庞。

当时的神山村民，除了将竹子加工成竹片与竹筷，还尝试做个头更大、工序更复杂，当然也更值钱的箩筐（也叫谷箩）。

做箩筐得需要各种样式的篾片，一般青篾最多，其余就是箩口篾、箩底篾、插心篾、转盘篾，等等。一般由男人负责完成箩筐底座插心篾的编织，其余工序则由妇女、老人以及小孩完成。所以篾片的制作非常讲究，得花一番功夫。

做箩筐的原料以毛竹为主，当然有淡竹、苦竹、罗汉竹等更好的品种。所需工具有刮刨、补针、锣铲、刮刀、篾刀、拐钻、圆锉、铰刀、剪刀、锯锉、竹尺等。在正式编箩之前，就必须经过八道工序：

去竹蔸竹梢，根据用途取材长短；刮节，也就是将竹节刮平；破竹，将刮好的竹子破开成片；劈条，即根据需要将竹子劈成合适宽度的竹条；去篾黄，就是将竹条内侧的竹黄去掉；取层，普通制品分8至12层，精细制品在第一次分层的基础上还可以再分6至8层；拣篾，干竹在此之前还要水浸或水煮；刮篾，就是将竹篾刮平滑。

在神山村多次采访期间看见的一个个普通的箩筐，都凝聚了村民的智慧与心血，我们不由得感慨：小巧箩筐，意蕴绵绵，普通之物其实不简单。纵是竹之秉性，横为人之感性。刚柔并济，丝丝回环，细工慢活，方留下纵横交错的缜密，织就经天纬地的精致。

吴清娥告诉我们：

"那时候，一个晚上也就能做好一个箩筐。应该是20世纪90年代初，一对箩筐卖四块钱，要趁逢圩的机会挑到茅坪、新城、龙市、大陇等地去卖，走老远的山路啰！别看一个箩筐只卖两块钱，但这钱不好挣。晚上早早吃完饭，我与老公便开始准备，小孩有时也会来帮点小忙。先准备好各种篾片，再烧一把蔸子火，接着一步步开始编箩。编箩是细活，急不得。也难为了村里的男人们，平时大大咧咧粗心惯了，但为了生计，一样得跟妇女一起耐心地编箩。

"编箩筐当中，我们得不停地往树蔸火里添柴，让温度不要降下来，不然天太冷了，手直打哆嗦，箩筐就可能编得不漂亮，那就没人买，那岂不白费劲？要忙到啥时候呢？也说不准。有时人太累了就早点去睡，有时却要忙到三更半夜的。干打垒密封不行，外面的冷风呼呼灌进来，还有路过的野兽嗷嗷狂叫，好吓人哦。没法子，一家人尽量多说说话，或大声叫几句，好吓跑野兽。

"一个晚上下来，每个人的头上、脸上、身上、鞋子上都沾了一层烟灰，人脏得像出去做了贼似的。眼睛被烟火熏得通红，还会不时地流眼泪。手嘛，生了老茧，磨出一个个血泡来。第二天血泡破了，还得忍住疼接着干。有时被篾片割伤，就得停下来用点烂布条简单包扎一下，只是找一点蜘蛛网上特有的白末止止血。

"只有拼命干活，才有盼头啊！你们想想，一家人要吃饭，小孩要上学，还得治病，没钱咋办？"

梭罗在他的代表作《瓦尔登湖》中写过一段经典的话，如果用于神山村这批编箩者的身上真的很配：

"我不希望过不是生活的生活，活着是这样珍贵；也不希望过退隐的生活，除非必须如此。我想要深深地生活，吸取生活的全部精髓，过坚强的、斯巴达式的生活，除去一切不是生活的东西……把生活逼入困境，降到最低的地位，如果证明生活是平庸的，那么就把它全部的、真正的平庸之处认识清楚，公之于众；

而如果生活是崇高的，那就去亲身体会它，然后在我的下一次旅行时给以真切的记载。"

自食其力、传承手艺、与世无争、宁静致远，谁能说这些艰辛劳作的神山人体验的不是一次崇高的旅行？

一季稻，塞牙缝，红薯南瓜当主粮

中华人民共和国成立之前，赣湘边界流传着一首民谣，真实地反映了当时老百姓贫苦生活的景象：

清早煮橡皮（吃红薯片），中午捞虾米（吃稀饭），晚上钳乌鸡（吃芋头）；荒年向天要，仙果（山上野果）观音泥（高岭土）。

神山当然也是大致如此。村里田地实在太少，而且大多数是冷浆田，还有一些是"望天丘"，所以只能种一季稻。

问题来了，村里各家各户的粮食够吃吗？

"当然不够吃，"村民赖福桥多次接受我们采访，他从不忌讳谈起伤感的往事，反而觉得这正好可以跟现在的幸福生活进行对比。这样对比一下，就更珍惜现在的美满生活，更加懂得要自力更生加快发展了，"村里田太少了，又不肥，劳动力也不够，一季稻不可能够一家人吃。于是，不少村民得买政府提供的返销粮。"

返销粮，一个特定时代的产物，指的是国家向农业生产经营单位销售的粮食。国家贯彻"统筹兼顾，适量安排"的原则确定返销粮规模、数量和地区。在保证农民必不可少的生产和生活需要前提下，根据各地的实际情况，分别确定不同的供应标准。返销粮的价格往往只略高于当地的粮食收购价格。

但当时神山村大部分人家的口粮只够吃半年，还有半年的口粮没有着落。如果纯粹购买返销粮，一些手艺人尚可勉强应对，但对于有的孤寡老人、残疾户或者缺少劳动力的人家而言，就有些吃紧了，他们只有选择多种一些红薯了。

赖福桥回忆道：

"那时，每家每户每年至少得收500斤红薯，最多的人家，有两三千斤。红薯吃不完，就挖地窖存起来。一旦缸里的粮食越来越少了，就煮薯丝饭吃，既节约粮食又吃得饱。"

薯丝是由红薯加工而成，一般在农历九月后，将红薯洗干净刨成细丝，晒干装入缸内保存。

赖福桥接着说：

"红薯好吃，这道理野猪也懂，所以麻烦来了。每到各家各户地里的红薯快熟时，野猪就跟过来了，与人争抢红薯。野猪坏透啦，偷吃红薯不算，还把地掀个底朝天，甚至撞伤过人。于是，村里人就想办法呀，又是点爆竹吓，又是用鸟铳打，又是设陷阱捉。村里一个叫赖林树的人，2017年才去世，他在的时候过得可风光呢，以前每年能打到三四头野猪。他一般自己吃一点，给部分家庭特别困难的村民送一点，其余就挑到集市上去卖钱。野猪肉紧实，又鲜又香，城里人可喜欢吃，贵着呢！

"陷阱嘛，一般至少得挖3米深，上面搭一个竹子架，再盖上草呀树叶呀青藤什么的作伪装。大野猪可能困不住，愣头愣脑的小野猪能捉到，但人也可能不小心掉进去。记得有一次从大陇来了一批摘杨梅的妇女，其中的一个就掉到陷阱里去了，受了伤，扯起脖子喊救命，声音都叫哑了，可深山老林摘杨梅的人都散开了，咋听得见？好在，她的竹篓里摘了些杨梅，可以填填肚子。

后来，终于被我们几位砍柴的村民发现，想法子救了她一命。"

赖福桥的讲述一下把我们带到一个特定历史时期。

他继续讲道：

"除了红薯，这里的村民还喜欢种南瓜、种芋头。南瓜命贱，一粒种子丢在外头，呼啦呼啦就长起来了，而且不用咋管，个头长得老大老大的。往往每家都存了好几百斤，一个个南瓜堆在厨房里，放在楼梯上，甚至卧室中，瞅着心安。天寒地冻的日子，家里实在有粮食吃了，就每人打一碗南瓜汤，既当菜也当饭，有时也会炒上一盘野菜，再煨几个红薯将就下。红薯、南瓜也成为那时候的主粮，勉强填饱肚子，苦日子就这样一天天熬过去啦。"

在神山村的采访过程中，我们不仅在分享各家各户如今普遍幸福甜蜜的心情，也品尝到了各家各户过去的不幸和苦难，还在感受着各家各户憧憬未来、砥砺前行的强劲节奏。

我们且行且思，感悟很多，收获更多，一次次被村民面对不幸与苦难时体现出来的精神所震撼、所感动。

我们不吝笔墨记录神山的致穷之根与贫困之状，记录一些家庭所历经的种种不幸与苦难，绝非沉迷其中，萎靡不振，而是希望以此为碑，烙刻神山在岁月长河之中沉淀下来的经验教训；以此为镜，照见神山当下生活的静美和安康；以此为桥，连接神山未来更加璀璨的梦想。

第三章
神山之为：
到中流击水，浪遏飞舟

长风浩浩，
浪卷波翻。
一群跋涉的人，
在一场万众瞩目的战役中，
赢得金灿灿的口碑。
把精准扶贫的火把举高一些，
再举高一些。
舞动吧，
在这方风生水起的红色热土！

心中自有一盘棋

神山村以及所有贫困户的家底，实际情况到底怎样？通过采访一些扶贫干部，我们了解到神山村的实际情况。

2016年时，神山村系"十二五"省定贫困村，分神山与周山两个村民小组，共有54户231人，其中党员16人。全村拥有耕地面积198亩，山林面积4950亩，其中90％为毛竹林。

一直以来，神山村的主要经济来源就是毛竹，收入不高，属于一个典型的"边、远、穷"小山村。由于农村户籍管理、农民观念、亲属关系等因素，神山村人口、家庭及住房情况比较复杂：一是未迁出户口和未及时销户的人口较多；二是常年在外居住的人口较多；三是一宅多户的现象比较多。

深入调查之后，我们还了解到，神山村的致贫因素主要集中在四大方面，就像四根绳索，缠得神山人喘不过气来。

基础设施非常薄弱。尽管神山村人口不多，但基本上是盘山散居，分布广而散，基础设施非常落后，欠账多。主要表现为：一是交通基础差。神山村地处黄洋界脚下，位置十分偏僻，村口离半山腰的230省道还有3公里左右。以前进村道路窄小，蜿蜒盘旋，最宽路段仅3.5米左右，基本上见不到会车点。二是农田设施非常落后。村里耕地利用率极低，且大多数为冷浆田或"望天丘"，只能种一季稻，所以村民往往不愿种地，而宁愿选择外出打工或做生意、做手艺，于是便出现大面积的撂荒地。三是居住条件非常简陋。全村以前的40栋房屋，包含29栋土坯房（其实就是干打垒），8栋"金包银"（一种生动比喻，房子外表看起来不错，其实就是砌了一层土砖，房子里面的结构却很差，全是黄土垒成)，砖房3栋（黄洋界林场2栋，村内1栋），其中危旧房有37栋，危旧比例高达92.5%。

产业发展严重滞后。神山村村民以前的主要收入来源是外出务工、毛竹产业以及养殖业，粮食往往不能自给自足。神山的毛竹资源虽丰富，但受限于交通，外销困难，没有转化为经济优势。近年来，政府扶贫政策提供黑山羊、成都麻羊与娃娃鱼，也因为缺乏有效的养殖技术，均是"人放天养"，难以形成效益。村民自主创业种植人参，由于缺乏技术和有效的管理，最终以失败告终。

兜底保障不到位。在2016年之前，神山村231人之中只有17个低保户指标。由于名额有限，当地村民只能采取投票的方式来分配，得票较高的人方能享受到国家的低保政策。比如神山组的熊吉甫，因为排在末尾且票数相同而只能享受半个指标；周山组的赖云祖，患有小儿麻痹症丧失部分劳动力，却因为票数不足，没能享受到国家的低保政策。

群众思想观念陈旧。由于神山村民文化素质相对较低，发展家庭经济缺计划、缺技术、缺管理能力，即便是外出打工，收入也与村外人有一定差距。加之这里的人长期处于封闭落后状态，接触新思想、新观念、新事物较少，小农意识根深蒂固，求新思变意识不强，"等、靠、要"的依赖思想较严重。尽管一些贫困户有摆脱贫困的强烈愿望，并不断努力尝试，但由于思路不清、观念不明、缺少引导，他们一次次失败。

神山村的扶贫开发其实自20世纪80年代中期就已经零星开始，经过三十多年的努力，取得了一些成效。但跟全国很多贫困地区一样，问题也确实不少。如对贫困群众底数不清、具体情况不明、投入太少，扶贫针对性不强、资金和项目指向不准，等等。

正因为如此，习近平总书记眼光犀利，瞄准精准。2013年11月，他在湖南花垣县十八洞村调研时就提出"精准扶贫"，指出扶贫开发贵在精准，重在精准，成败之举在于精准。2015年，精准扶贫开始正式上升为国家方略。

精准扶贫到底要怎么抓，可没有现成的答案。只有一步步摸索前进，不断总结经验教训，才能收到实效。

习近平总书记曾经深刻指出：扶贫必先识贫。建档立卡在一定程度上摸清了贫困人口底数，但这项工作要进一步做实做细，确保把真正的贫困人口弄清楚。只有这样，才能做到扶真贫、真扶贫。

采访中我们得知，井冈山正是严格按照总书记提出的要求摸索前进，认真识贫。

井冈山于2014年就在吉安全市范围内率先提出三卡识别办法，率先聚焦精准。神山村的精准扶贫对象，也从此开始历史性地变"面上掌握"为"精准到人"。

三卡识别，精确"扫描"每一个贫困户，做到心中有数。

井冈山创新提出红卡（特困户）、蓝卡（一般贫困户）建档立卡办法。不搞"大概印象、笼统数据"，而是聚焦"贫困面有多大、贫困人口有多少、致贫原因是什么、脱贫路子靠什么"等一系列问题，以"村内最穷、乡里平衡、市级把关、群众公认"为原则，以"一访（走访农户）、二榜（在村和圩镇张榜集中公示）、三会（分别召开村民代表大会、村两委会、乡党政班子会)、四议(通过村民小组提议、村民评议、村两委审议、乡党政班子决议)、五核(村民小组核对、村两委审核、驻村工作组核实、乡仲裁小组核查、乡党政班子会初核)"的办法,让群众身边最熟悉情况的人来把关。

与此同时,将贫困程度相对较轻,2014年已经实现脱贫的贫困户定为黄卡户,确保"贫困户一个不漏,非贫困户一个不进,贫困原因个个摸清,脱贫门路户户有数"。

为了方便,井冈山建立了一个精准扶贫大数据管理平台,轻点鼠标,即可精确查询到每一个贫困户的所有信息。

通过各级扶贫工作组的精确"扫描"之后,神山村终于第一次明晰了贫困户的真实家底:

神山村精准扶贫对象名单

村民小组	户主姓名	贫困人口	红卡户蓝卡户黄卡户	享受精准扶贫政策人员
神山组	黄端初	2	红卡户	黄端初、罗端阳
神山组	邹姜莲	1	红卡户	邹姜莲
神山组	葛湘村	2	红卡户	葛湘村、左细英
神山组	邹长娥	1	蓝卡户	邹长娥
神山组	罗林辉	3	蓝卡户	罗林辉、吴桂兰、罗俊
神山组	彭德良	6	蓝卡户	彭德良、尹润梅、左炳阳、彭菲、彭融、彭赋
神山组	王青阳	1	蓝卡户	王青阳
神山组	谢福庄	1	蓝卡户	谢福庄

(续表)

村民小组	户主姓名	贫困人口	红卡户蓝卡户黄卡户	享受精准扶贫政策人员
神山组	左从林	2	蓝卡户	左从林、袁夏英
神山组	彭水生	2	蓝卡户	彭水生、范茂秀
神山组	彭云生	2	蓝卡户	彭云生、李冬玉
神山组	熊吉甫	1	蓝卡户	熊吉甫
神山组	张成德	2	蓝卡户	张成德、彭夏英
神山组	左秀发	5	蓝卡户	左秀发、彭冬莲、侯光芹、左春仁、左宇翔
神山组	邹有福	2	蓝卡户	邹有福、罗节连
周山组	赖伯芳	3	红卡户	赖伯芳、吴小梅、吴余清
周山组	赖林树	2	蓝卡户	赖林树、彭亮妹
周山组	赖福洪	2	蓝卡户	赖福洪、罗美华
周山组	赖石来	3	蓝卡户	赖石来、吴清娥、赖发新
周山组	赖福山	3	黄卡户	赖福山、陈秀珍、赖陈兵
周山组	赖志鹏	4	黄卡户	赖志鹏、谢志珍、赖凤林、赖慧敏
周山组	熊秋秀	1	蓝卡户	熊秋秀

经过一层层深入细致的"扫描",可以确定神山村的精准扶贫对象共22户51人。其中红卡户共4户8人,蓝卡户共16户36人,黄卡户共2户7人。有了这份名单,之后全村的扶贫工作就可以真正做到对症下药、有的放矢了。

接下来,他们着力整合多方资金,因地制宜,因户施策、因人施策,依托现有资源和自身优势"开方子","对症下药",项目、资金、政策因户"滴灌",做到方略有谱。在全面摸清摸透贫困村、贫困户基本信息的基础上,突出产业扶贫、安居扶贫、保障扶贫三大工程,让"项目资金跟着穷人走",把"血液"输到"静脉",有效激活贫困群众的自我"造血"功能,变"大水漫灌"为"精准滴灌"。

将"有能力"的"扶起来",根据贫困群众的致富意愿、劳动能力的实际,有针对性地制定帮扶政策和措施。能就业的,帮助联系合适的工作岗位,实现"一户一人务工,全家不再受穷";能创业的,从资金、技术、服务等多方面入手,扶持发展致富产业,确保家家有一个致富产业、户户有一份稳定收入。

将"扶不了"的"带起来",针对部分贫困群众缺乏劳动能力、难以自我发展的实际,政府帮助其以产业扶贫资金入股,大力引导当地龙头企业、农民合作社和致富能人、党员干部发展多种农业产业,带动贫困群众共享产业发展成果,确保稳定脱贫。

将"带不了"的"保起来",聚焦完全丧失劳动能力的贫困群众,和因病、因残、因教育等致贫的贫困群众,在落实国家普惠性社会保障政策的基础上,由井冈山市本级财政掏腰包,叠加实施相应的差异性保障政策,并积极推进"扩面提标",确保这部分贫困群众收入年年有增加。

将"住不了"的"建起来",实行差异化奖补政策,全力消灭危旧土坯房。坚持规划先行,注重与秀美乡村建设相结合、与镇村联动点建设相结合、与农村清洁工程和村庄整治相结合"三个结合",确保每一栋土坯房都拆得动、建得起、住得进,确保不让一个贫困户住在危旧土坯房里。

一直以来,位置偏僻、交通不便、缺乏有带动力的产业等因素阻挡着神山人脱贫致富。

神山村的贫困户2017年全部实现脱贫,关键一步就是攻克了凶恶的"拦路虎"——交通。

2002年以前,神山村全村没有通公路,只有一条崎岖的山路像黄鳝一样爬向远方。村民外出要步行至少一个小时才能到有车的公路,即使有了自行车也不能骑回家,因为路太陡太烂。遇到下雨天,不要说一辆笨重的自行车,就是一个人步行,鞋子都可能陷入淤泥里面,很难拔出来。

后来,我们采访村支部书记彭展阳。他幽默地说,原来神山村的山路,不是"羊肠小道",而是"鸡肠小道",出一次大山,"磨破肩膀,累断腿脚"。有些神山小伙子谈了好几年恋爱,就是不敢把女朋友领回家,怕黄了。

自从2002年规划建设通村公路后,神山村于2003年开始修建路基,但只能通行小汽车和农用车。到了2005年,公路硬化成3.5米宽时,才逐渐改善村民的出行条件。2014年精准扶贫工作开展以来,当地政府想办法对困扰村民出行、影响致富的通村公路进行大规模修缮,公路扩宽至4.5米,终于解决了神山村因道路不便制约经济发展的实际问题。2017年,神山村因乡村旅游发展迅速,来村里参观的游客和车辆暴增,特别是被评为江西省4A级乡村旅游点以来,神山村声名鹊起,旅游产业渐入佳境。为解决游客及大客车通行安全问题,当地政府在2018年5月开始对进村公路进行加宽改造,增设防护栏和弯道会车点,并铺设柏油路面,名为"白改黑"。

公路一畅,神山村旅游全盘皆活。

不只是货物畅通了,最重要的是客人来了,财富来了。村民张成德开办了村里第一家农家乐。2015年他家人均年收入才3000多元,2016年底人均年收入已过1万元,2018年则超过2万元。

神山村的农家院颇具特色

要脱贫,就得抓住关键——扶业长造血,扶困解贫忧。口袋里有没有票子?住没住上好房子?过没过上好日子?是不是一阵子？这是贫困群众最关心也是最焦心的四大问题。

我们了解到，各级政府部门想方设法为神山村找准致富路子，实现家家有产业。

推进"产业＋"，实现"资源变资产、资金变股金、农民变股东"，发展致富产业找准脱贫门路。一是固化利益联结，找准脱贫"靠山"。当地采取股份制、联营式、托管式等合作模式，通过吸纳贫困户或以资金，或以土地，或以劳动力入股等形式参与产业发展，固化贫困户与企业、基地、合作社的利益联结，让资源变资产、资金变股金、农民变股东。二是延伸产业链条，找准脱贫抓手。当地积极探索"金融＋扶贫""电商＋扶贫"等产业扶贫模式，带动贫困户增收脱贫。

推进"旅游＋"，变"单一为综合、过客为常客、潜力为实力"。当地坚持以旅游开发带动扶贫开发理念，大打井冈山旅游牌；深入挖掘各地旅游资源，推进融合农业观光、农家乐、休闲度假等差异化、个性化的全域旅游。

推进"就业＋"，实现"一户一人务工，全家不再受穷"。当地探索开展公益性岗位扶贫，实现"一人务工、全家脱贫"。对于具备一定创业条件的贫困劳动力，政府给予免费创业培训和指导，为贫困户开展"订单式"技能培训，帮助贫困户掌握职业技能，培育了一批自力更生、勤劳务实的劳动者。比如村民罗林辉就受益于技能培训。

我们见到罗林辉时，他正开着自己新买的小车从城里上货回来，招呼家里的伙计卸货。谁能想到，几年前，他的生活还是另一番模样。

2013年，一场无情车祸，改变了在广东务工的罗林辉一家的命运。那一次,正当年的罗林辉永远失去了妻子,而他自己从死亡线上挣扎逃生时,也丧失了部分劳动力。一时间,家里阴云密布。

面对年迈多病的母亲和 7 岁的儿子,当时还不到 40 岁的罗林辉心灰意冷,就像穿越长长的隧道,怎么也走不出来。

不久,脱贫攻坚的春风吹遍井冈山,吹向神山村,让罗林辉黯淡的日子重现曙光。

"2015 年,我被村里评为蓝卡贫困户,政府为我们家筹集了产业帮扶资金 2.2 万元,入股了村里的黄桃和茶叶种植基地。每年按本金的 15%~30% 分红,源源不断。我还得到了一份护林员的工作,一年也有 1 万元的收入。"更让罗林辉感激的是,政府还联系了爱心企业家,资助儿子从小学到高中每年的一些费用,解除了其后顾之忧。

"政府千方百计帮神山人脱贫,我也得自力更生。"生活质量的改善,极大激发了罗林辉的奋斗积极性。一直没有修过的老房子在村里的统一规划下进行了墙体加固,变得更敞亮结实了。如今,罗林根、罗林辉两兄弟,把两层自建小楼打造成农家乐,取名为"神山土菜馆",同时尽力销售本地特产。

"旺季时,游客多得都招待不过来。虽然农家乐开张不久,装修还不到位,但一年下来利润也有两三万元,以后应该还会增加的。"罗林辉心情舒爽。

为感谢政府的帮扶,罗林辉主动把自己的一技之长用起来,带领同村年轻人参与村里建设。

"村里的建设施工请人,都会优先用本村的劳动力。我就把以前所学到的一些知识和技能,用来培训村里的年轻人做篱笆、修村路,这样既节省成本,也让他们多一份收入。"罗林辉学以致用,他的计划很多,点子不少。

"神山村要打造优美景区,非常需要园林管理人才。我准备结合自己学到的园林建设与管理经验,大干一场,让学到的东西真正有用武之地。"罗林辉充满期待。

"虽然暂时遇到困难,但政府给铺好路,指明了方向,仅仅脱贫已经不是我的奋斗目标。我不能停留,不能满足,得撸起袖子加油干,让家人的生活越来越富裕。"罗林辉坚定地说。

谁的命都一样,但运不一样,就如一滴水——落到池塘,就是塘水;落到江中,便为江水;落到湖里,成了湖水;落到海里,当然成了海水。其实命运是可以转换的,但是要借助外力。江水在引力作用下奔腾到海,遂成海水;湖水、塘水虽"画地为牢",但可通过阳光的蒸发,重新化为雨水而落入江中、海里,实现角色转变。

应该说,是党和政府的亲切关怀与社会上众多好人的帮助,让罗林辉的命运从此扭转。

同时,神山村尝试构建多元主体的社会扶贫体系。

神山村始终坚持党委领导、政府引导、社会主导的原则,努力构建多元主体的社会扶贫体系:上面派来"第一书记"和各级扶贫干部,还有一些爱心企业与社会组织也带来了人员。他们长期住在村里,挨家挨户摸实情、问困难,与村民们一起吃、一块干,一起合计脱贫办法,调动一切可以调动的资源。贫困户左秀发的命运便由此发生了根本性扭转。

乘着发展旅游的"东风",左秀发将自家的破房子维修加固,改造成神山客家餐馆。"打糍粑"是最具特色的招牌项目:一个石臼、两个木杵、几团糯米饭,一拨拨游客争相来尝鲜……

扶贫工作组又送来一份脱贫大礼：筹集产业帮扶资金2.2万元，帮老左入股了黄桃及茶叶种植基地，头三年按本金的15%分红，第四年按本金的20%分红，第五年以后按本金的30%分红。从此，老左一家从农民变身"股民"，享受产业发展的收益。

村民领取入股的分红

神山糯米小糍粑，成了脱贫香饽饽。

左秀发开心地说：

"打一臼糍粑收100元，能赚70元。多的时候一天六七拨客人，光打糍粑一年就增收上万元。除了政策保障性收入和糍粑的收入，入股分红有3300元，再加上卖红薯干、竹制品，我家的人均收入接近1万元。"

落日的余晖在左秀发饱经风霜的脸膛上镀上了一层祥和的金

色。他对明天充满了希望：

"过去没修路时，我常常要背着毛竹往外卖；现在路修好了，我反倒出去得少了，因为外边的人都自己上门来了。我一辈子都没想到会过上今天这样的生活，真像做梦一样。我有时搞笑地掐自己大腿，感觉有点疼，才明白不是在做梦。"

梭罗在《瓦尔登湖》中写下一段话，我们亦有同感。

"……这是一个美好的黄昏，身心舒畅，每一个毛孔都吸收着愉悦的力量。我在大自然中自在穿行，我本身就是它的一部分。"

当我们住在神山，呼吸着清新甜香的空气，聆听着从竹林与菜地中发出的各种天籁之音，心中是那么安宁，那么舒畅。好像我们的身体已经分解，悄悄地融入了大自然，融入了村民温馨的梦呓之中。

是呀，许多神山村民和左秀发一样，腰包鼓了起来，腰杆硬了起来，脸色红了起来，日子甜了起来，生活美了起来！

当然，值得记载的还有神山村的安居工程。

让贫困群众实现安居梦，是全面建成小康社会应有之义。当地按照"建得起、搬得出、住得好"的要求，全力推进安居扶贫。

采访中，我们拿到了一份有关神山村危旧房改造的名单。

神山村危旧房改造名单

全村共有住房40栋，其中村内房屋38栋（危旧房屋37栋，包含29栋土坯房，以前未纳入危旧房改造范围的8栋"金包银"），黄洋界林场2栋（砖混结构）。

（续表）

序号	房主姓名	村组	备注
1	彭秋生（彭展阳）	神山组	土坯房
2	邹国华	神山组	土坯房
3	邹姜莲（黄鑫兰）	神山组	土坯房
4	黄端初	神山组	土坯房
5	彭建新	神山组	土坯房
6	黄翠英	神山组	土坯房
7	彭云生	神山组	土坯房
8、9	胡金生（老宅2栋）	神山组	土坯房
10	彭丁华	神山组	"金包银"
11	彭水生	神山组	土坯房
12	左炳阳（老宅）	神山组	土坯房
13	张成德（新宅，混泥结构）	神山组	砖混
14	邹有福	神山组	土坯房
15	左炳阳	神山组	土坯房
16	李宗吾	神山组	"金包银"
17	彭长妹（黄宁安、黄剑）	神山组	土坯房
18	左秀发	神山组	土坯房
19	左从林	神山组	土坯房
20	葛湘村（左细英）	神山组	土坯房
21	邹长娥	神山组	土坯房
22	彭满林	神山组	土坯房
23	吴桂兰（罗林辉、罗林根）	神山组	土坯房
24	彭炳根（王青阳）	神山组	土坯房

(续表)

序号	房主姓名	村组	备注
25	谢福庄	神山组	土坯房
26	张成德（老宅）	神山组	土坯房
27	熊吉甫	神山组	土坯房
28	王道根	周山组	"金包银"
29	熊秋秀（王少连）	周山组	土坯房
30	赖福桥	周山组	"金包银"
31	赖云祖	周山组	"金包银"
32	赖林树	周山组	"金包银"
33	赖余德（赖福山借住）	周山组	"金包银"
34	吴余清（赖伯芳）	周山组	土坯房
35	赖福洪	周山组	土坯房
36	刘凤兰（赖志成、赖志鹏、赖志昂）	周山组	土坯房
37	赖石来	周山组	土坯房
38	赖友芳	周山组	"金包银"
39	胡金生（黄洋界林场）	神山组	砖混
40	邹姜莲（黄洋界林场）	神山组	砖混

当地还不折不扣地实行几种扶贫办法：

落实兜底扶贫，实现人人有保障，确保贫困群众不掉队、全覆盖。在推进低保扩面提标中，统筹推进社会保障扶贫、就业扶贫、健康扶贫、教育扶贫，不断将政策向贫困人口与贫困户叠加，扎牢兜底保障网，确保每一个贫困户都能实现"两不愁三保障"。

实施"两提标"，推进社会保障扶贫，让贫困群众日常生活不愁。针对红卡户低保对象，在省定标准基础上每人每月提标40元；对红卡户非低保人口，市本级财政按每人每月100元标准发放市级低保金。

解决"因病致贫、因病返贫"，推进健康扶贫，让贫困群众看得起病。当地帮贫困户全额代缴新农合及医疗附加险费用，取消乡、县两级住院补偿起付线，将群众在省、吉安市级重大疾病定点医疗机构住院补偿比例提高到70%。

现在，神山村民在家门口就可以享受到一定的医疗服务

实行"减免并举"，推进教育扶贫，让贫困群众上得起学。全力扩大资助面，实行贫困户子女从学前到大学的一揽子费用减免和补助政策，对红卡户子女实行高中阶段学费、书本费全免并每人每年补助2500元。率先实施从中招师范"三定向"招生指标切出30%用于招录建档立卡贫困户子女，报考中招水利"三定向"的贫困户子女可享受20分的加分政策。对考取全日制普通

高等院校和职业院校的贫困户子女分别按每年4000元和2000元的标准补助,连续补两年,消除贫困的代际传递。

脱贫攻坚,不是单打独斗,而是一项群策群力的系统工程。仅靠井冈山一个地方的力量是远远不够的。

怎么办？需要跳出扶贫抓扶贫,跳出井冈山抓扶贫,广借外力,生发内力。

据不完全统计,仅2016年这一年时间,当地就多方争取到1300万元资金。这些资金中,部分用于新改建桃寮经神山至坝上12公里的环村公路;300万元用于支持神山村产业发展和土坯房改造;15万元用于村民生活用水扩容改造;30万元建设污水处理工程;10万元建设一所村卫生室;45万元用于建设"博爱家园"项目;新建2个停车场,其中大型停车场可同时容纳50辆小汽车;新建旅游公厕1个;新办红色旅游书屋,藏书15000余册;设立各种宣传栏、宣传牌,开通村内广播;安装路灯;种植桂花树等绿化树;新建竹篱笆、水车、竹声惊鸟、竹竿饮水等乡愁韵味浓厚的小景致。当地还对接中国井冈山干部学院、江西干部学院和井冈山干部教育学院等,将神山"精准扶贫大讲堂"课程纳入培训计划,拓展红色培训外延,使革命传统教育与脱贫攻坚大决战相融相促、相映生辉。

彭展阳告诉我们,通过外力帮助,这里的村民人均年收入从2013年之前不足3000元,到2017年脱贫时的8600元,再到2018年近12000元,收入翻几番。村民也从之前的老三样(一把锯子、一把柴刀、一把刨子),转变为现在的新三样(一个讲解话筒、一个农家乐、一个股权证或一片茶竹果园),收入来源多渠道、收入持续有保障。村里的致富产业发展迅速,全村黄桃种植面积460亩，其中合作社基地种植220亩，农户自家利用房前屋后及撂荒地种植240亩。2018年盛果面积220亩，产量10万公斤，销售额200万元。群众从黄桃产业中人均获得收益达2100元。

下一步，当地将通过合作社带动村民管理好现有黄桃产业，加大技术支持，确保品质和产量；同时进一步与江西科技师范大学合作，利用"桃醉井冈"网上预订，加大网上营销力度，提前做好丰产销售、系列黄桃产品研发，让神山黄桃逐渐走出神山，走向全国。神山结合"井冈红"200亩茶叶基地开始大量采茶上市的发展情况，加大采茶、制茶、泡茶技术培训，在神山村形成种、采、制、泡、品系列体验旅游项目，让村民不仅通过基地流转土地、务工工资、入股分红等增加收益，更能从产品制作、销售、推广上，获得更大收益。

彭展阳接着介绍，在外界帮助下，2018年神山村旅游从业人员达56人，全村旅游年收入1200万元，占全村年收入比重近65%。2017年村里游客总量为22.5万人次，2018年游客总量则将近30万人次。全村共有17户村民开办农家乐，有8户农户开办打糍粑、土特产、酿酒坊、竹木工艺品等特色店铺。到2018年底，神山村已经签订合同进行民宿改造的农户有23户，其中第一批改造的8户人家已经开始动工。

他又说，村口的红军小道，当年在井冈山革命斗争时期用来运送被服、草药、生活物资等，是黄洋界保卫战主战场的组成部分。如今，神山村多方筹措资金对红军小道进行维修，增加安全防护设施、休息亭、登山台阶等，以迎接纷至沓来进行红色培训和党性教育的游客。

尤其赢得贫困户争相点赞的是，神山村部有一面微心愿墙，上面密密麻麻挂着贫困户的微心愿卡片：

彭德良：想要课外阅读书。邹有福：想要一些化肥、农药。彭云生：孙子想要一副乒乓球拍。胡玉保：想要一床棉被。邹姜莲：医疗证丢失，急需补一个。赖石来：要一个电炒锅。罗林辉：想要一个脱水机。葛湘村：需化肥、农药。王青阳：想要一床棉被过冬……

每个"微心愿"内容的下方，就有一名扶贫干部实名认领记录。

这棵系满"微心愿"的心形大树，用情、用爱、用给予、用感恩来浇灌，它才枝繁叶茂、生机勃勃！

据曾经担任村支书的黄承忠介绍，当年他们探索开展的"干群心连心，点亮微心愿"连心活动："交心式"走亲，广泛收集微心愿；"连心式"结亲，积极认领微心愿；"贴心式"帮亲，合力点亮微心愿；在"微"处使"重"力，帮助贫困群众圆了一个个微梦想。

"别小看这面微心愿墙，"黄承忠说，"它是干群关系融洽与否的晴雨表，也是考验扶贫干部责任担当的试金石。从小事上，老百姓更能看到干部的作风与担当。"

"输血"解决基本保障，"造血"解决长期发展。综合来看，脱贫攻坚，一方面是扶业增收，另一方面是扶困解难，两个方面缺一不可。但比较而言，发展产业、增加就业、增加收入为根本之举。扶贫真正扶到根子上，关键是提高贫困群众的自我发展能力，实现"村里有主导产业""村民有增收门路"。

然而发展产业，既不能一蹴而就，更不能盲目蛮干，务必实事求是、因地制宜。激活贫困对象的资源资产，才是切实可行之举。所以，这几年神山村想方设法变资源为资产，变资金为股金，变农民为股东，使农民从仅收租金，变成长久坐拥租金、佣金、股金"三金"。

特别是当地坚持"有能力"的"扶起来"、"扶不了"的"带起来"、"带不了"的"保起来"、"住不了"的"建起来"的扶贫方略，充分体现了习近平总书记精准施策、分类施策的精准扶贫思想，切实做到了"扶真贫""真扶贫""扶贫路上不落下一个贫困家庭"。

另外，实行动态管理，实时掌握贫困群众的实际情况，做到脱贫有序，确保长效机制。

我们了解到，井冈山不搞"贫困终身制"，而是实行"户有卡、村有册、乡有簿、市有电子档案"，及时更新贫困信息，及时跟进管理，按照国家脱贫标准，严格核查把关，对完全符合标准能够脱贫的贫困户、贫困村予以退出，对新增和返贫的贫困户及时纳入，做到应进则进、应扶则扶，确保"贫困在库、脱贫出库"。

井冈山不为脱贫而脱贫，坚决杜绝"数字脱贫"，坚决不搞预期收入，不搞花拳绣腿，不摆花架子，而是落在实实在在的现金收入、真真切切的实际脱贫上。在这方面，他们认真实行了两种做法：

一种是"四卡合一"，做到帮扶措施落实情况明明白白。他们创新制作了以贫困户基本信息卡、帮扶工作记录卡、脱贫政策明白卡、贫困户收益卡为主的"四卡合一"脱贫档案卡。一卡在手，即可了解贫困对象的所有基本信息，谁来扶的、怎么扶的、解决了哪些问题、实现了哪些收入，等等。这些信息一一记录在卡，确保有据可查。

另一种是"三表"公开，做到贫困群众每项实际收入清清楚楚。针对红、黄、蓝卡户，统一印制了"贫困户收益确认公示表"，登记每一项实际收入，不是测算收入，不是预期收入，而是实实在在的现金收入，一分一厘都经过贫困户签字确认后公示公开，做到你知、我知、大家知，方便社会监督。

在神山村红卡户葛湘村家的墙上，我们找到2015年、2016年、2017年、2018年等年度的"贫困户收益确认公示表"，各项收入在上面明明白白地写着，表格的下方有葛湘村本人和核对人的签名。

井冈山还全盘考虑，出台"党员干部进村户，精准扶贫大会战"政策三十二条以及精准进退"五必访"。

其中，"五必访"是：一是村民家庭有重大事故的必访；二是村民之间有矛盾纠纷的必访；三是村民有不稳定情绪或信访苗头的必访；四是村民遇到特殊困难的必访；五是村民有创业意愿和致富项目的必访。

春风化雨润民心。

这些有温度、有力度、有高度的举措造福千家万户，难怪井冈山的脱贫成效这样明显，荣誉这么突出：

2017年2月26日，井冈山在全国实现率先脱贫"摘帽"；

井冈山用改革思维和创新办法推进精准脱贫的工作法，好评如潮，"井冈山脱贫工作法"被评为2017年中国改革年度十大典型案例，井冈山市荣获2018年全国脱贫攻坚组织创新奖；

2018年12月27日，由中国经济体制改革杂志社主办的"庆祝改革开放40周年——中国改革（2018）年会暨改革开放40年地方改革创新40案例高层研讨会"在江苏省江阴市举行,会上揭晓了"改革开放40年地方改革创新40案例"名单,井冈山市"以改革思维和创新办法推进精准脱贫"案例名列其中。

让脱贫最终成为"单程票",已经成为全体井冈山人的共识,当然也成为所有神山人孜孜以求的梦想。

文化的力量

物质扶贫固然重要,精神扶贫、文化扶贫更为重要。只有真正做到对贫困户进行文化"充电"与精神"补钙",才能变"授人以鱼"为"授人以渔"。

这里所说的"渔",既是一种志向,也是一种生活与工作能力,更是一种思想与精神动力。

习近平总书记说过,扶贫必扶智,治贫先治愚。贫穷并不可怕,怕的是智力不足、头脑空空,怕的是知识匮乏、精神委顿。脱贫致富不仅要注意"富口袋",更要注意"富脑袋"。

在推进文化旅游扶贫的生动实践中,神山村围绕乡村振兴战略,不断创新思路,把红色文化旅游与乡村旅游深度融合,不断激发贫困户的内生动力,实现了从山区到景区的美丽蝶变。神山村更是荣获了第五届全国文明村镇、2017年中国美丽休闲乡村、江西省4A级乡村旅游点等荣誉称号。

神山村文化活动中心作为精准扶贫战的前沿,结合上级相关精神,首创将文化建设与精准扶贫结合起来,利用农家书屋、活动室等阵地,推出村民自主发展产业自学书屋、创业创新电商服务结对帮扶机制、智志双扶规划培训、干群谈心、文明风尚评比、最美扶贫人和最美脱贫户评比等一系列长期性文化活动和机制，破除"等、靠、要"思想，强化群众实现脱贫的意愿，让"宁愿苦干、不愿苦熬"的观念逐渐成为神山干部群众的一种共识，让当地贫困户既"富口袋"又"富脑袋"。

现在走在神山村里，我们听到最多的是"政府是来扶持我们的，不是来抚养我们的""好日子是干出来的""政府已经帮我们够多了，有困难我们自己能克服"等充满自信充满感恩充满正能量的话语。

据黄承忠介绍，2016年7月，神山村就完成了由全国红办援建的占地120平方米的红色旅游书屋建设。接着，神山村积极联系中国旅游出版社、德慧智文化传媒有限责任公司等爱心单位和个人向书屋捐赠了总价值60万元的图书，并联系爱心企业对20余名神山村贫困学生进行资助。

而今，走进神山村红色旅游书屋，每天都可以看到来"充电"的群众。书屋的建成，极大丰富了神山村民的精神生活。

对此，老村支书黄端初感触颇深：

"当年村民一年到头盼着看场电影，就像过节一样。现在不一样了，比以前充实多了。这里建了书屋，村民可以看看书。手机信号强，年轻人也有钱了，开始买得起高档手机，在家里就可以下载观看各种各样的电影。目前神山有一半人家拥有小汽车或运输车，青年一代普遍在龙市、井冈山新城区等地买了商品房，方便做生意与小孩上学。哎，神山村的变化大了去了，像我这样只会用老人机又不会开车的老朽，越来越跟不上形势，要掉队啦！"

为丰富群众的文化生活，在井冈山市文化部门的帮助下，神山村召集"五老人员"组建了一支文艺队伍。

文艺队伍的主要节目有敲锣、打鼓、舞龙灯、耍狮子等,同时,结合实际编排了一些广场舞、快板等节目。这支队伍借助政府和红色培训机构搭建的"两个平台",积极开展一系列文艺表演活动,不仅丰富了当地群众的娱乐生活,也推动了脱贫攻坚工作。

2017年农历小年,村里举办习近平总书记到访神山村一周年系列活动,神山村文艺队的节目闪亮登场,吸引了附近村庄两百余人赶来观看。

中央电视台文艺小分队也于2018年1月6日来到神山村演出。

演出的地方,是在神山村的停车场。演出这天,尽管天气不太好,但村里的人基本上都来了。当天,浓雾弥漫在神山村四周,还不时飘起零星小雨。

中央电视台文艺小分队克服困难,录制摄像机、音响等设备都"穿"上了雨衣,切换设备都搭建在村民家里。嘉宾、演员等换装也得借用村民房子。

演出结束之后,有的村民急匆匆回家,不是忙着做饭,而是端出刚刚烤好的红薯,让演员们品尝。有人还唱起歌,跳起舞,与个别演员进行节目内容交流,一改以往山里人保守内敛的形象,让见多识广的演员们也大吃一惊。

这,应该就是对村民进行持之以恒的文化"充电"与精神"补钙"所带来的喜人结果啊!

每个乡村都有一部质朴厚重的历史,都能找到各自的文化特质。运用好乡村的历史、文化,既能丰富农民精神生活,又能给发展注入独特基因。乡村振兴要以文化为内核,充分挖掘历史文化、红色文化、建筑文化、民俗文化、饮食文化、家风文化、创业文化、生态文化、客家文化等，政府"搭好台"，村民自己要"唱好戏"，不断形成乡村发展的"核心竞争力"，才会有长足的发展。我们眼里的神山，这场大戏正越唱越精彩。

有生命力的文化是内生的，带着远祖的基因与乡愁的烙印，是来自人们生产生活实践的沉淀，它有形又无形，它抽象又具体。有形的是看得见摸得着的文化产品，无形的是关乎人文情怀的生活方式。农村文化建设，不能满眼仰望城市的琳琅，而是要反躬寻觅乡土的根脉。城市文化有值得吸收的精华，但不是农村文化唯一可期待的愿景。将农村传统文化升级成为一种融合传统与现代文化精粹的、更优质的生活样态和文化样态，是转型时期农村文化建设的历史责任，也是难得的机遇。

毋庸置疑，神山村巧妙地将原汁原味的民间文化融入现代元素，融入有形的文化产品与无形的生活方式之中，正逐渐与市场接轨，与旅游休闲联姻，与脱贫致富挂钩，从而让农村文化既"接地气"，又"连天线"，一步一个脚印"华丽蜕变"，充满了活力，充满了魅力，形成了让人印象深刻、值得借鉴的文化特质，形成了一种乡村发展的"核心竞争力"。

为树立典型，示范带动，2017年新年伊始，神山村表彰了一批优秀脱贫户、支持脱贫攻坚户、先锋党员、优秀保洁员等。通过选树典型、表彰先进，在党员干部和群众中形成"比学赶帮超"的氛围，展示了最美神山人的翩翩风采。

"群众要脱贫，经济要发展，主要还是要激发内生动力，真正让每一位神山人形成共识共为，达到同频共振，这样才能推动神山村新发展，"彭展阳对我们说，"通过在田间地头调研、到群众家召开座谈会等方式,村委会收集民情、整理民意、理清发展思路,确定了'井冈桃源、好客神山'主题旅游小村的定位。着力开发神山谷、双龙潭、水帘洞等景区景点,将八角楼、象山庵、黄洋界、红军被服厂等景点串联起来,形成旅游精品线路。今后,要让每一个神山人积极参与旅游开发,做到人人知情,个个受益。"

尤其让人眼睛一亮的是,当地在开展文化下乡活动时,将井冈山的知名小歌手谢嘉成也请到神山来演出,听他讲他家的脱贫故事,唱出他"自古英雄出少年""有志不在年高"的心声。

2017年,德国当地时间7月6日晚,中国扶贫宣传形象大使、著名歌唱家刘媛媛携手井冈山少年谢嘉成放歌德国汉堡,在异国他乡唱响"中国脱贫好声音"。刘媛媛这次在汉堡开专场音乐会,就是要告诉全世界,中国政府在消除贫困的征途中取得了可喜成绩,尤其是井冈山在全国率先脱贫,做出了榜样。之前举行的新闻发布会,谢嘉成还与现场观众互动。这位阳光小男孩,是井冈山龙市小学六年级学生,以前却内敛害羞,不善言辞。

因从小家庭贫困,嘉成不用说出国,就连省城也没去过。他从未玩过小汽车、洋娃娃等玩具,零食也很少吃。不是不想,是家里实在拿不出钱。当然,看见一些同学参加声乐、舞蹈、二胡、书法、美术等培训班,嘉成就更羡慕了,眼睛发亮,很快便黯淡无光。因为,这都没他的份!嘉成内心很自卑,不愿与人交流。他就像一只河蚌,用厚厚的壳包裹着自己,外面的彩虹、鲜花、鸟鸣……似乎与自己无关。他躲在贝壳里抚摸柔嫩的心房,绽放孤独的光芒。

平时,嘉成最开心的事情就是在田野、山坡等偏僻处放声高歌，他觉得只有这时才自由惬意。可是，一回到黑黢黢破败的家里，看到爷爷奶奶疲倦的身影与憔悴的面容，唱歌时的欢悦便消失得无影无踪，阴郁的表情写在与其年龄不相称的脸上。

嘉成的奶奶陈樟秀在 2000 年患了大病，先后花去 30 多万元医疗费用，将家庭拖入绝望的沼泽。嘉成整天提心吊胆，他生怕奶奶旧病复发甚至离开人世，生怕爷爷支撑不住轰然倒地，生怕爸爸妈妈在外面打工生病或者出现什么意外，更怕自己因为忧愁过度影响学业而辜负亲人期望。他尽可能挤出浅淡的笑容，以稀释家里似乎望不到头的悲苦。

2015 年，井冈山新城镇通过精准识别、民主评议，将嘉成家列为蓝卡贫困户，实行兜底扶贫，从而改变了嘉成一家命运。政府按月向嘉成奶奶发放低保救助金，还帮其代缴了新农合、新农保以及医疗附加险，奶奶看病的花费也报销了 60%。

为了彻底脱贫，在政府帮助下，爷爷谢玉涛在龙市镇农贸市场有了固定摊位卖干货，每月能有 2000 多元收入。为了帮助这个家，政府特意把嘉成的爸妈从外地叫回来。爸爸做起泥瓦活，镇村干部常帮着联系客户，让爸爸的收入逐步增长。政府还将 5000 元扶贫资金作为股份，让嘉成家加入山鸡养殖合作社，年年可分红。

2017 年 2 月 26 日，井冈山宣告在全国贫困县中率先脱贫"摘帽"，也让谢嘉成一家迎来"脱贫的春天"。微笑荡漾在他的嘴角，他开始变得开朗活泼起来。他说："爸爸妈妈都回来了，可以天天陪着我，还带我去参加歌唱培训班，参加各种表演，我好开心。"

2018 年春节，谢嘉成一家终于住进新建的房子，爷爷谢玉涛眉开眼笑："我在外面过了十来个春节，都是借住人家的老房子。现在多亏了改革开放与扶贫攻坚的好政策，终于可以住进自家新房子啦！"

当神山村民知晓谢嘉成一家人的励志故事后，十分感动，对下一步奔小康，对培养下一代更是充满信心。

特别是彭水生与彭夏英二人，觉得也可以像谢嘉成一样，虽然不能出国讲脱贫故事，但至少可以在国内多向游客宣传自己家以及神山村的脱贫故事。

于是，彭水生主动请缨，加入井冈山景区的红色培训以及现场教学队伍中，神采飞扬地讲述习近平总书记在神山与自己亲切交谈的场景，讲述村里一天天发生的细微温暖的变化。彭夏英也经常受邀为当地的妇女朋友们讲述自己的思想变化与家庭收入一年年"变魔法"的故事。

讲述好农民自己的故事，才是农村文化建设的落地生根之道。讲故事的过程，是自省和探讨意义价值的过程，也是文化内生的过程。神州大地的每个贫困村，都应该打上不一样的文化标签，都应该讲述其独特的脱贫致富故事。

接下来，请允许我们摘录彭夏英的一段精彩演讲，以飨读者：

"帮扶干部每天起早贪黑，白天挨家挨户上门进行调查，晚上还要加班，他们的工作态度深深感染了我。他们把村民的事当作自己的事，看到他们，我就看到了希望。我在想，政府是来扶持我们的，不是来抚养我们的。如果我再不努力脱贫致富，就对不起党和政府，对不起帮扶干部……"

试想，倘若没有各级政府各种形式的"扶志"，剔除贫困户思想上的疙瘩，彭水生、彭夏英怎能产生这样前卫的念头，讲出这样励志感恩的话语？

的确，通过"扶技"，只能刮去贫困户物质上的穷壳；只有通过"扶志"，才能剔除贫困户脑瓜子里的穷根。

在采访中，我们还了解到，通过各级政府的文化"充电"与精神"补钙"，通过打造"神山大讲堂"，神山村贫困户的斗志被逐渐激发出来，精气神被逐渐调动起来，他们更加讲诚信，更加有作为。许多人完全换了一副模样。

尝到旅游产业甜头的神山人，家家户户搭上了旅游产业快车。面对"怎样才能给游客留下个好印象，让游客来了还想来？怎样才能让游客延长停留的时间？"等问题，神山人探索出了一套自己的标准和规范。

神山村农家乐的标准是：一份家常的萝卜干炒鸡蛋，鸡蛋不得少于4个；一份红烧鱼，鱼的重量不能低于1斤；自己菜园里的蔬菜，现吃现摘；农家乐统一用的土碗，菜要超过碗边……

神山村农家乐为什么会有这样细的标准呢？

"神山村细化标准为的是给所有游客留下神山人热情好客的好口碑，让'头回客'变成'回头客'！"彭展阳说。

村里在免费培训时，要求村民注重细节，给游客免费提供热水，免费使用卫生间等，主动为游客提供各种体贴入微的服务。这样做不仅是为了做好生意，更为了展现神山人良好的精神面貌。

村里2016年4月组建的旅游协会，将全村的农家乐都吸收为会员。协会负责与井冈山各大红色培训基地对接，轮流分配给村里的农家乐。"农家乐上菜的时候，有旅游协会的监督员在旁边监督。如果菜达不到标准，就会被要求重新制作。"茅坪乡干部李燕平介绍说。

井冈竹,雪压即弯,待温度回升,便抖落一身积雪重现挺拔;井冈人,贫不穷志,只需政策好,就铆足劲奋斗出美好生活!

赖发新就是这样一根井冈竹。

他唯一的儿子夭折,妻子也离家出走,母亲成天以泪洗面而不幸患上白内障。扶贫干部驻村入户后,帮助赖发新的母亲免费治好了白内障,又联系他到村里的旅游协会专门负责为游客讲解,拥有一份固定的工作和稳定的收入。

赖发新对我们说:

"市、乡、村各级干部都十分关心我,除了经济上扶持,还经常带我出去观摩优秀的导游讲解,免费参加培训,不断地鼓励我,让我一步步脱离痛苦的深渊。我坚信,日子会一天天好起来的!"

目前神山村有15人可以熟练而生动地进行讲解服务,主要向游客与红培学员讲解习近平总书记在神山村视察时的情况,以及村里通过精准扶贫后发生的巨大变化。

村里还尽可能安排葛湘村、赖云祖、王青阳等残疾人,以及联系一些留守儿童的父母回家,想方设法让他们参加学习培训,参与秀美乡村建设中一些较为轻松的工作,让他们找到自身价值,树立自信心。

一次采访路上,恰好撞见葛湘村、尹娇月等一群村民在打扫卫生、美化环境。看到我们,他们纷纷停下手中的活,乐呵呵地向我们点头示意,明媚的笑容铺展开来。

神山村人取名字,女孩多用"花""英""娥""月""香"

等，父母把情感寄托在春花秋月间，寄托在四季的情愫中。对神山村的保洁员尹娇月，我们直夸她的名字好听，有诗意。

尹娇月1971年出生，原来也在外地打工，后来因为想着照看孩子，在村里的召唤下回到了家乡。她说：

"现在神山村是旅游点了，我们要把神山村打扫得干干净净的，给客人留个好印象。"

尹娇月又说：

"在以前，我们农村对于垃圾的存放都是比较随便的，随手乱丢的现象普遍存在。以前也穷，很少到商场和超市买东西，也没有那么多饮料瓶和带塑料包装袋的垃圾，果皮菜叶都顺手丢到菜地和路边，大伙都这样，也习惯了，根本不觉得有什么不文明。现在村里人通过学习培训，比以前讲究卫生了，家家门口都配了垃圾箱，我每天至少在各家门前清理两遍。要是碰上大型活动，村干部也都集体出马，大家一起大扫除。"

问起尹娇月现在的工资收入，她说，虽然还不到以前打工时收入的一半，但她觉得很满足了，因为在家乡既可以免去在外面奔波的烦恼，又能够抽出时间和精力去照顾家里的老人和孩子，更重要的是，老家越建越漂亮了，跟城里差不多，也没必要再去城里凑热闹了。

说完这番话，尹娇月嘴角牵出一丝恬淡的笑意。

1990年，中国成为联合国《儿童权利公约》的缔约国，就明确提出父母双方或其他法定监护人应该"将儿童的最大利益视为主要关心的事"。对于留守儿童来说，家庭教育的缺失，是很难弥补的。儿童与家人团聚的权利成为当下家庭教育的文明标尺，对孩子来说，与父母团聚，不应该是一种奢望。

现在，各地都在实施"产业回家、留住妈妈"工程，提高留在家中农村妇女的经济收入。此举，也解决了"留守儿童、空巢老人"的管护难等问题。可喜的是，神山村正是这样做的。

尹娇月等"打工妇女"回家，看似平常小事、自家的事，实则是大事。这是心的回家，也是爱的回家，更是党的好政策回家。

记得英国的一位哲人巴克莱说过，幸福的生活有三个不可缺少的因素：一是有希望，二是有事做，三是能爱人。而德国的哲学家尼采也说过，真正要帮助别人，你就要让他们变得更加勇敢，更加坚强，更加快乐，你要让他们能够与你同乐！

因为外力给予的物质与精神上的双重帮助，神山村的贫困户不仅物质生活上渐渐变好，而且精神状态也发生着可喜变化，幸福对他们而言已经不是海市蜃楼，而是拥有实质内容。

被葛湘村、尹娇月明媚的笑容所感染，我们周身奔涌着快乐的暖流，耳畔似乎荡漾着泰戈尔美妙的诗句：

"我们试着让语言来解决所有的隔阂，因而我们之间没有不安的沉默。我们脚踏实地地向前走着，不需要那不属于我们的成果。我们付出，我们收获，这就够了。我们没有忽视于拥有的快乐，而让那痛苦的酒杯空着。你我的爱就像歌曲一样地纯净……"

嫁接光明的人

还没来得及采访黄端初，就听彭夏英说："黄书记呀，你们真得去好好采访采访，他可真是神山村实实在在的好书记，老百姓背地里都夸赞的大善人呀。"

七点半，彭夏英就把早饭端上了桌。她真是厨房里的一把好手，给我们煮了面条，上面有翠绿的葱花，红红的辣椒，煎得非常精致的荷包蛋。彭夏英家的碗很大，我们已经多年没有吃过这么美味的面条了。眺望远山，呼吸着晨露中竹子的清香，不知不觉就"拿下"了一大碗。

从彭夏英的家能看到黄端初的家，一个在这边山上，一个在那边山上。俗话说"望山跑死马"，虽然说得有点夸张，可是，迈开腿走起来，还真有一段不短的距离。

我们决定从黄桃基地旁边的一条"红军小道"上山。这段路，当地的村民叫"大帐里"，只有几家人"挂"在山上。

行走在新修的"红军小道"上，有蜜蜂带路，有黄蝶起舞。蔷薇花的嫣红、野菊花的鹅黄，都是自然界中圣洁的尤物。山路蜿蜒曲折，顺势而上；山花绚烂多姿，野草蓬勃生长。

我们时而聆听着泉水叮咚，时而又感受着虫鸣鸟啼的天籁之音。清新的山风携带着薄雾，吹拂在脸上。在这里，红尘远走，喧嚣遁迹。我们早已忘却世间的纷扰，心里直赞叹：好一个"结庐在人境，而无车马喧"的人间秘境，好一个"采菊东篱下，悠然见南山"的幽美山林。

听说黄端初家的房子是和他弟弟家的连在一起的，这标志物，应该好找。

果然，在大马路的旁边，我们找到了目标。只见其中一栋房子的大门半开着，我们站在门外，一边用手轻轻敲击着门环，一边大声呼唤着黄书记。

半天才听见有人应话。映入眼帘的是一个气喘吁吁的老人，拖着一双棉拖鞋，颤巍巍地出来开门。

他正是我们要采访的黄端初书记。

尽管黄书记年事已高，但我们还能从眉眼脸庞中感觉到他年轻时的气宇轩昂。

他家现在也成了神山村农家宴基地，门楣上挂着"桃源农家乐"的牌子。

黄端初说，今年家里已经分到二十多桌旅游团队就餐的任务。有客人时，他儿子黄小龙就会回来张罗；没生意时，儿子就在龙市开出租车。

黄端初，1948年出生在湖南湘乡。十八岁时，跟着叔叔来到这里。叔叔黄小兰最早在神山村做草纸，那时候，山区落户容易，黄小兰背着铺盖卷就来了。

1971年黄端初在萍乡参军，因他在家读过"高小"，在部队算是文化人。又因为能吃苦，他1972年在部队入了党。现在算算，黄端初的党龄已四十多年了。

1976年，从部队复员回到神山村，黄端初就开始担任村支部书记，干到2000年，因身体原因，不再继续任职。黄端初站起身来，到卧室拿出一本有点破损的荣誉证书，证书为当时中共宁冈县委组织部和宁冈县村建办联合颁发的，内容如下：

黄端初同志：为农村"两个文明"建设做出了一定的贡献。因工作需要，不再担任现职，特发此证，以志纪念。

黄端初小心翼翼地拿出这本荣誉证书，又津津有味地给我们讲解颁发此证的情形。我们通过这一幕，能感受到一个乡村基层干部的执着和无私，也能读懂荣誉证书背后的艰辛和奋斗。

拂去往昔的灰尘，这本荣誉证书鲜红如初。这，是黄端初付出努力工作后的所得，也是他一路走来的见证，更是他铿锵前行的动力和信念。

有时候，一本薄薄的荣誉证书，既像镜子，也像鞭子。

问起神山村早些年没有通高压电的事，一下子打开了黄端初的话匣子：

"（20世纪）70年代末到80年代初，村子里有个小型发电站，一天只能为村民供电一个小时左右。其余时间照明，乡亲们一般用竹篾子或松树枝当火把，或者烧"苋子火"。一晚上下来，一个个鼻子眼睛都熏得黑漆漆的。

"神山村穷啊，这里的小伙子，长得再英俊潇洒，到了该成家立业时，也成了老大难。谁家的闺女愿意嫁到连照明都困难的穷山沟呢？那时候，村民们往往晚上七点不到就睡觉了。睡这么早，不会睡不着吗？你们会问。可当时没事干呀，山里又冷，只好躲进热被窝。"

黄端初说，记得村里的小发电站第一天通电时，灯亮起的一刹那，村里有个八十多岁的老奶奶一直盯着那个灯泡看，一动不动的。她生怕灯泡破了，会溢出火苗来，烧了家里的东西。那就得守着灯泡看，防止灯泡闹出事来。

"现在你们觉得好笑，可当时就是这样子。山牯佬，冇见过啥世面，啥都感到好奇。"

黄端初把茶杯捧到我们手边，接着说：

"后来，政府提供了发电机，高压电要从茅坪接下来，但需要村里自己买变压器安装。一台变压器，得4000元才能买到。当时，村里的账本上一分钱都没有。看着一到晚上就漆黑一片的神山村，看着村民们紧锁的眉头，我发愁了。当时，我和妻子罗端阳育有三个孩子，两女一男，自己家的生活都捉襟见肘。这

4000元，对我来说，如同天文数字，想拿也拿不出哟！"

那一夜，黄端初辗转反侧，一夜无眠。俗话说"一分钱难倒英雄汉"，何况这是4000元的"巨款"。

考虑来考虑去，黄端初决定"委派"妻子去好朋友萧女士家借钱。那一天，妻子罗端阳穿戴一新，提着一些土特产，在黄端初的"鼓励"下出山了。萧姓女子看着舟车劳顿后气喘吁吁的罗端阳，心疼地说："端阳呀，无事不登三宝殿。你今天来我家，一定是黄端初有什么大事了。你说吧，只要是我能办到的，你尽管开口。"

听萧大姐这么一说，罗端阳的脸比红布还红。丈夫黄端初那殷切的目光，一直在她眼前晃动。

当萧大姐知道这件事后，只说了一句话："不到万不得已，老黄这个忠厚实在人，是不会开口向外人借钱的。他派你来，我能理解他的心思，他怕自己一个大男人一开口，被我拒绝了，下次不好再做朋友了。好吧，你们夫妻也是为神山村的光明事业而来，我刚好有这笔闲钱，你就快点拿回去用吧。"

就这样，怀揣着滚烫的4000元钱，村里的变压器开始正常工作，神山村终于结束了"一小时用电"的历史。电是通了，可这钱，确是"真真切切"还不上，因为村集体的账本上一直入不敷出，没有办法偿还这4000元。

把信誉看得比黄金还金贵的黄端初夫妻，多少个寒来暑往，靠省吃俭用，靠养猪养鸡种菜卖，终于先用自家的钱还上了这笔"巨款"。

4000元，化作神山村的一片光明；4000元，诠释了一个基层共产党员的公仆情怀。

要知道，那时，神山村每人才分到四分田，年年要买国家供应的"返销粮"，要吃半年稀饭半年红薯。黄端初有三个孩子，一买就是三个书包，一交就是三份学费，开支也不小。迫于无奈，孩子们都读到初中就辍学了。这4000元借款，当时一定影响了孩子们的学业，影响了家里的生活质量。但黄端初没有向外人讲过自己家的苦，他对自己的所作所为，也从来不后悔。

借钱识人，还钱知心。

又过了好多年，等神山村委有了一定积累了，这笔4000元的"光明款"才还给黄端初。我们笑着问："村里给黄书记算没算利息钱？"黄端初大气地呵呵一笑：

"又不是哪个逼我去借钱的，是我自己心甘情愿去借的。村里没钱还，急也没有用。经我的手借来的债，我一定要担起来。至于利息嘛，哪还能张那个口呢？我总是说，我遇见了好朋友老萧。我们交情不错，人家信任我，再加上我老婆思想好，觉悟高，不然，也办不成事。我当时是村支书，带头人，我有这个责任让神山村的夜晚亮起来。你们说，是不是？"

黄端初家是红卡户，他有糖尿病、关节炎、肺气肿、心脏病和高血压等疾病。从他佝偻的身体和浮肿的面容，可以看出他身体的虚弱。妻子罗端阳患子宫癌，住院花了7万多元，病基本好了。幸运的是，神山村的家家户户都买了农村合作医疗保险，国家可以报销60%。要不然，家人有大病，经济上肯定吃不消。

说起现在神山村的新变化，黄端初一脸陶醉：

"原来，这里没路没电的，落后得很。如今能发展得这么好，真是神啦！"

采访中，黄端初手捧着3本股权证给我们看，他说3本证让自己吃了定心丸。

这三本证分别是：一本金融产业扶贫股权证，一本茶叶合作社股权证，一本黄桃合作社股权证。这三本股权证字字明确：三个产业分别入股1万元，金融产业每年分红15%；茶叶和黄桃产业，前三年每年分红15%，第四年分红20%，第五年起每年分红30%，直到第十五年。

股金哪里来？通过各级政府产业扶持、社会捐助以及部门筹集资金等渠道。神山村的贫困户，每户会被赠予2万元农村产业"股金"。像黄端初这样的红卡户，还会被赠予1万元金融产业"股金"。黄端初给我们算了一笔账：

股金分红4500元，低保金2640元。老婆在村子里还有点务工收入，全家一年收入超过1万元。另外，老婆还种了点红薯和蔬菜，日子算过得去。

"善良可以换平安，好人终究有好报"，我们在心底默默祈福。

采访结束时，黄端初很有礼节地送我们出门，他家的大黄狗摇着尾巴，十分通人性。他妻子罗端阳刚好从村部回来，硬要塞点自己种的红薯放在我们车上。

神山村的黄昏，蔓延一片绯红的云霞，跟当年黄端初"嫁接光明"的故事色彩一样。

这家人真是太善良了，善良得让我们忍不住落泪。

传递幸福的能量

神山村和许多山村一样,地理位置又偏又远;和许多山村又不一样,这里耕地极少。这里的村民勤劳质朴,巴掌大的地盘,都种上了庄稼和蔬菜。一年四季,群山环绕的神山村,有山花盛开,有溪泉鸣唱,有清风吹拂,有野果飘香……

细问,才知道神山村只有耕地面积198亩,山林面积4950亩,人均四分田。以前啊,一年之中,村民基本上半年缺粮,且多是用红薯充饥。

有诗赞美红薯云:旧年果腹不愿谈,今日倒成桌上宴。乐充粗粮济民难,今生无怨埋沙碱。彭水生说,原先吃红薯吃怕了,老是胃疼。现在,红薯成了养生食品啦!

77岁的彭水生是神山村的老支书。他头发花白,爱笑。一笑,眼睛眯成一条缝,有点像电影演员仲星火的模样。他不愧是"干部",说话有条有理,水平不一般。他说:

"当年孩子多,为了几张嘴,和爱人想尽一切办法,目的只有一个,那就是家中的老人和孩子能吃个饱饭。"

生活是一首歌,吟唱着人生悲喜交加的苦乐年华。时光,能抚平许多伤痕,包括疾病、包括饥饿、包括苦难。

这些年,政府一直在帮助神山村尽快脱贫。随着孩子们渐渐长大,各有各的目标,各做各的事业,彭水生家的生活也是芝麻开花节节高。

2016年2月2日,习近平总书记来神山村亲切看望慰问贫困群众时,质朴的老村支书情不自禁地竖起大拇指,夸赞总书记:

"你呀,干得不错嘞!"

现在,许多游客看到他,都会学着他的样子,做一个竖起大拇指的动作。因为这,他也受到了个别群众的非议。有的说他真是不知道自己几斤几两了,不知道天高地厚了,一个穷山沟里的小书记,还敢夸总书记。彭水生说,当时看到总书记,握着总书记的手,心里激动,一激动,就竖起了大拇指,总书记也笑了。

彭水生笑着竖起了大拇指

2018年橙黄橘绿时,我们第二次采访彭水生。只见他穿着黑色的中长风衣,佩戴着鲜红党徽,刚刚从村部开完会回来。看到三五成群的江苏游客,老村支书自豪地讲解道:

"江苏的客人,你们好。感谢你们隔山隔水来到我们神山村,来到神山,就是我们最尊贵的客人。现在的神山村,路也宽了,屋也亮了，喇叭也响了，老表的荷包也鼓了。昨天来到这里的游客，都不想走了。我们这里有'五好'——山好、水好、空气好、物产好，人呀，更好！我和老伴都是七十多岁的人了，身体还硬朗。真想不到，我们能撞上好日子。煮饭有电饭煲、出门有汽车、家家有电视和冰箱，要是在过去，想也不敢想，想也想不到。"

彭水生讲解起来，眼睛又眯成一条缝。他打起手势来，虽说稍微夸张，但也运用自如，颇有气场。

人逢喜事精神爽，荷包里有钱花了，村民的底气足足的。

彭水生讲解完毕，跟我们娓娓道来：

"刚开始得到政府发的扶贫款时，大伙儿也有顾虑和担心，还有点小农意识。群众心里想，凭什么政府和企业给我们的扶贫款，不准揣到自己的荷包里，还要搞这个苗圃，那个基地。那些天，三个一簇，五个一伙。大家一会儿一个主意，一会儿一个想法，叽叽喳喳，嘀嘀咕咕，生怕吃了亏，还生怕村干部把这笔钱'捉迷藏'了，真是给乡里和村里的干部出了不小的难题。这笔扶贫款，还真成了烫手山芋。关键时刻，领导有魄力。不然，要闭着眼睛将扶贫款'瓜分'掉，只会坐吃山空。最后，大家一起去喝西北风吧。"

彭水生接着告诉我们：

"井冈山要在脱贫攻坚中带个好头，还真是拿出了一些绣花针的真功夫。我们神山处于罗霄山脉的最深处，村里就从湖南炎陵引进了黄桃。这里的土壤气候都很好，引进公司来，真是好事。种黄桃，不是像我们以前一样，把树苗栽下去就万事大吉了。你们看看，里面的道道可不少呢！要剪枝、要疏果、要套袋、要采摘、要包装、要宣传、要销售。不统一搞，神山黄桃就不会成气候，就走不出神山。这60多亩黄桃，100多亩茶叶，虽说给了公司经营，可我们也得了土地租金。每亩地200元，还有一年比一年多的分红。再说了，村民还可以在公司搞劳动，一天能够拿到100元，这笔收入也很可观。虽说这些黄桃和茶叶是公司的，可是，山是神山的，土是神山的，我们是里面的股民，对这些可有感情了，干起活来，当然把公司的事情当成自家的事情。

"我家开的'老支书农家乐'，大部分时间由我儿子和儿媳经营，一年的收入够花够用。2017年，神山第一次举办了黄桃节，来了那么多游客，来了那么多电视台、报社的记者，都在为神山忙活着，都在帮着神山搞宣传。我们心里很感激，都过意不去。

"原先，哪个人知道这山沟沟里还有个神山村呢？现在，我走在井冈山景区，认出我的游客，都争着跟我拍照合影。我也成了土生土长、一身土味的明星啦！有意思！有意思！"

"三亩地一头牛，老婆孩子热炕头。"那是以前为生活奔波的彭水生对幸福生活的一种知足的心愿，如今，日子好过了，幸福的内涵当然悄悄地发生了改变。

彭水生认为，现在村里吃的、穿的、住的，都和城市差不多了。好是好，可还是忘不了原来的风俗习惯。人啊，总有一种怀旧心理。他说："我们这边，看着村子小，偏僻得很，可过年时也蛮热闹的，'打糍粑''杀鸡公''贴门神''放爆竹''关财门''开财门'……花样不少呢！年轻人越来越不注重这一块了，真希望他们把这些风俗习惯一代代传下去。"

在农村，还得有炊烟，有习俗，有仪式。这样的农村，才能真正体现家的模样、家的味道、家的乐趣……

日子一天天富裕了,彭水生仍然忘不掉往昔生活的枝枝蔓蔓,忘不了乡风民俗的坚守与传承。

更感人的是,彭水生一听到我们询问他当村支书的时候做了哪些实事、哪些好事,便连连摆手。

他执意说自己当年只是做了一点分内事,一些小事,不值得一提,叫我们多采访现在的村干部;又直言自己还是要多多宣传神山,多多学习如何掌握宣传推介的技巧与能力,把宣传神山也当作自己有生之年另一种形式的扶贫。

彭水生最后坚定地说:"只要我还有一口气,还走得动,还讲得出,就要为神山摇旗呐喊,加油鼓劲,就要坚持不懈地当好神山村的啦啦队员。"

我们听说他还为村里一些贫困学生捐款。他笑着说:"一点心意,一点心意,更不值得提。主要是想激励娃儿们好好念书,读好书,学到了知识,比啥都强。"

电视剧《一亩三分地》的主题歌唱得好:

"海边的人恋大海,山里的人恋大山。土里刨食的庄稼汉,恋着家乡的一亩三分田。都说外面的世界千般好,怎比家乡的月最圆。有悲有喜故乡情,隔不开理还乱。剪也剪不断……"

这,就是一个老村支书朴素淡泊的情怀。

爱过,是一种幸福

上一次电话联系好了,要去茅坪乡采访黄承忠。我们因临时有事没有及时去采访,拖了一个礼拜。再次打电话过去,黄承忠已经调到井冈山市新城镇人民政府上班了。

新城镇以"新城大捷"而闻名。1928年2月18日,毛泽东同志亲自指挥工农革命军,一举歼灭赣敌朱培德警卫营,活捉了反动县长张开阳,取得了秋收起义以来的首次大捷。当时的作战指挥部就设在新城的旗山岭。时光悠悠,如今,旗山岭上还保留着峥嵘岁月留下的战壕。

按照汽车的导航,再加上山里村民指路,很快,我们就看到了新城镇斑驳而古老的城墙。那墙体黧黑的颜色,那些墨绿的青苔,望一眼,它们好像是从远古呼啸而来。

黄承忠与神山的缘分,还得从他做"神山女婿"说起。

黄承忠的岳父罗桂堂是神山村人,其爱人罗芳也是土生土长的山里妹子。2000年,黄承忠被茅坪乡人民政府派到神山村工作。

黄承忠1977年出生,自考大专文化,老家在井冈山睦村乡。睦村是井冈山的"西大门",乃油茶和李果之乡,也是客家之乡。

说起过去的神山村,黄承忠最有发言权,他向我们比画着说:

"原先,去神山的路就是一米来宽的黄泥巴路,晴天走着还马马虎虎,每逢下雨天或冬雪融化,坑坑洼洼的路面泥泞不堪,稍有不慎,就会跌跤,村民经常会来个嘴啃泥。那时候,神山村的村民常常抱怨路难走,但是,在那个温饱都还没有解决的年月里,抱怨归抱怨,泥路该走还得走。不然,你能飞过去?"

讲起神山村的黄泥巴路,黄承忠直言,三天三夜也讲不完:"没有通路,摩托车都骑不进去。乡亲们有个疾病,尤其是突发性疾病,往往得不到及时救治。有的村民说耽误就耽误了,命可能就丢在神山啦!"

黄承忠记忆最深的是自己迎娶新娘子的那一年，那是2000年。因井冈山有风俗习惯，婚嫁时，女方这边置办酒席用的酒和菜，统统要男方家购买。那时候，窄窄的黄泥巴路，摩托车都通不过。这些酒席上用的菜，得先用班车运到桃寮，再从桃寮用扁担挑进神山。那时，黄承忠请来了一批后生，挑了一趟又一趟，脚都走软了，才完成这个无比光荣而艰巨的任务。真可谓：

扁担弯弯腰背弓，

迎娶嫁娘酒肉丰。

沟沟坎坎跋涉苦，

男子累成蓬首翁。

采访时，黄承忠下意识抓了几下头皮，眼睛微闭着，似乎还没有从那次"挑夫生涯"中走出来。我们留意到他的那双手，黑红粗壮，抓握有力。

这些年，在党和政府的关心下，神山的路开始有了一步一个台阶的"华丽转身"。

2002—2003年，神山村修了土坡路，在原来一米来宽的基础上，加宽了一些。2005年，上级政府拨了专项资金，路面进行了硬化，有3米多宽了。这时候，村民看着进山的马路如一条致富的"电波"从山外绵延而来，开心得睡不着觉。2018年，进村公路进行了"白改黑"，铺上了沥青。现在，即使两部旅游车也可以会车了，神山村的农产品可以"飞"出山外了。经济活了，人的眼界也和原来不一样了。

"有了路，就有了一切！"黄承忠十二分肯定地说。

这是一条改变神山命运的路，这是一条神山通往幸福天堂的路。

路通了，年轻人回来了；路通了，山外的游客也来了。

"说来说去，总归还是要感谢党和政府的英明决策，没有抛弃这深山沟里的神山村，一次次帮我们修了路。"黄承忠说。

2003年，黄承忠作为茅坪乡工作组组长，驻扎在神山村。2015年7月，他当上了村支部书记。2016年4月，在神山村土坯房改造工程中，有一栋房子正在换瓦片，不料，突然大雨倾盆，施工人员停工躲雨了，主人心急直跺脚。在关键时刻，黄承忠二话不说，毫不犹豫带领几位党员干部竖起楼梯，顶着狂风暴雨就爬上屋顶，用雨布盖住了房顶。这次"雨中救难"使得赶来帮忙的党员干部成了一群"落汤鸡"，都感冒了。老百姓看在眼里，他们心里明白，这些党员干部在紧要关头不退缩，他们把群众的利益看得重。

2016年5月，神山村37栋危旧房全部实施改造，都改成了独树一帜的"神山风格"建筑。那"白墙灰瓦红腰线"的民居，点缀在青山绿水间，如吴冠中笔下的国画作品。几何的形体组合，鲜明纯正的色彩，明亮简约的色调，让人过目不忘。许多从神山旅游归来的客人说：

"想不到，神山村这么漂亮，这么干净，这么洋气，真是休闲旅游的好地方呀！"

"竹林深处醉晚霞，一路观光到农家。垄间红薯田里菜，黄桃茶叶炫光华。神山，神仙住的山。一年一个大发展，三年一个大变化。"

黄承忠的脑袋像个档案馆，讲起话来也颇有文采，时不时冒出几句打油诗。我们用笔快速地记录着，望着这个个头不高、长相平凡、敦厚实在的"山外书记"，心中充满了敬佩之情。

2013年，神山村的神山组和周山组进行"三清、四改、四通、五化"农村环境综合治理，要保障家家有"进户路"。此时，黄承忠的压力出奇地大，因为神山村还有"大帐里"这一段路没有通，六七户人家对此意见很大。他们发牢骚说，都是神山村的人，凭什么别人就有水泥路走，他们还要踩烂泥巴路。那阵子，黄承忠因修路资金问题整夜失眠。

村民一事一议时，黄承忠承诺：争取三到五年，一定为这几户人家修一条2.5米左右宽的路。话已经说出口，怎么实施呢？真难为黄承忠了。

他对我们说："神山村其他方面都搞得不错，不能因为这件事，让少数群众不满意。毕竟，门前能通路，也是一件大事，群众的要求也合情合理。"后来，黄承忠多方努力反复争取资金，还是没有完成这个任务，这成为他心中的一块疙瘩。"想不到这两年，这么宽的柏油马路就修到了家门口，'大帐里'的难题也迎刃而解。"

神山村是一个典型的"边、远、穷"的小村子，如何能让老百姓发财致富的同时改变观念，是黄承忠每天绞尽脑汁思考的问题。

黄承忠带领的村两委决定，根据每家每户的具体情况，因地制宜发展黄桃和茶叶，采取"公司＋合作社＋村民＋基地"的"神山模式"，为每户贫困户注入股金，实现了"村民变股民""资金变股金"。同时，他大刀阔斧，用科学的发展理念，带领村民修了林区的公路，并对四千多亩毛竹实施了"低改"。

说起当初"村民变股民"的创举，黄承忠挠了挠头告诉我们：

"这件事,我就直说了吧。当初,贫困户不相信,生怕村干部把钱乱用,甚至有的人只考虑眼前利益,武断地说,不如人手一份,把钱分掉,钱不能放在别人的口袋里。这下可麻烦了,政府有心办好事,贫困户不领情、不信任、不配合,热脸贴着冷屁股,这可怎么办?群众天天在村委吵闹,对我们不信任,有时磨破嘴皮子也不顶事。那段时间,经常是争得脸红脖子粗。有时心里好憋屈,真想撂挑子不干了。

"夜里想想,这肩上的担子,可真不能撂!神山村要长足发展,村干部就要顶住压力,把好舵,定好方向。"

"村两委集思广益,最后想出个好办法,请来茅坪乡的相关部门和公证处,来神山现场办公,现场发放股权证,进行司法公正。股权证上盖了公司的章子、公证处的章子、村委会的章子。这三个大红的公章一盖在股权证上,村民便打消了顾虑。'村民变股民',我们神山村成了江西省第一个'吃螃蟹的',我不知道是不是全国第一,但我希望其他贫困地区精准扶贫时,也可以这样做。这土办法,好使,管用。"这么大的难题被破解了!如今,讲起当时的情景,黄承忠的语气里,充满胜利者的自豪。

"毛竹低改"是黄承忠花大气力做的另一件事情。

实施毛竹林低产林改造的目的是进一步增加毛竹经营的科技含量,提高森林资源的整体质量。神山村的低产竹林经营管理粗放,单位面积立竹蓄积量少,一般亩均立竹在70~80株,有时还会更少。竹林里杂草横生,林相不整齐,大径的竹子少,小径的竹子多。因随意砍伐,立竹年龄组成比例失调,壮龄竹子少,老龄竹子多。

"低改"合理调节了竹林的结构,从而达到了竹林的丰产和稳产。更加优质的竹子，能卖个好价钱，农民脱贫增收才更有保障。毛竹林这个"绿色银行"，终于成了神山村家家户户的"摇钱树"。

扶贫工作千头万绪，千丝万缕，最终，都要落实在基层干部身上。

有记者曾经这样评价黄承忠：

这十多年来，黄承忠拿出"绣花"的功夫，把"针眼"密密实实放了神山村，把"针脚"一针一针扎在了贫困户的"增收"上。

说起习近平总书记视察神山村的情景，黄承忠依然兴奋不已，他面带微笑地说：

"说真的，我觉得我这一生太幸运了。总书记来神山村的这72分钟，我一直陪着他走。总书记到贫困户家里，问得很细致，也很家常，一点架子都没有。总书记走后，我们要比以前干得更好，让神山村更加美丽和富裕。请总书记放心，也希望总书记能再来神山，看看老百姓现在的好日子。"

神山村变了，村民有笑脸了，政策得民心了……谈到变化，黄承忠归纳了四个方面：资金变股金，村民变股民，山区变景区，无助变有助。

关于神山村的发展前景，黄承忠又说出了自己的独特见解：

"我觉得，要有前瞻的眼光，要充分利用好'神山'这个世人皆知的品牌，把'小神山'过渡到'大神山'。怎么过渡呢？那得引进外资来做，做大做强神山的旅游产业，让井冈山精神再为神山助力。我们不能再小打小闹了，小打小闹只会耽误神山村最好的发展机遇，要在奔小康的路上，走得更坚实更强劲。"

虽然，当年神山村的黄承忠书记已经到新的岗位履职了，但是，他对这里的青山绿水、一草一木，还是如此深情，如此念念不忘。正如他所言：

"爱过，是一种幸福；奉献过，是一种财富。神山村的工作经历，将是我一生的幸福与财富！"

采访完黄承忠，我们不禁感叹：

井冈山，既是金山银山；井冈山，也是绿山红山。永不过时的井冈山精神，是基层干部的指路明灯，更是老百姓脱贫攻坚的定海神针。

方圆五百里的井冈山，是一座英雄的山、一座奋进的山、一座不能辜负的山、一座大美而寡言的山，更是一座有希望、有梦想、有未来的山。

筑梦在神山

彭展阳接任黄承忠，回神山村当村支书，知道的人都说他"傻"。

放着企业经理年薪15万元的丰厚工资不拿，又操心又受累的，能说不傻吗？

回村之前，彭展阳是井冈山龙市镇恒华瓷厂的高管，拿着不菲的年薪，坐在宽敞明亮的办公室里，手下管理着两三百号员工。

说起他在瓷厂的工作，彭展阳说：

"在瓷厂，我也是从底层做起，一步一个脚印地踏踏实实干。我这个人干什么事，都是像干自己家的事情一样。我有恒心，不喜欢半途而废,瓷厂老板也是欣赏我这一点。再一个,老板看我是共产党员,靠得住。其实,即使是在私营单位,老板也是对我们的党员身份高看一眼。我 2010 年入党,加入中国共产党不仅是我为之奋斗的目标,也是我家族的荣耀,是一种非常崇高的荣誉,我爸妈都以我是共产党员为荣。"

在村委会的桌子旁,我们和彭展阳就这样一问一答地聊天。彭展阳老家在湖南双峰县,父亲早些年来神山做草纸。这山清水秀的地方,吸引了不少湖南人。在村里转上一圈,大多数家庭之间都有那么点亲戚关系。

彭展阳 2018 年满 42 岁,中专学历,穿着一件黑色的立领西装,脚踏黑皮鞋,皮肤透着健康的红晕,气质很好,不像农村人,给人的感觉是内敛而敦实。他的目光灼灼,眼神里闪烁着坚毅和睿智的光泽,也隐隐约约藏着一丝丝的焦虑。

我们了解到,彭展阳 2016 年回神山当村党支部副书记,2018 年 1 月 30 日,村里换届,他被村民推选当上了党支部书记。现在他是书记和主任一肩挑。这个神山村"最大的官",也像前几任的村党支部书记一样,一茬接着一茬干,更有大胆的创意。他们的初衷只有一个,让神山村有永续的发展,让村民的日子好上加好。

尽管彭展阳信心满满,看不出一点落寞,一丝胆怯,但我们还是想给他算一算回乡当村支书的"亏本账":

回村这两年多,光工资这一块,就亏了 10 多万元。爱人张方莉关掉了在湖南炎陵的一家服装店,跟着他回到神山村,又损失了一笔不小的收入。粗略算一下,已经损失 30 多万元。

爱人也偶尔抱怨,存折上的钱,被他越取越"薄"了。村支书这点工资，连给车子加油都不够。

不仅张方莉不理解，我们也着实纳闷：彭展阳一门心思回神山吃苦受累，到底图个啥？

"一个农村发展得怎么样，村民们富裕不富裕，和村干部有着很大的关系。作为村干部，农村的大事小情都需要他们来协调解决。所以，每次村干部换届选举时，村民们都很关心选举结果。这次彭展阳当村干部，也是全体村民的心声，大家抱着很大的希望，希望这位年轻的村支书，这个神山村的后生，能求真务实，能锐意进取，能大公无私，能大刀阔斧地领着我们把好日子过得更好。"

在采访几户村民时，我们得到以上信息，从中也许能得到一点答案。还有就是彭展阳作为当地人，又读了书，有企业管理经验，值得村民信赖。他深感自己有责任也有义务留在村里发展，他有能力也更有可能将神山村带入更加繁荣幸福的明天。

现在，彭展阳基本上都是待在村里，他爱人张方莉在家照看一岁多的小女儿。其大女儿今年14岁，在龙市读书。彭展阳的父母在龙市照顾孩子，一家人分散在两个地方。

"想法很多，资金不够。"彭展阳冷不丁冒出这八个字时，我们能体会到他想改变神山现状的急切心情。

为养殖户张罗珍珠鸡的销售，彭展阳忙；为神山农户餐饮接待的调度，他忙；神山村举办首届黄桃节，他忙；帮村民义务写春联，他忙；接待游客，拿起话筒讲解时，他忙；井冈山市龙市夕阳红文艺队来神山村慰问演出，他跑前跑后，比谁都忙……

在彭展阳的微信朋友圈里，他这样写：

"没有劈不开的柴，没有刨不平的板。生命不可复制，人生只有一次，人世间没有后悔之药。为了你的卓越和成功，请战胜自身的一切弱点，慎重走好你人生的每一个阶段！"

彭展阳的想法一个一个说出来，我们笔下飞快地记录着一个个字眼，生怕遗漏：

"想在神山建一条糍粑商业街，以此为契机，做好红色培训；建糍粑体验区，土坯房民宿，农耕体验区，红军小道；完善精准扶贫神山大讲堂……

"听一堂'精准扶贫'的课，走一段'红军行走'的道，来神山，让旅客了解'四个变'的精准扶贫，'四个一'的脱贫模式，让红色文化和旅游扶贫融合在一起，让游客不但目睹神山村的大变化，更让红色故事世世代代相传，传到更远的地方去……"

我们记下了，记下了。彭展阳心中神山村的蓝图，真的很美好，也很实在。只要有想法，有目标，一定可以实现。

彭展阳认为，得让来神山旅游的客人有没见过的东西看，有新鲜的东西玩，有没吃过的美食品尝。现在的游客都是走南闯北见多识广的，因此他们或许偶尔会有一些建议甚至是批评。对此，彭展阳这样认为：一方面，不能对客人的挑剔有情绪，否则会让客人觉得神山人还不够热情；另一方面，客人提出的建议和意见，将能有效提升这里的服务水平与管理能力，为神山的进一步发展提供源源不断的思想活水，不能将其当作耳边风，必须仔细听、认真记、虚心改。

有想法、有境界、有担当、有冲劲的年轻村干部！他的奉献和公道，群众看得见。

说起做农村基层工作与管理企业的不同，彭展阳说：

"做瓷厂的高管，那是用制度管理人，谁干得不好，我可以扣他们的工资。在村里，都是低头不见抬头见的乡亲，我的角色就是为他们服务的，和我做企业的性质，一点都不一样。我从小就生长在神山村，在我内心深处，这里是世界上最美的地方，也是最温情的港湾。人生能有几回搏？我愿意在自己最年富力强的时候，回到这里。乡里乡亲需要我，神山村是我的用武之地。作为一名共产党员，我有自己的初心。我也跟爱人说好了，就让你的憨老公伸展一次拳脚吧！没有不能做的，也没有不敢想的，人生就得闯一闯。是苦是累，我已经做好了准备，要自己扛着。真的十分感谢爱人逐渐理解并开始支持我。还要感谢我的父母，一直在龙市给我家大女儿做陪读，免去我的后顾之忧。有时候，我心里自然滋生出对家人的愧疚。之后，又自己鞭策自己，要化这份愧疚为动力，虚心学习，忘我工作，将神山村建设得更美好，这也就是对家人愧疚的最大弥补。"

彭展阳说，来神山村的游客一年比一年多，尝到旅游产业甜头的神山人，想长长久久吃"旅游饭"，就必须要给游客留下个好口碑。为此，他集思广益，为神山村的农家乐定"土标准"。

采访快结束时，彭展阳的手机响了。原来，今天有一批江苏的客人来神山村参观学习，点名要村支书去讲解。他马上戴上扩音器，一下当起了公益"资深导游"，角色转变得非常快。

彭展阳说，当导游时，也得留心看看，找到一些有价值的"商机"。说不定客人里面，就有钟情我们神山、想为神山出谋划策的"诸葛亮"，就有想给我们扶持资金或跟我们合作发展神山经济的财神爷呢！我要使出浑身解数，把"神山"这壶藏在深山的老酒推送出去，让神山变成金山，变成福山，让老百姓的日子好上加好。

"功成不必在我，建功必须有我"的胸襟和情怀，鞭策着一任任村干部一茬接着一茬干，共同描绘神山村新的壮美蓝图。

神山村的干部们，面对一个个新堡垒新考验，早已经精神抖擞准备迎战啦！

"贴心服务"暖村民

记得我们随中国作协副主席叶辛与中国作协创联部主任彭学明等一批全国知名作家去神山村采风时，是在2016年4月底，正是春暖花开时节。

我们惊喜地发现，在神山这个以前被人遗忘的角落，正呈现出欣欣向荣、热火朝天的场景：路边的推土机奔忙着，建设工地的战鼓声声急。村民有的在忙着推销各类土特产；有的在声情并茂地讲述习近平总书记视察神山村的情形；有的在地里挥锄劳作，不时抬头看看蓝天白云听听鸟语虫鸣；有的在和煦的阳光下一边娴熟地制作竹木工艺品一边欢愉地聊天……他们的表情是那么淡定从容，笑意是那么清新纯粹，声音是那么蓬勃有力。一拨拨的游客，正兴致勃勃地来到神山赏旖旎景致、感山乡变化、悟扶贫启迪。

作家们下车后，有的举起手机、照相机，将这里的美景定格，将村民的笑脸定格；有的打起糍粑，品尝久违的乡愁；有的还唱起山歌，放飞青春的浪漫与童年的快乐。山间溪涧也受到熏染，应和着作家们的歌声，应和着大地的脉搏，翩翩起舞。

之前可不是这样，井冈山科学技术协会原副主席陈学林对此感触颇深："我最初来的时候，神山哪里有现在这么热闹？"他陷入往事的回忆中：

"2015年我开始担任神山村第一书记。当时这里还比较安静，像世外桃源，基本上没什么游客。2016年2月2日，习近平总书记怀着对井冈山老区人民的深厚感情和深切牵挂，来到神山村视察村党支部，了解村级组织建设和精准扶贫情况，殷切希望'井冈山要在脱贫攻坚中作示范、带好头'。

"作为神山村的第一书记，我有幸现场聆听了总书记的重要指示，亲身感受到总书记对老区人民的关心关爱，这也成为我和神山村老百姓决胜脱贫攻坚战的动力源泉。

"几年来，我始终牢记总书记在神山村视察时的重要指示精神，按照'精准、落实、高质量、可持续'的要求，和村两委干部一道，不断传承红色基因，激发党员干部群众内生动力，探索出一条符合神山实际的脱贫致富奔小康的路子。如今的神山已华丽转身，由'老、边、穷'的小山村嬗变成乡村旅游综合示范点。就像你们描述的那样：游客纷至沓来，将这里的美景定格，将村民的笑脸定格。

"几年的神山历程，我改变很多，也收获很多。从'被动干'到'主动干'，我接过了脱贫攻坚'接力棒'。

"2015年，'五一'劳动节刚过，组织上让我到神山村担任第一书记。说实话，刚开始的时候，我还有一点犹豫。一来我是家里的顶梁柱，上有老下有小，爱人在企业做事，女儿当时面临高考冲刺的紧要关头，如果我长期驻村不着家，家里肯定乱成一锅粥。二来我一直在机关工作，农村工作经验不足，突然要到一个偏远的小山村去开展农村工作，进行脱贫攻坚，心里没有底气，有种本能的'本领恐慌'，担心干不好工作，辜负组织的信任，辜负群众的期盼。就在这种'左右矛盾'的情况下,我带着几分忐忑来到神山村,开始了我的驻村生活。

"到了村里,村干部带我走访的第一家农户便是革命烈士后代左秀发家。他的爷爷叫左桂林,曾担任红四军通讯员,在第二次国内革命战争中牺牲。当我来的时候左秀发一家仍住在破破烂烂的土坯房里。看着革命烈士后代的生活还如此清苦,走在门前坑坑洼洼的小路上,我心里顿时堵得慌,眼睛也不禁湿润了。

"到过井冈山的同志都知道,井冈山革命斗争时期牺牲的革命烈士有4.8万余人,其中有名有姓的仅15744人。这些人里面,有许多是富家子弟,还有的出过国留过学,生活条件优越,本来有更多选择,但是他们却毅然朝着'农村包围城市、武装夺取政权'的革命道路前进,并为之献出了宝贵生命。

"我经常在想,是什么让他们有这样的抉择?为名?为利?为权?通通都不是!他们就像左桂林那样,为的是一种革命必胜的信仰,为的是让广大劳苦大众过上幸福生活。而今天的脱贫攻坚,让老百姓致富奔小康,不正是续写革命先烈未竟的事业吗?想到这里,自己家里那点小困难,又算得上什么呢?

"从左秀发家走出来的那一刻,我心里再也没有彷徨和犹豫了。因为我知道,神山群众脱贫摘帽的小梦想,正是实现伟大'中国梦'的一部分。作为'守山人',这是我不可推卸的政治责任,我必须接过具有时代使命的接力棒并跑好这棒。

"从此,我全身心地投入工作。有的人不愿向外人透露自家的困难,我就主动上门找群众唠家常;有的老人与儿女相处不睦也私下向我求助;有时只是老人家里临时缺碗少盆,我也从不推托立即解决。大多数时候,我处理的好像都是些日常的小事、琐事，但在贫困群众那里这些就是大事、难事。"

"扶贫首先要走进贫困户的心里，这样他才会依赖你、依靠你，接受你的帮扶。"陈学林说得在理，我们听得舒心。

陈学林继续讲他的神山故事：

"从'要我脱贫'到'我要脱贫'的观念之变，激活了群众脱贫内生动力。

"'物质扶贫一时，思想扶贫一世'，神山村的群众长期身处大山，观念传统，世代守着人均不足一亩的冷浆田过着穷日子。工作几天下来，我了解到有的群众以当贫困户为'荣'，还有的群众有'做这帮那，不如把钱给我们实在'等想法，这些都深深刺痛了我。

"'扶贫先扶志'，老百姓的思想观念如果不转变，脱贫攻坚就很难有突破！

"怎么办？于是我大胆尝试，依托'红色讲习所'等平台，开始从思想观念上引导群众。对精神动力不足的农户，讲好红色故事，特别是把井冈山精神第一宣讲人毛秉华生前曾捐赠10万元用于神山脱贫的故事讲活讲好，不断教育感染群众。

"对扶贫政策不熟的农户，我和工作组挨家挨户上门讲政策，掰着手指算经济账。对致富能力弱的农户，号召党员站出来，建立'支部＋农户、党员一对一'的帮扶机制，实现帮扶全覆盖。对观念传统的农户，充分发挥我们科协的职能优势，大力传播科普知识和实用技术，组织他们到先进村组、产业基地实地走、实地看，不断唤起群众脱贫的愿望。

"许多农户看了听了后，坐不住了，不等不靠就自己干了起来。比如贫困户彭夏英，在我们的鼓励下，带头开起了农家乐。

'党和政府是来扶持我们的，不是来抚养我们的'成为神山老百姓的共同心声。

"榜样的力量是无穷的！

"工作中，我定期开展'最美脱贫人''文明家庭'等评选活动，召开党员群众点评测评会，组织典型在村里'现身说法'，告诉大家'幸福生活是奋斗出来的'。通过群众一起评、大家受教育，全村把目光集中到比家庭责任、比勤劳致富上来，形成了你追我赶的好氛围，实现了从'要我脱贫'到'我要脱贫'的转变。

"老村支书彭水生，率先提出了脱贫愿望，主动把自己的房屋腾出，建设了神山第一家民宿。在他的带动下，全村发展了十多家'农家乐'，逐步做响'神山糍粑''神山黄桃'等农特产品品牌。

"从'单一化'到'多元化'的脱贫路径之变，是我和村党支部领着大伙一块干出来的。给钱给物，不如建个好支部。

"到村工作之初，村党组织负责人因故空缺，影响了村里的正常运转。俗话说'雁有头雁，蜂有蜂王'，有了'领头雁'，基层党组织才会增添发展动力。于是我立即和乡政府协商，决定选派一名优秀的乡机关干部到村兼任村党组织书记，并选拔两名年轻的村党员担任党组织副书记，在脱贫实践中'赛场选马'。同时，不断健全各项规章制度，定期开展'支部共建''党员活动日'等活动，规范支部组织生活，强化党员教育管理，调动村干部、村党员和大学生村官的工作积极性，发挥他们的带头作用。如今村党组织的凝聚力、战斗力不断提升，党员致富能手左香云还被选为第十三届全国人大代表，选派到村担任书记的那名乡干部也得到了提拔重用。

"贫困户的致贫原因也千差万别。针对每户贫困户,我坚持'一把钥匙开一把锁',不断创新脱贫路径,落实好各项扶贫政策,做到应扶尽扶、应保尽保,实现'个体脱贫'和'集体脱贫'相统一。一方面,延伸了旅游扶贫。我主动与中国井冈山干部学院、江西干部学院对接,开发'红色培训+精准扶贫'课程,形成了黄洋界—神山—八角楼精品旅游线路,到神山的游客每年都在增加。同时,不断拉长旅游产业链,引导群众参与全域旅游,帮助群众发展农家餐饮业。比如,在得知贫困户张成德想开农家乐,但苦于资金不足需要贷款的情况后,我多次往返城区办理手续,最终拿到了15万元的贴息贷款,使'成德农家乐'顺利开业。另一方面,拓宽了产业扶贫。神山村海拔高,传统水稻种植的产量低,通过调研,我和乡村干部决定以'支部+合作社+贫困户'模式,发展黄桃、茶叶等产业。"

关于陈学林,我们还采访了左细英。采访年过七旬的左细英时,我们了解到这样的细节:

有一次,陈学林在左细英家小坐时,她拿起菜刀准备切西瓜,陈学林则赶紧起身阻拦。双方僵持不下,不料却被一旁的儿子葛湘村抢过菜刀将西瓜切好。

左细英说:"多亏了陈书记的帮扶,才让我和我这个聋哑崽如今过上和城里人一样的好生活,吃不愁,穿不愁。"

谈及此事,陈学林笑言:

"满满的感动,觉得自己的付出值得。早年劝村民们将房屋外观统一为庐陵风格、入股参加合作社时,我们党员干部分成好几批,天天上门做思想工作。第一次开村民代表大会时,村民普遍反对入股,认为把钱直接给大家岂不爽快?怕入了股,无法保证有按期分红。另外,土地是农民的根,都流转出去了,怕以后喝西北风啊。即使公家为他们改造危旧房,反对的也不少。要么认为政府最好帮每一家重建一栋新房,要么让政府改装外观后顺便好事做到底,把内装修也一并完成。我们真是撕开脸皮、磨破嘴皮、踩烂脚皮才让村民开窍。所以说,在基层干事,心里一定要有群众,一定要耐得烦、沉得住气,才能将好事办好、实事办实。"

为打消村民的顾虑,陈学林与村干部一户户上门讲政策,掰着手指一点点为村民既算"小账"又算"大账":

"以前种一季水稻根本不够吃,现在不仅土地流转有租金,入股合作社每年还有几千块分红,而且到了黄桃、茶叶收获时,还可以参与务工,又多了一笔收入。三者相加,你们算算,是不是比单一种水稻强多了?"

"小账"算清了,陈学林开始为村民算"大账":

"咱老区人民可不能掉队。不依托合作社,大伙儿抱不起团,拿什么实现整体快速脱贫?"

村民们心里逐渐亮堂了,对入股、土地流转等新生事物的顾虑逐渐消除。这还不够,还得让村民吃上一颗"定心丸"。

一直在思考这个问题的陈学林,一次偶然在电视上看到现场公证场景,他灵机一动:"我们也可以采用公证形式呀,这样不仅对村民签约多了一层法律保障,我们督促合作社按期分红也更有了抓手。"

这个想法让陈学林兴奋不已。

2016年4月底,他和村干部以及市里挂点干部,着手从城里请来公证处的工作人员,对村民的入股签约协议进行现场公证。

"公证员都到村里了，还有啥好操心的？"村民终于打消了最后一丝顾虑，所有贫困户陆续领取了通红的股权证。

对年底合作社的首次分红，陈学林记忆犹新：

"2016年11月15日，村里特地举行了入股产业分红发放仪式。每户贫困户当场领到平生第一笔现金分红，一共6.3万元。大伙笑得比当天的阳光还灿烂！"

在推进安居扶贫中，陈学林始终尊重村民意愿，提供了几套方案供群众选择，并统一施工、统一监督、统一验收，积极组织党员群众投工投劳，对全部土坯房砌体加固，新建爱心公寓一栋。当贫困户赖伯芳夫妇住进爱心公寓的那一刻，他们由衷地发出了"共产党真好！"的感慨。

陈学林对神山村民的服务无疑是贴心的，他也收获了村民对自己的尊重与爱戴。

"请给我这样的爱吧，它清凉而又纯净，就像你的雨滴，赐福给干涸的大地，灌进百姓家的瓮里。请给我这样的爱吧，它能渗透进生命的中心，像看不见的树液，从中心出发，流遍生命之树，使它开花，使它结果。请给我这样的爱吧，它能让我的心在和平与宁静中律动……"

泰戈尔优美的诗《请给我这样的爱吧》此刻用在陈学林身上特别贴切。对神山村民的炽热之爱，流遍他的生命之树，正在开花、结果……

但陈学林却因此怠慢了家庭，尤其是2017年女儿高考，因为自己没有给予应有的贴心服务，女儿高考不太顺利。

陈学林回忆道：

"6月7日清晨，我和妻子一早起来，做好早餐，送女儿到学校参加高考的第一场考试。临行前,我问女儿:'有信心吗?爸爸有事要赶回神山,不能一直陪你高考,妈妈陪你行不行?'女儿信心满满地回答:'你去吧,工作重要!'

"上午回到神山,我在村民家中走访。走在路上,我就在想,上午语文考完了,也不知道女儿考得怎样,如果和她在一起,看看她的神色还能猜到。这个敏感时期,又不能直接问她,怕给她压力。晚上,我还在组织部加班搞材料,接到妻子的电话,说女儿发烧了。因为上午天气热,女儿去上卫生间时洗了脸,把衣服全弄湿了,下午考试就有感冒症状,头晕发热,晚上烧到了39摄氏度。我交代妻子买了些药给她吃,简单处理以后,感觉很为难。既心急如焚,又百般无奈。真想回到女儿身边,照顾她,看着她活蹦乱跳地去高考。

"可是,可是——第二天我就要作为第一书记在全市支部共建结对帮扶大会上发言,去吉安看女儿有些不现实。再说,我一直问妻子关于女儿的情况,她也说女儿吃药了,情况还好,早早就睡了。女儿第二天起床以后,感觉头还是昏昏沉沉的。高考成绩出来,她的理综成绩没能发挥出应有水平,影响了总分。女儿没能考到心仪的大学。这件事让我对女儿愧疚不已。"

紧接着,陈学林话锋一转,他动情地说:

"当我看到神山村民的一张张笑脸,看到他们开着一辆辆小汽车飞驰在出村的柏油马路,当我为神山糍粑代言时,我感觉自己所吃的苦所受的委屈以及对女儿的愧疚,顷刻间变小变淡变虚了。我下意识地想起保尔·柯察金的那段名言——人最宝贵的是生命,生命每人只有一次。人的一生应当这样度过:当他回首往事的时候,不因虚度年华而悔恨,也不因碌碌无为而羞愧……"

微信推介乐无穷

习近平总书记是 2016 年 2 月 2 日在神山村亲切看望慰问基层干部和群众的，吉安市委市政府牢记习近平总书记的深情嘱托，雷厉风行、立说立行，不久便派出扶贫工作组进驻神山。

就在当年的 2 月 16 日下午，市委办公室的年轻干部刘美仁作为工作组一员来到神山村，现场察看了神山谷、双龙潭、环形路、黄桃基地等处，并挨家挨户走访老百姓，深入细致开展调查摸底工作。

这个下午，刘美仁与大家一起马不停蹄，全面掌握神山村农户的基本情况，广泛征求群众对土坯房改造、产业发展、旅游开发的意见和建议。同时，他们还邀请了市交通运输局、市建筑规划设计院、市旅发委、市国土局、市农发行等部门的同志，实地察看神山村的情况，商讨下一步工作安排。

2 月 16 日晚上与 17 日晚上，刘美仁两次跟井冈山市和茅坪乡相关领导、干部座谈，会商神山村 2016 年脱贫攻坚大计，并迅速研究制订了"神山村脱贫攻坚近期工作安排表"，对神山村的总体规划，黄桃和茶叶的种植，穿村道路及环形路的新修，神山客栈、神山谷、双龙潭旅游景点的开发等工作进行了具体布置，明确了责任单位和责任人、完成时限等事项。

2 月 18 日下午，刘美仁又参与村两委全体党员会议，统一思想，明确要求，号召全体党员在脱贫攻坚大会战中尽力发挥好凝聚民心、示范带头的作用。

"几天下来，工作行程排得满满的，我们没按时吃过一餐饭，没安心睡过一个好觉。当时天气虽然十分寒冷，北风刺骨，但是因为东奔西走，活动范围广，体力消耗大，身体超负荷运行，每个人都累得汗流浃背，近乎虚脱。但我们却感觉很充实，很快乐，很有成就感。就是这短短三天，扶贫工作组循序渐进找出了神山村的穷根，为下一步的精准扶贫、对症下药奠定了坚实基础。"

2月19日，忙完一阵子的刘美仁在微信晒出了来自神山现场的第一条朋友圈，且从此一发不可收。他开始以图文并茂的微信朋友圈方式，多角度立体式地宣传推介神山。

"2月22日。我尝试跟神山村民学习客家话，虽说得蹩脚，吞吞吐吐像个结巴，但总算与村民交流了感情，拉近了距离，否则村民将一直把我当作外人。白天，我陪村民一起上山砍柴、下地干活，泥巴沾在身上也不嫌脏。晚上，随便找一家唠唠家常。我觉得，扶贫干部在最基层工作，就必须放下身段，没有架子。只有在低处，更低处，才能听见群众的呼声，感受到他们的心跳。"

"2月26日。听村民反映，神山的黄桃长势不行，果子太小，而且容易死掉。又听说神山村外出发展的村民胡金生在黄洋界一带开了一个酒家，也种了一些黄桃，果子很大，味道也甜。经论证，我们应该是在种桃技术上存在问题。在这方面，我得跟大家一起多想想办法。"

"3月1日。今天吓得够呛，被罗林根家里的大黄狗狂吠猛追，多亏李宗吾及时喝住大黄狗，才让我得以逃脱。这充分说明，我去群众家里的次数很少，狗都把我当作生人。今后得勤快点，多走动，与群众打成一片，手拉手心连心。"

"3月7日。我今天用手机认真录制了张成德生产竹筷的视频，并及时发布出去，立刻就有人咨询，想过来拍摄传统手艺人的图片并顺便购买一些竹筷回去。下午，我路过黄桃基地，偶然发现一片绿叶丛中钻出一朵红色的桃花，虽然娇弱细小，但预示着神山的明天一定灿烂红火。"

"3月10日。神山村下起鹅毛大雪，'山舞银蛇，原驰蜡象'，人生第一次看见这么壮丽的雪景。于是叫来几位认识的画家，将这里'红装素裹，分外妖娆'的壮观景色描画出来。踩在咯吱咯吱响的雪地上，手捧着晶莹柔软的雪花，感觉自己生活在一个晶莹剔透的童话世界。朋友，你想看层次分明、美得让人窒息的雪景吗？那就请到神山走一回。"

"3月19日。虽然神山村'干打垒'房屋的色彩好看，古色古香，与周围环境搭配也和谐，但毕竟是危旧房，有的房屋还直接将裸露的山体作为墙面，历经长年累月雨水冲刷，容易发生倒塌而砸伤人，甚至野兽也可以通过一些稍大的裂缝随时进出，很不安全。听村民讲，神山的雨雪多，还会下冰雹，压破'干打垒'的小瓦片，导致室内时常漏雨，泥泞不堪，因此村民每年得自己爬上屋顶去翻捡小瓦片，又麻烦，又危险。而且'干打垒'的卫生条件很差，茅厕与住房连在一起，家禽家畜与人住在一起，冬暖夏凉的说法也是村民苦中作乐聊以自慰而已。现在村里正热火朝天地改造危旧房,相信不久村容村貌将焕然一新。"

"4月21日。调查中发现,村里大多数耕地为冷浆田或'望天丘',只能种一季稻,所以村民往往不愿种地,而宁愿选择外出打工或做生意、做手艺,于是便出现不少撂荒地,导致耕地利用率极低。一方面,青壮年基本都出去了,留守人员均为老人、妇女与儿童,劳动力严重缺乏;另一方面,山区水利设施年久失修,种植水稻成本高产量低,所以基本都是种点口粮。考虑发展产业,通过'合作社＋基地＋贫困户'的模式,流转撂荒的土地资源,让当地人受益。"

"5月3日。有一种美,叫不花钱。神山村随处可见树苑、柴垛、石头、竹节、破损的酒缸与陶罐等,可以发挥村民的聪明才智,激发其创造力,充分把这些资源利用起来,变废为宝,比如用花草装饰设计成各种精致盆景。我尝试着与几家共同策划做成了几样盆景小品,没想到被外面来的摄影家一次次拍摄。这些盆景频繁出镜,一下子成了'网红'。"

"6月5日。今天遇见一件特别感动的事情,我与同事乘坐的公务车在黄洋界抛锚,被拉下山去修理。也许是传到了神山村民的耳朵里,等到夜幕快降临时,居然有几位神山村民开着摩托车来黄洋界接我们。村民如此不辞辛苦,真把我们当作亲人了,谢谢!"

"6月12日。一个人住在神山村部二楼,夜里加班加点写材料。不知什么时候,房间里不知从什么地方密密麻麻钻出一群小虫子,它们在灯光下飞舞着,嗡嗡叫。它们也知道我孤单,陪着我熬夜哩。"

"6月29日。还没一把铲子高,却有愚公移山志。为建设幸福的神山,最小'农民工'顶起自己顶不到的那片天。今天,当我看见村民黄宁安的三岁孙子豆豆在拿着铲子帮助大人清理村里步道旁的杂草时,内心无比震撼!有这样热爱劳动的下一代,有这样通情达理的家长,神山的未来必定美好!"

"8月2日。神山的黄桃熟了,沉甸甸地挂满枝头。今年通过大家的技术攻关与精心培育,终于收获了累累果实。著名作家冰心说过:'成功的花,人们只惊美她现时的明艳!然而当初她的芽儿,浸透了奋斗的泪泉,洒遍了牺牲的血雨。'其实成功的果实,不也是如此吗?"

"8月25日。今晚走访村民回去的路上差一点踩到一条五步蛇。虽然天气十分炎热,却吓出一身冷汗。回到房间,脖颈都被汗水浸湿了,心还是怦怦直跳。回想一下,也是好事,说明神山的生态环境太好了,村民保护野生动物的意识也在慢慢增强。同时提醒我们,该加快村里的路灯等基础设施建设了。"

"12月16日。室温都－1℃了，天气冷得出奇。我患了重感冒，头昏脑涨的。没打算吃药，就喝了碗村民帮忙熬的姜汤。躺在床上，将一块小木板搁在被子上，然后在小木板上铺开的稿子上坚持填完一份份扶贫表格。望望窗外，是漫天的星星。淡淡的光晕温暖着眼眸，心情逐渐平静下来，身体的病痛也似乎减轻了许多。晚安，恬静美丽的神山！"

"12月19日。从彩虹出现到突然消失再到大雾弥漫，短短的七分钟，神山经历了天堂般变幻多姿的奇景。我很荣幸，有机会将这稍纵即逝的奇景定格在自己的手机中，定格在香甜的睡梦里。朋友，你也想邂逅这样的奇景吗？那么就请到神山来。"

"12月28日。在这里挂点帮扶快一年啦，以心换心，以爱点燃爱。从叫我刘干部，到叫小刘，到直接喊我'眼镜'，称呼从生硬到亲切，这说明村民终于认可了我，接纳了我，不把我当作外人了。神山是我家，我将永远热爱它宣传它推介它。希望它变得越来越神气，变得越来越幸福！"

…………

我们饶有兴致地翻阅着"眼镜"刘美仁手机里的朋友圈内容，只是摘录了其中一小部分。这位小伙子活泼阳光的青春气息与炽热淳厚的为民情怀让人敬佩。

第四章
神山之梦：
天若有情天亦老，人间正道是沧桑

幻影九重，
将沧桑的梦想轻轻打开。
淙淙，
一种拼搏的旋律。
花影倒映，
仿佛幸福的味道。
水开始流动，
香气开始流动，
人群开始流动，
一切活力的因素开始流动！

2016年2月2日，农历小年，习近平总书记带着党中央的深情厚谊，亲临神山村看望干部群众，给予了神山村民莫大荣耀和巨大鼓舞。

我们截取了《人民日报》当年2月4日发表的一篇新闻报道的片段：

"……之后，习近平又乘车沿着崎岖山路来到井冈山市茅坪乡神山村。这是一个贫困村。习近平视察村党支部，了解村级组织建设和精准扶贫情况。他一边看规划、看簿册、看记录，一边详细询问。得知这些年村里不断发生着可喜变化，习近平很高兴，希望村里一班人继续努力，团结带领乡亲们把村里的事办好。

在红军烈士后代左秀发家中，习近平对一家人立足本地资源、依靠竹木加工增收脱贫的做法给予肯定，祝他们生产的竹筒畅销。他指出，扶贫、脱贫的措施和工作一定要精准，要因户施策、因人施策，扶到点上、扶到根上，不能大而化之。在贫困户张成德家中，习近平一间一间屋子察看，坐下来同夫妇俩算收入支出账，问家里种了什么、养了什么，吃穿住行还有什么困难和需求。老乡端上热气腾腾的米果请总书记品尝。女主人说，总书记给全国人民当家当得好，老百姓感到很幸福。习近平回应她说，我们国家是人民当家作主，包括我在内，所有领导干部都是人民勤务员。

在村里，家家都忙着准备年货，习近平每到一处，都向乡亲们问好。看到一家正在打糍粑，习近平饶有兴致参与打了起来。习近平还给贫困户送去年货，给孩子们送去书包，祝家家都把年过好。

总书记到村里的消息迅速传开，村民们聚集到村口，齐声向总书记问好。习近平同乡亲们握手，向乡亲们拜年。他对乡亲们说，我们党是全心全意为人民服务的党，将继续大力支持老区发展，让乡亲们日子越过越好。在扶贫的路上，不能落下一个贫困家庭，丢下一个贫困群众。总书记真挚热情的话语，温暖着在场每个人的心，阵阵欢声笑语充满整个山村……"

透过依旧亲切依旧滚烫的文字，我们可以充分感受到习近平总书记来到神山村之后，给村民们带来的极大鞭策。这份鞭策，在后来神山村的精准扶贫过程中，化作一股蓬勃向上的内生动力，与无数外力共舞，推动着神山的发展与进步，让神山实现历史性的脱贫摘帽，实现凤凰涅槃；同时也深刻改变着神山每一个人的精神面貌，让他们在原先努力奋斗顽强打拼的基础上，继续完成各自的逐梦之旅。

接下来，就让我们走近浴火重生的神山村，走近神山人五彩缤纷的既绽放微笑又浸泡泪水的逐梦之旅……

一个爱做梦的"庄园主"

梦想，一个多么明媚悦耳的词语！

它恍如一缕渗透到清晨露珠里的阳光，晶莹剔透的水分子薄膜覆盖下，隐约闪烁着珠玉的七彩光芒；

它恰似一声滴落到婴孩瞳孔里的鸟鸣，纯净与纯洁的交融，清新与清爽的汇合；

它好像一双破茧而出的轻盈蝶翅，积聚了天地之间的灵气，即将自由自在地在蓝天快乐飞舞。

跟前站在浩荡秋风之中的郭国印，就是一个爱做梦的农民。

郭国印2018年才51岁，正当盛年，看上去却超过60岁。他头发蓬乱，白亮亮的"秋霜"覆盖了他头顶、后脑勺与两鬓的绝大部分，依稀可见一些灰黑的头发倔强地突破"秋霜"的重重包围，在沁凉的山风吹拂下飘摇，就像溪畔苍黄的芦荻，彰显出朴拙却顽强的风骨。他皮肤黝黑，托衬出牙齿醒目的白色。额头上的皱纹四散开来，宛如这里随处可见的沟沟壑壑，隐藏着岁月的风雨兼程，述说着人间的冷暖酸甜。

"其实，我十多年前就是这个样子，"郭国印调侃着自己饱经风霜的模样，"我哪愿意自己是又老又丑的样子？！是鬼魅毒蛇一样的贫穷，追魂似的跟着我，缠着我，啃着我。寸步难行，挣不脱，逃不掉。命啊！"

言及"命"字，郭国印拉高了声调，并明显拖曳余音，目的当然是希望听者印象深刻、产生共鸣。

但郭国印在多舛命运的重压下依旧蹒跚前行，依旧誓言铿锵，依旧坚持梦想。

郭国印常常做的就是"庄园梦"。

按理说，郭国印世代务农，"脸朝红土背朝天，蓑衣斗笠常相伴。汗水涂抹丰收图，稻浪滚滚果香远"就是郭国印家族的生动写照，所谓的庄园景致他应该已是再熟悉不过。

"但我心目中的庄园可不是一般的庭院经济，"郭国印一谈到自己的梦想，紧蹙的眉头骤然舒展，布满血丝的眼睛里，也瞬间迸射出灼灼光芒，"不只是种稻种果种蔬菜，养鸡养鸭养猪牛，这些只能勉强解决温饱问题。我的庄园目标更大，必须是规模种养，面积大，好几个庭院也比不上吧！而且种养的品种要多，效益要好。除了养家糊口,还得有一定结余吧!不然,咋对得起日子过得紧巴巴的家人?咋对得起现在的好时代、好政策、好机遇呢?"

爱做梦的郭国印,说起话来总是充满幽默,充满诗意,充满哲思。听他说话,根本想不到他没念过几年书。

可见,在社会的大熔炉当中,他的生命充满变幻,他的经历充满神奇,他的内心充满智慧。他就像一个没有经过任何培训的素人演员,自学成才,沐浴着祖国改革开放的强劲东风,享受着精准扶贫的利好政策,在越来越宽广、越来越复杂的人生舞台上面,表演精彩的自我奋斗、自我更新、自我创造、自我完善、自我提升历程。

虽然充满奋斗追求的勇气,充满愚公移山的精神,但是,由于身处的地理环境恶劣,自身学识、眼界、交际圈、思维方式的局限,以及突如其来的天灾人祸,郭国印一直笼罩在贫穷忧伤的阴霾之下,他在苦苦挣扎,亦在默默求索。

郭国印在神山村的头衔其实颇为尴尬:上门女婿。一般拥有此身份的男人会觉得自卑、羞愧,从而忌讳、逃避这个话题,但郭国印却欣然接受并主动暴露自己的身份。他娓娓道出自己的坎坷身世:

"我是井冈山东上乡人,家中七个兄弟姊妹,我排行老五。母亲在我10岁时就得重病去世了,那时她才刚满51岁,舍不得父亲,舍不得七个娃呀!可有啥法子呢?

"家里当时穷得叮当响,吃饭都吃不饱,常常中饭晚饭一起吃。穿衣也穿不暖,大哥的衣服硬是传给五个弟弟穿,衣服都由藏青色褪变成灰白色,那上面的补丁呀,一个摞一个,像星星一样闪花眼。所以,家里哪拿得出钱来给母亲治病呢?借钱,那更是天方夜谭。穷亲戚一大堆,有时做了好点的菜,勤劳善良的母亲还叫他们的小孩来家里打打牙祭。母亲舍不得撒手而去呀,也舍不得花费家里一分钱,只是让父亲在别人的帮助下上山采了些草药吃。但一点也没用,母亲病得越来越重,都瘦成皮包骨头了,很快就离开了我们,到死都不晓得她得了啥病。哎!想起来就忍不住流泪。后来,父亲一把屎一把尿地把我们抚养大,甭说念书,能全部养活就不错了。我好像只读了三年书,算个地地道道的文盲吧。几兄弟一个个长大了,要成家呀。家里穷得连一分钱都想作两分钱用,谁家妹子看得上我们呢?

"1992年秋天,经人介绍,我认识了神山村的俏妹子赖石清。赖石清,可不得了!她爷爷赖章达在井冈山革命斗争时期曾当过红军医生,为朱德看过病。后来因为受伤而留守当地,隐姓埋名,到处躲藏,还好活到新中国成立后。她的叔叔赖培才参加过抗美援朝,91岁时才过世。赖石清也算军人之家,光荣之家,但她的命跟我一样苦,家里就她一根独苗。我认识她时,她父亲已去世好多年了,孤女寡母的,就想找个上门女婿,帮家里干活,撑起一片天。介绍人一说这情况,以为我会不高兴,不愿见面,没想到我爽快答应了。上门,有啥难为情的?都是苦命人,能见面就是缘分,我不后悔,反而偷着乐呢!于是当年冬天,我就跟赖石清结婚了,从此来到神山村周山组安家落户。怎么样?神奇吧!"

郭国印家里买了许多书,又虚怀若谷、善于学习,故说起话来头头是道,不仅语句连贯,逻辑严密,而且还妙语连珠,让我们非常诧异。他看起来哪像个文盲,倒更像一个老牌高中毕业生，肚子里有真学问。

20世纪90年代初期，正逢祖国的改革开放进程风起云涌，不断推进，一批批山里的农家子弟抛下锄头犁铧，离开父母妻儿，来到改革开放的前沿——江苏、浙江、福建、广东、山东等地进工厂、学手艺、做门卫、当民工，有的甚至扶老携幼去沿海发达地区闯荡。一些邻村农民或者亲戚朋友外出打工的点点滴滴的信息也传到神山，传到郭国印耳畔，让他怦然心动。

"神山的地理位置真的太偏僻了，离学校、医院、圩场、汽车站、供销社等所有热闹的地方都远，生活很不方便，"此时，郭国印站在好友正在建造新房的工地上，一只脚不停地碾踩地上散落的沙粒，陷入深深的回忆之中，"另外，砍根木头或者竹子、捡些蘑菇或者采点草药、挖点竹笋、编些竹木制品呀，去山外卖点钱换些油盐糖醋回来，那真是困难，有时还会遇到危险。比如天蒙蒙亮看不清路被毒蛇咬呀，比如摔伤呀。再说这里只有一季稻，产量又低，不像我老家东上，可以收获两季稻，产量也高。所以呀，一家人口粮都不够，经常得靠煮红薯与采野菜打野味吃才能勉勉强强填饱肚子。

"1994年下半年，大儿子出生了，母子都缺少营养，面黄肌瘦的，我看着心疼，可家里实在拿不出钱为老婆儿子买好东西吃。你们可能难以想象，好东西不是现在的牛奶、水果、鸡鸭鱼肉之类的，而仅仅是麦乳精、白砂糖。那真是穷得揭不开锅呀！我就想过完那个春节后出去打工，挣点小钱带回来为老婆儿子补充营养。

"不料1995年的春天来临时，岳母突然得病，变得丢三落四的，还时不时地骂人，当时借钱去买礼品问了当地的仙姑精（就是乡下算命的阿婆),仙姑精认为是中了邪,于是胡乱抓了些不晓得是什么的药回去。但岳母吃药后,病情依然是老样子。你们想想,我咋能一个人出去闯呢?那时候,一个上门女婿,其实就是撑门面的半个儿子呀!我只有留下来,一边拼命干活,一边照顾岳母与妻儿。虽然日子过得苦,但好歹一家人在一起,没有分开。"

就这样熬到1998年,大儿子满四周岁,小儿子也快两岁了,家里的境况却没有丝毫改变。岳母依旧在闹病,两个小孩由于营养不良脸蛋都呈现一圈黑黄色,胳膊细得似乎一碰就会断裂。老婆的身体也是不尽如人意,有时像蔫了的茄子,可她还是咬紧牙关带娃、做饭,常常还编些谷箩、做点竹筷,让郭国印挑到圩场上去卖。

这一年岁末,一位朋友帮忙,联系到龙市镇郊区的一户人家,让郭国印租用其荒废的几亩地种蔬菜。郭国印终于迈出自己当"庄园主"的第一步,那是他年深月久萦绕于心的梦啊,虽然还停留在最初的阶段,但毕竟勇敢地迈出了这一步。

郭国印毅然将岳母与妻儿全部带上,只是挑了些碗筷与衣服(家里值点钱的也就这些东西),就像一只兔子一样,飞快逃离神山村,满怀期待地奔向龙市。他与老婆在荒地上夜以继日地挥锄劳作,手掌与脚底磨出一个个血泡,终于开发出一块像模像样的菜地。接下来,便是到附近山上砍柴砍竹子,然后披星戴月在菜地四周扎紧木竹篱笆。最后,搭建了两个木棚子,一家子算是在异乡安定下来。

但是,在外规模种菜与在家房前屋后辟点地种菜可大不相同。在家种菜不太注重产量,更不太注重质量,往往种子一撒下去，便任其自生自灭。而在龙市租地种菜可是要拉出去卖的，这就要求蔬菜的颜色得漂亮，个头得大，虫眼得少，还要迎合市场需求，一年四季更换品种。这便需要技术的支撑。但郭国印书读得不多，技术方面是短板。结果可想而知，年年种菜年年不见起色，挣的钱最多养家糊口，有时遭遇暴风雨、冻雨、冰雹等灾难性天气，抑或碰上大范围虫害、菜价过低等情况，郭国印还得亏本，亏得泪水涟涟。

有一年，郭国印偶尔在一份报纸上看到浙江一家大型蔬菜基地的招工启事。他如获至宝，急匆匆赶过去当学徒，但日夜牵念家人，没待半年就回来了，不过种菜的技术倒有了明显进步。

"老公人真好，勤快、善良，他从不嫌弃我妈，"赖石清满怀深情地说，"慢慢地家里有了一点余钱，老公就带妈去医院看病。医生说我妈患的是老年痴呆症，以后会越来越严重，不但没有记性，容易走失，还会骂人，乱拿别人的东西，甚至控制不了自己的屎尿。老公总是一天天变着法子买补脑的食物给妈吃，我出去喝喜酒或走亲戚时，他会给妈喂饭、洗脸、倒屎尿。有时我都觉得他对妈比对我和儿子还亲。遇到妈出门随手拿邻居家里的物品，老公总是第一时间登门道歉。说来你们一定感到惊奇，他还特别喜欢行善，比如请路过的神志不清的流浪儿来家里吃饭，送迷路的学生回家，送蔬菜给一些困难户吃，等等。"据了解，郭国印的岳母虽然后期的病情愈发严重，但2013年才去世，活到将近80岁，这对于一个成天奔忙的困难户而言，真是太不容易了。用赖石清的话说，没有郭国印的贴心照料，她妈妈是不可能活这么大岁数的。

郭国印没日没夜地种菜、卖菜，还辗转到东上等地开荒种菜，挣的钱却不多，而且主要花在岳母的治病上面。看着父母汗流浃背的模样，郭国印的大儿子心疼了。他初中未毕业就执意要出去打工，十头牛的力气都拉不回。已上初一的小儿子看见哥哥这么懂事，他本想读书但在教室里也坐不住，天天哭着要跟哥哥出去闯荡一番，为父母分忧，郭国印夫妇咋劝都不顶用，只好依了。

回忆往事，郭国印感觉有愧于小孩，但也无可奈何。贫困的绳索不仅禁锢了神山村的父母一辈，让其欲罢不能、痛苦不堪，还束缚了下一辈人，让他们不得不背井离乡、浪迹天涯。

2007年，郭国印一家在神山的"干打垒"老屋因为久未住人而轰然倒塌。家徒四壁的穷家也回不去了，郭国印迷茫怅惘，孤立无助。

生活还得继续，只要自己不倒下去，谁也无法打败自己！

郭国印坚信党的好政策总有一天会惠及自己，坚信梦想的曙光就在眼前，坚信贫困总有个尽头。

2016年2月3日晚上，郭国印兴致勃勃地观看了央视《新闻联播》节目，当他看到习近平总书记风尘仆仆来到神山村亲切看望村民的生动一幕，眼泪夺眶而出，心激动得怦怦直跳。

"我必须回神山，回到那个虽然房子已经坍塌但依旧常常梦见的地方，那里一定会变得越来越好，"郭国印回想当时的情景，情绪依然兴奋，"在外种菜毕竟人生地不熟，又得花费冤枉钱租地，划不来。我家后山脚下还有一些分给老婆的田地以及以前种过菜的荒地，稍微开发一下，就可以搞综合种养。我完全能够重新整出一块像样的地来，开个家庭养殖场。再说，我跟兽医朋友刘祖平学了一些家禽养殖技术，这几年也有一点积蓄，应该可以拼一拼。"

白日放歌须纵酒，青春作伴好还乡。

郭国印于当年春节后一个风和日丽的日子，启程回神山，准备实施自己的"宏图大志"。

"我首先向乡政府与村委会报告，希望得到他们的支持。还好，他们给了我开办养殖场尽可能多的帮助与支持，"郭国印离开好友的建筑工地，带我们参观他初具规模的家庭养殖场，眼眸里忧郁的烟雾在渐渐消逝，取而代之的是越来越明亮的希望的火花，"我与老婆先搭好一排木棚子，再整平出一大片地，用光积蓄，还借了点钱，共投入近 20 万元资金，种了蔬菜与果树，圈养了 200 多只七彩山鸡，散养了 500 多只土鸡土鸭，以及一些白鹇与孔雀。我还网购了 4 只火鸡做种，如今繁殖了 20 多只，每只按 400 元价格计算，仅火鸡养殖我就挣了 5000 多元。2018 年，整个养殖场利润将超过 10 万元，这是我以前十多年辛苦打拼所挣的总和呀，真的难以想象。如果说以前是小打小闹，经常做白日梦，那我现在是真刀真枪与贫困这个魔鬼干上了，是在一步步实现从小就盼望的当'庄园主'的梦想。"

采访中我们了解的情况，跟郭国印讲的"他们给了我开办养殖场尽可能多的帮助与支持"的观点高度吻合。如果没有当地政府与村委会以及一个个扶贫干部，用真抓实干精准施策，用真金白银精准帮扶，郭国印的"庄园梦"就不会这么明晰，不会这么快斩获成果。

驻村乡干部杨烨告诉我们，郭国印回乡提出发展家庭养殖场的诉求后，乡里除了协助他办理营业执照、特种养殖证等各种证照，还给予他一定的产业资金与技术扶助。而神山村周山组组长赖国洪的体会更深，他跟其他村干部像忙自家事情一样，帮郭国印的家庭养殖场协调水电、销售等问题，仅通过好客神山乡村旅游有限公司，便帮助郭国印销售了价值上万元的鸡鸭。

这不，2018年秋分一过，村里又联系铲车与施工人员过来，专门为郭国印的养殖场新建一条30余米长、2.5米宽的水泥路，沿路还安装了太阳能路灯，为的是方便郭国印的三轮摩托车进进出出跑运输。为一户普通村民的养殖场修水泥路、装路灯，这在神山村乃大姑娘坐花轿——头一遭。

根据个人所长与各家实情，有的放矢地给予帮助，这种细致入微量身定做的精准扶贫模式，往往可以立竿见影出奇效。

"如果明年的养殖规模壮大，我全家收入还会大幅度增长。到时候，我就有一定闲散资金，可以在村里统一规划的地块建起客家风格的别墅，从此告别干打垒的房子。"2018年立冬的第二天，我们又来到神山村采访，找到郭国印。只见延伸至他的养殖场的水泥路已经修建好，郭国印与妻子一道，正在自己的庄园里忙着给珍珠鸡喂食和清扫。郭国印憧憬未来，信心满满："而且，在外打工的两个二十好几的儿子有新房子住了才可能考虑娶媳妇。等到条件成熟，还想叫他们和我一起搞养殖。这不，前些天小儿子告诉我明年就想回来发展。在这里，今后真的可以与整个神山村的旅游开发融在一起，发展农家乐，住宿采摘吃饭游玩购物，一条龙服务，庄园一定会越做越大越做越强，我家的日子也一定会芝麻开花节节高。"

头一天还是雨雾绵绵，阴湿冰冷，第二天却艳阳高照，气温回升，我们情不自禁地舒展臂膀。一边跟郭国印夫妇聊天，一边轻松地观赏几只漂亮的孔雀和火鸡翩翩起舞，谛听庄园内的潺潺水流与清脆鸟鸣，嗅闻周边一束束大丽菊所散发出来的诱人清香，感受着大自然一切蓬蓬勃勃四处涸散的鲜活气息。

比较上次秋天的采访，这次再访时，他的头发已经修剪过，笑容里隐藏的忧郁分明在一点点减少，一点点变轻。

"阿兰辉兹，梦想之地，爱之地。那里，有个关于花园里水晶泉的传奇，仿佛对着玫瑰低声细语……"安德烈·波切利的歌声回荡在我们耳畔。

我们衷心祝福：

在神山，在这块郭国印的梦想之地，爱之地，也会演绎安德烈·波切利在《阿兰辉兹之恋》歌曲中那些美丽的传奇。

好一朵井冈山花

井冈山，烙刻一串串感天动地的故事。

那一点"可以燎原"的"星星之火"，那一条崎岖不平的挑粮小道，那一段永不言败的峥嵘岁月，那一种刚强坚毅的革命信仰，那一道刺破天际的黎明曙光……都化作井冈山的神圣符号！

井冈山的空气是甜的，井冈山人的性格是红的。

一滴水，令花朵有了绚丽颜色；一座山，让信仰精彩无限。井冈山，这座独具神韵的峰峦，成了"天下第一山"。翻阅井冈山，就是在翻阅一部辉煌的历史，里面跌宕传奇的革命故事，让我们浮想联翩。

井冈山的革命故事不胜枚举，现代传奇故事也是数不胜数。

接下来，我们要讲述的是一位普通农村妇女"破茧化蝶"的故事。

在井冈山茅坪乡神山村，这个名不见经传的小村，彭夏英可是顶呱呱的名人了。

1967年农历六月，彭夏英出生在神山村。

彭夏英的生父叫左光元，生于1912年，祖籍湖南湘乡。左光元自幼家庭贫寒，只读了两年私塾。他年少时跟着父亲左桂林来神山从事土法造纸，艰难维持生计。

后来，左桂林参加了革命斗争，为了民族独立与解放事业而壮烈牺牲。1926年10月，左光元参加袁文才领导的宁冈县农民自卫军，当起了小号手。1927年10月，毛泽东率领工农革命军进驻茅坪。1928年2月，袁文才领导的宁冈县农民自卫军整编为工农革命军第二团，后为红四军第三十二团。1929年，左光元随红四军向赣南闽西进军，第二年加入中国共产党。左光元一生参加大大小小的战斗无数次，出生入死。1962年12月他被选为宁冈县副县长。1968年5月因肝病去世，终年56岁。

父亲去世时，彭夏英才一岁多，母亲谢福庄独自抚养着几个嗷嗷待哺的孩子。再后来，实在是没有办法，母亲带着最小的女儿彭夏英，改嫁给同村的彭孝生。

苦瓜藤上结苦瓜，彭孝生家里也是穷得叮当响。据彭夏英介绍，继父比母亲小九岁，也是实在讨不到老婆。就这样，在大山深处，这个三口之家开始艰难度日，彭夏英的姓氏也由"左"改为"彭"。

虽说彭夏英是个平凡的农村妇女，可她长相俊俏，普通话说得能让人听懂。听村民说，外地的游客在神山村旅游，喜欢在她家吃饭，无论是野葱炒土鸡蛋，还是冬笋烩猪肉，即便是素炒莴苣，彭夏英炒得都是"真恰噶"（特别棒）。安徽省合肥市的一个超大规模旅游团成员吃了彭夏英炒的菜，一致赐予她神山"最美厨娘"的称号。

采访期间，我们一直在她家吃住，有口福吃到她做的菜，感觉不仅色香味俱佳，而且还特别清爽。

多数情况下，彭夏英都是围着一个褐色底纹上面缀有黄菊花的围裙，里里外外忙个不停。她干活利索，不卑不亢，看她的长相和气质，有别于一般的山里女人。

我们问彭夏英读了多少书，她低声说：

"我爹妈身体不好，老是生病，家里口粮不够，吃都吃不饱，哪还有闲钱念书呢？小学冇毕业我就冇得书读了。十六岁，家里就给我招了郎，那时年龄小，也没有谈过一天恋爱，糊里糊涂半辈子也过去了。我家老公是外乡人，当过兵，在我们神山锯木头，搞副业。我爹妈看着他长得高高大大的，身体好，人实在，最主要的一条是他口袋里有粮票，就把我许配给他。反正，那时家里穷，都是为了这张嘴巴，也不讲爱不爱的，为顺从父母的意愿，我也就同意了。"

彭夏英的爱人张成德比妻子大 17 岁。老张说，那时他绝对是"大龄青年"，三十几了，碰上彭夏英是他的福气。在采访的这些天，我们有意提起老张对妻子的评价，他说："我老婆这个人，老实本分得很，是一根肠子到底，直上直下，直来直往，不会拐弯的。"张成德用起伏跌宕的四川话夸起老婆来，那叫一个有味。

这，就是山里男人对山里女人的最高赞扬吧！

从神山的村部仰望，彭夏英的家安在一个山坡上。勤快的夫妇俩在旁边的菜园里种上了佛手瓜、小白菜、红萝卜、辣椒、茄子、豆角、雪里蕻等。老张说，佛手瓜每年都会种一些，来他家吃饭的游客，看上了自己摘就是，也不会要他们的钱。

"神山的瓜果蔬菜能跟着客人坐高铁、乘飞机，过去想也不敢想。过去嘛，有几个游客知道井冈山的山旮旯里，还存在一个神山村？"

老张说的话我们高度认可。这句话，在我们回城的路上得到验证。

我们有意识地问一个正在修柏油马路的小伙子。他说，他本人就是井冈山荆竹山的，却也没听说有这么个神山村。井冈山茅坪乡本是山旮旯，而神山村，应该是山旮旯里的旮旯。

如果光从书本上看，你根本理解不了神山村的地理位置有多偏僻。只有实际去过此地的人，才更能了解"山路十八弯""山重水复疑无路，柳暗花明又一村"的另一番滋味。

车载导航上，去神山的路线弯弯曲曲，曲曲弯弯，如人体的肠子一般，让人看得眼睛发酸、头皮发麻。

我们很自然地对第一个来神山居住的人肃然起敬。

凡事都具有两面性，交通闭塞的神山，也是资源丰富、风景如画的神山。

这里，山上的溪水弯又长；这里，四面八方的竹林树林频频招手；这里，杜鹃花、兰花、勿忘我等无数野花点缀着大地；这里，山雾时而牵手，时而分离，把大山装点成风度翩翩的模样。

我们喜欢和彭夏英坐在饭桌上聊天，一边品味彭夏英的手艺，一边倾听她讲过去的事情：

"正式分家时，我女儿彭张芬才一个多月大。三双筷子、三个饭碗、一个菜碗以及半担谷子，就是我们一家人分到的全部家当。每天天还不亮，我和老公就去山上砍毛竹。湿毛竹好重，我们俩还是想多背一点。把毛竹背回家，老公来锯，我来劈。就靠这一双手，一家人在短时间内要做完3000双筷子。做好的筷子，还要用开水锅煮熟，然后晒干，挑到茅坪去换钱。那时，3000双筷子，可以卖到60元钱。当时是一笔不小的收入，能买好多东西哩！"

我们问彭夏英早上几点出发去茅坪，她说：

"有30多里山路呢，真不能起床晚了。我一般凌晨四点半就与村里的其他妇女打着火把赶集了，跌跌撞撞的。"

俗话说"路头灯芯，路尾铁砣"。这30多里的漫漫山路，彭夏英靠着火把一点亮光在清冷野外行走。这肩上3000双筷子的沉甸甸的重量，对彭夏英一个柔弱女子来说，真是不容易。

讲到去卖筷子，彭夏英还说了一个细节：

"我每次挑着筷子经过坝上村，总能看到一个七十多岁的老婆婆。我打听到，老婆婆无儿无女，好孤独呐。卖完筷子回来的路上，遇见老婆婆担着东西，我总是二话不说，就把她的担子接过来，一个人担着两个担子。老婆婆喊我：好女崽，好人有好报。我却觉得，做好事从来也不图回报。心里想着这样做，就要去做。不然，会留下亏欠，会后悔一辈子的。"

生命，是一种恩；人生，是一段情。

处事莫如为善，山里人的性格，淳朴友善。

早些年，张成德去帮邻居家拆老房子，一次意外，他整个人被埋在倒塌的土墙下面，只露出一小撮头发。乡亲们用锄头和铁锹把他从土坷垃中挖出来时，他整个人已经神志不清了。后到医院抢救，才保住了这条命。那一次，张成德的头部、腿部和腰部都受了重伤，从此再也干不了重体力活。

虽说这件事过去了二十多年，可彭夏英回忆起来，既心有余悸，又感谢老天照顾，她老公这条命终究是保住了。

我们在旁边也听得心惊胆战。万一呢？万一老天不长眼，苦命的山里人，日子会过得更加辛苦和悲凄。

女儿彭张芬9岁那年，彭夏英家里终于建起了干打垒的土房子。但接连下来半个多月的瓢泼大雨，房子的墙体大面积打湿，结果全部倒塌了。面对这种情况，可能大多数乡下女子都会表现出哭天喊地、垂头丧气、一蹶不振的样子，可彭夏英只说出了一句铿锵话语：

"留得青山在，不愁没柴烧，只要一家人没事，就一好万好。"

彭夏英向我们讲述那一段"房子倒塌"事件时，眼睛注视着现在的新房子，又望了望远处的大山。

那一刻，我们觉得她的眼光与郁郁葱葱的竹梢平齐。不，比远处的竹梢还要高。我们对这个山里女人刮目相看，打心眼里敬佩她！

彭夏英在围裙上擦擦手，接着平静地说：

"第二年下半年，我家又开始打土砖。用土砖砌墙，又快又好。乡里乡亲都赶过来帮忙，忙得大汗淋漓。住进新房子的那一晚，我真的一整夜都没有合眼。心里那个高兴劲儿，就甭提啦！"

彭夏英家的房子地势高，放眼望去，半个神山村都尽收眼底。

正当一家人憧憬着好日子时，1996年，不幸再一次降临。在一次上山砍毛竹时，彭夏英不慎跌倒，腰部严重受伤。家人连忙把她送到吉安救治，光手术就做了五个多小时。再后来，因为没有太多的钱，她只好转院到龙市。那一次的吉安之行，是彭夏英第一次离开神山村。

山外是精彩的世界，可躺在病床上的彭夏英，心里十二分牵挂的，仍然是那个大山深处的家。

大山深处的家，虽然贫穷，但有三个孩子，有生病的爱人，还有饲养的家禽家畜。彭夏英爱这里的一草一木和一花一果。在床上躺了一个月，医生嘱咐她半年不能干重活，她把医嘱悄悄地抛在脑后，腰稍微能直起来，就急着下地干活了。用彭夏英的话讲，一家人五张嘴巴，要吃饭，自己躺在床上，比受任何酷刑都难受。

那一次意外受伤，花光了彭夏英家的全部积蓄，还借了不少外债。

彭夏英家是典型的因病致贫的蓝卡户。她说，最穷的时候，家里连几元钱的电费都交不起。有时过年都不舍得买肉，孩子们闻着别人家的红烧肉香味，馋得直流口水。那也有办法，只有过个穷年。彭夏英甚至连只要两块钱车票的班车都舍不得坐，每次走出大山，全都靠一双脚。

那一次受伤后，彭夏英的腰一直都留有后遗症。即使是现在，她的腰也没有完全好，背还有点驼。

原来，这个走路带风的山里女人，默默地忍受了身上的暗疾，宛如一株不畏风寒的杜鹃花，盛开在神奇而神秘的大山里。

"不要为打翻的牛奶哭泣。"听彭夏英淡定从容地说起这些过去的事情，我们突然想起这句外国谚语，又记起普希金的名言：

"一切都是稍纵即逝，一切都将成为记忆。而那消逝的时光，将会成为美好的怀念。"

我们觉得，在心胸开阔的彭夏英眼中，过去不管是挫折还是甜蜜，不管是泪水还是微笑，都一样值得珍藏，值得回味，就像普希金所说的"而那消逝的时光，将会成为美好的怀念"。

彭夏英回忆道：

"最让我感到内疚的是女儿彭张芬初中只读了半年就失学了。穷人的孩子早当家，女儿学会了干家务，学会了养鸡喂猪，学会了替父母分担忧愁。两个儿子看到姐姐不读书了，也一前一后失学了。他们只读到小学毕业，就离开了学校。古语说得好，书中自有黄金屋，传家只有靠读书。孩子们没有通过读书走出一条致富路，是我们夫妻俩一辈子的痛，一辈子的泪，也是一辈子最后悔的事。"

贫穷，制约着人的想象力；贫穷，就像无情的鞭子，打得人遍体鳞伤。

穷则思变。

井冈山，是革命的山，是英雄的山，也是希望的山。随着井冈山规模化扶贫开发的全面推进，全国村级扶贫攻坚的序幕，一点点拉开。神山，这个祥和安静的小山村，让春风送来了阵阵暖意。

在扶贫干部的悉心指导下,彭夏英家种植了黄菊花,饲养了母牛、黑山羊和成都麻羊。最多的时候,六十多只羊,浩浩荡荡的羊群,给一家人带来了发家致富的希望。黑山羊繁殖能力强,每只羊喂到八九十斤,就能卖个好价钱。在神山村,彭夏英家的养殖业搞得最好,夫妻两人花费的时间也最多。

养殖是部分村民脱贫的重要渠道

再后来,神山村发展种植茶叶、黄桃和乡村旅游。为了保护当地的生态环境,政府反复动员农户卖掉牛羊。虽然有些舍不得,但是彭夏英还是率先卖掉了牛羊。

张成德掰着指头给我们算过一笔账,当时要是喂到冬天吃羊肉的客人多时,这群羊,铁定能卖个好价钱。满打满算,全家少卖了三万多元。

客家有句谚语：吃唔穷，着唔穷，冇划冇算一世穷。

说到损失的三万多元，老张至今还有点心疼。他说老婆干什么事都积极，在卖牛卖羊这件事上，他对老婆有点小意见。但老张终归是想通了。亏是亏，为了顾全大局，舍小家顾大家，依旧值得。

2016年，彭夏英家获得了两万多元的扶贫资金。和所有贫困户一样，彭夏英将这笔资金作为股金，入股到村里成立的黄桃和茶叶产业合作社，每年都有分红。真金白银的分红款装到荷包里，让神山村的所有贫困户都得到了真真切切的实惠。

2016年底，彭夏英主动退出了贫困户名单，不再领扶贫款了。

有的邻居说她傻，认为这钱是政府给的，又不是掏哪个私人荷包里的钱，不要白不要。彭夏英却认为，原来自家是真贫困。现在，通过各级政府扶贫干部的全力帮助，家里的生活是一天天好过了，就不应该增加政府的负担，再没必要去领扶贫款了，而要将扶贫款让给更需要帮助的人。

"政府是来扶持我们的，不是来抚养我们的。"彭夏英，这个只有小学文化的山里女人，居然说出了一句非常有哲理的话。

我们问她怎么想起来说这句话，她这样回答：

"扶贫干部打着铺盖住进村里，没有白天没有黑夜地为我们操心，挨家挨户上门帮扶，是真扶贫，也是扶真贫。他们办事公道，一榜一榜公布村里的扶贫款的发放，透明得很，我心服口服。在扶贫干部的帮助下，我家的日子好过了，就要把扶贫款让出来，让给更需要的人家。扶持我就已经很满足了，抚养就没啥必要，我全家有手有脚的，还能干活。在政府的扶持下，一定能脱贫致富。我一个大老粗，不会讲什么漂亮话，心里怎么想的，口中就怎么说。有些电视台和报纸的记者采访我，说是不是我先背好了稿子，说得那么有道理。其实，还真没有，我家的变化都在这里明摆着呢！这些年，神山村的水泥路通了，山货能运出去了，农家乐也搞起来了，有电有网络，生活上真是一天天便利起来了，有些游客都羡慕我们山里人的神仙日子呢！"

说起2016年2月2日，习近平总书记来家里看望的日子，彭夏英的眉宇间弥漫着一片祥光。她动情地说：

"总书记顶着小雪、冒着严寒来到我家，在我家厅堂里，和我坐在一条板凳上。总书记鼓励我家再努力，要在脱贫攻坚中作示范，带好头。还吃了我做的甜米果呢！总书记夹起热气腾腾的甜米果，夸我把小家搞得不错哩！我说，总书记，我这当的是小家，你当的可是大家呀！说得总书记笑起来了。他真的很随和很亲切，就像家里人一样。"

彭夏英告诉我们：

"总书记到我家之后，来我家参观的城里人慢慢多起来了，我家就办起了神山第一个农家乐。最多时，一天接待60多人用餐。按8人一桌计算，一共8桌。一桌除去成本，可以净赚100元左右。要是忙不过来时，我就请周山组的人来帮忙，算工钱给他们。一个电话打过去，他们就会来，也是乡里乡亲帮着我，我家的日子才好过。现在，家里的客栈每间每晚收费100元，旺季时还没房间住呢。夏天时，有时客人在房间里打地铺，我也只收一间房的钱。做人可得地道，乱收费行不通。我们还开起了小卖部，卖一些茶叶、笋干、香菇、木耳、果脯等。

老张在家门口编竹编

"我家老张原来就有编竹编的手艺,他感兴趣时就编些竹筐竹篮卖,还可以锻炼一下身体。有时,我们到山上挖些兰花和映山红,也能换点钱。现在,家庭收入一年有 10 万元呢。放在以前,在家门口,一年有 10 万元收入,想破天也想不到。我心里知道这一切来自共产党的恩情,来自政府的照顾。我也常常教育自己的三个孩子,要知道感恩,要知道惜福,要知道怎样回报社会。"

第一个开办农家乐,第一个卖兰花,第一个主动放弃扶贫款,第一个在自己小院子里升国旗。

说起彭夏英家的新变化,四个神山村"第一",含金量都杠杠的。

为此,在 2017 年度茅坪乡"最美茅坪人"评选活动中,彭夏英被评为"优秀脱贫户"。2018 年 2 月,她获得 2017 年度全省脱贫攻坚奋进奖。同年,彭夏英被评为第四届"感动吉安"人物。2018年10月17日，她又获得全国脱贫攻坚奋进奖。

喜获各种各样的荣誉之后，彭夏英专程到龙市镇的一家照相馆，把一本本红彤彤的证书放大过塑。她喜滋滋地告诉我们：

"光这放大过塑，就花了我500多元钱呢！把它们挂在墙上，让游客也看看，花钱也值得。我还有一个小心思，估计说出来大伙也不太相信。我总觉得，这些'红本本'是属于井冈山的荣誉，是属于神山村的荣誉，我只不过是代为保管着。我也不是显摆，而是想为神山做做广告。我这个大老粗，心里咋样想就咋样说，也会咋样做。"

这位有主见有个性的山里女人的所作所为，真的不同凡响。

我们再一次去神山村采访时，彭夏英刚刚参加完中国妇女第十二次全国代表大会，从北京回到神山村。

中午时分，我们先看见张成德，于是跟他打趣道：

"老张，你老婆经常到外面开会，到过南昌，到过北京，见了大世面，你也要西装革履地收拾一番呢！"

老张端起满满一碗烧酒，舒心地抿上一口，呵呵大笑：

"要是按照你们说的去打扮我这老汉，俺咋个去做农活？乡下锣鼓乡下打嘛！土疙瘩再装扮，也变不了金条。"

在彭夏英家的门楣上，挂着一副红红的对联，一副表达她全家人心声的朴实对联：

脱贫全靠习主席；翻身不忘共产党。横批是：共产党好。

我们不禁感慨：在凝心聚力铲除穷根的攻坚战上，在精准扶贫进军的历程中，是习近平总书记的亲切关怀，是党中央、国务院制定的好政策，是各地政府的因地制宜与对症下药，是各级扶贫干部还有村干部与社会各界一起问诊把脉、设策谋方，才让彭夏英这个昔日"蓝卡户"一步步找到了致富的金钥匙。

彭夏英,这个没有多少文化的农村妇女,带领全家人,一步步改变贫困的面貌;一步步"破茧化蝶",振翅飞舞。

彭夏英家,正经历从"脱贫"到"小康"的迈进!下一次我们再回访时,她家又会展示怎样的新变化、新成果、新气象呢?

我们期盼着呢!

甜蜜的事业

彭小华的家,最好找。

小桥、流水、古树、篱笆……神山,躲在大山深处,令一个个山外来客心旷神怡,如临仙境一般。

呼吸着带有花香和泥土芬芳的新鲜空气,我们分明感觉到:这里的空气是甜的,这里的景致如桃源,这里的村民像仙人。

在神山村村委会前面,神山休闲广场上的那块标志性"神山石"和彭小华家相隔咫尺。一股从山上流淌下来的泉水,绕着他家的院墙叮当奏乐。那清冽的泉水,日夜不停地弹着琴弦。祖祖辈辈和这山环水抱的胜景为伍,日日夜夜在晓风牧歌中生活。仿古的水车轻轻哼唱着久远的歌谣,唱出了大山深处的辛酸与苦难,唱出了神山村年年岁岁的好收成,也唱出了山里人对未来美好生活的憧憬。

彭小华1970年出生,是神山村老支书彭水生的二儿子。

头一天,我们就去采访彭小华。在他家院子旁竹篱笆边上,只见他戴着草帽,提着个大大的塑料水瓶,急着要出去,说改日再聊吧。一问才知道,他要去看一看自己的"蜜蜂王国"。

原来,彭小华在附近的山上养了四十箱蜜蜂。习近平总书记到神山之前,他就已经是远近闻名的养蜂能手了。

彭小华个子高大,头发有点卷曲,深眼窝,棱角分明。猛一看,有点像俄罗斯的美男子。

我们又准备去彭小华家采访,刚走到拐角处,看到彭小华从另一条水泥路上回来,真是遇巧。随着神山村旅游的火爆,他家办起了"老支书农家乐"。上海国际物流公司对他家定点帮扶,投资了40万元,把他家的房子全部装修了一番。目前,彭小华家里共有6间客房可以住客,每间每晚收费150元。他把厅堂变成了餐厅,能摆下3张餐桌,供旅游团用餐。餐桌是漆着朱红色油漆的大圆桌,上面是透明的厚塑料垫。如果做旅游团餐,价位一般是300元一桌,十菜一汤,外加免费赠送的客家果盘和绿茶。每桌的利润大概有100元。目前,彭小华和妻子周玉凤,以及他的老母亲在打理这个农家乐。

彭小华的爷爷从湖南来到神山,到他这一代,已是第三代。彭小华家无论厨房还是客厅,都干净整齐,显得井井有条。

他把我们请到他家客厅(临时收拾的会客厅,在厅堂的右边)喝茶。客厅摆放有序,木质沙发,木质茶几,木质高低柜,呈一字排开。那茶几和柜子,都有白色的镂空绣花台布,上面压着玻璃,一看就知道是忠厚勤俭之家。

高低柜上面,放着彭小华自家出产的神山特产:神山土蜂蜜、神山菊花茶、神山笋干、神山杨梅干等。彭小华告诉我们,来家里吃饭住宿的客人,走的时候基本上都会买一些土特产。有时,客人问到了神山土特产,家里如果没有准备,还真不行,人家就是冲着"神山"这个天然绿色商标来的。

第一次见面，我们就觉得彭小华的眼神充满睿智。他，有着山里人的朴实和厚道，又不乏年轻人的聪明和大胆。彭小华介绍说，别人养的大多是意大利蜂，他却一直坚持养土蜂。

我们想当然地认为，蜂蜜就是蜂蜜，还怎么会分那么多类。彭小华笑哈哈说道：

"这可大有学问。从外观上看，土蜂蜜凝固黏稠，而意大利蜂蜜稀而透明，水分大。从口感上比较，刚刚割下来的土蜂蜜，有淡淡的中草药味道，口感细腻，而意大利蜂蜜口感单一。从结晶和色泽看，土蜂蜜结晶厚，颗粒非常细微，像油脂一般，滋润程度如奶油，而意大利蜂蜜结晶时，有较大的可见颗粒。"他说得头头是道，不愧为养蜂专家。

按理说，意大利蜂产蜜多，更好养，彭小华为啥要一意孤行专心致志养土蜜蜂呢？

彭小华这样回答：

"我家的土蜂蜜，上海、浙江、广东、湖南等地的游客都非常喜欢，每人一买就是好几斤。牌子打出去了，有名气了，我可不能坏了名声。这是代表神山卖出去的，我卖的是地道的神山牌蜂蜜。没有第一，只有唯一。所以，我不能舍近求远养什么意大利蜂。意大利蜂虽然产量大，但我不稀罕。"

彭小华还跟我们算了一笔账：

一箱蜂，一年可以产两次蜂蜜，每次 10 斤，每斤 80 元钱。一年下来，单蜂蜜就差不多有 6 万元的纯收入。再加上他每年卖种蜂，每箱种蜂也有 500 元收入。收入可观呀！这份"甜蜜的事业"，真是名不虚传。

聊到彭小华初中毕业后走过的"创业之路"，他羞涩地搓着手，然后站起身，再一次为我们的茶杯里续开水。彭小华自己也端起杯子，好像过去的"匆匆流年"全在他的茶杯里沉沉浮浮地冒着泡儿。

彭小华陷入深深的回忆中：

"我们神山的孩子，能读到初中就不错了。一般要跑到25公里外的大陇去读，住校是住校，可每周要背大米和咸菜下山。家里穷，看着父母愁钱，我们也很懂事，就提出不想读了。我家三兄弟，我大哥彭丁华也是初中毕业，就我弟弟当兵出去了，如今在南京安了家。"

彭小华讲的当然是事实。

农家子弟，以往跳出农门的方式，基本上就是两条路：要么去当兵留在部队，要么一门心思读书去大学深造。

如果出去打工呢？因为没文化，不外乎是做普通民工，根本谈不上是跳出了农门。

彭小华做过多少工种，他掰着指头给我们算。我们快速记下来，每写下一个工种，就好像看到了一个山里青年自强不息夙兴夜寐的奋斗历程。

1990年，20岁的彭小华开始扛毛竹，做竹筷子。我们后来采访了几十户神山农家得知，最初家家户户都是靠做竹筷子卖钱来维持柴米油盐的基本开支。

一个人一天要做好几百双筷子。那时候，神山村还没有通公路，做好了筷子，要换成钱，得走长长的山路，把筷子卖到大陇和茅坪。出神山，必须跨过九九八十一道弯，就靠一双脚板，非常之难。

1997年，彭小华结婚了，想着学一门技术，就怀揣着几千元钱去学开车。后来和别人一起搞过班线车，搞了两三年，风风雨雨辛苦不说，到头来还亏了点钱。

在家休整两年后，因为孩子在龙市读书，彭小华夫妻俩于是到龙市开香烛店，一边开店，一边陪读。

我们采访了众多神山村的年轻人，虽说在山村，他们对子女的读书教育，还是相当看重的。他们一般在外打工，儿女到了读书的年龄，大多数选择在龙市或井冈山买房子，为子女创造更好的就读条件。

现在的留守儿童问题，是过去将大多数资源投放到大城市所带来的结果。但是，城市建设固然重要，乡村振兴也势在必行。今后应该更加重视"三农"工作，农业要强，农村要美，农民要富，把农村建设得像城市一样漂亮，让农民享受同等的现代文明，而不是指望把农民一味吸引到城市里摇身一变为农民工。只有农村发展好了，更多的土地才会有人种，一些撂荒的土地方能变废为宝，产生效益；更多的农村儿童，才能从此不再留守；更多年迈的农村老人，才能有依靠有盼头。只有农村发展好了，中国的青山才能更青，绿水才能更绿，蓝天才能更蓝。只有农村发展好了，中国，才能真正从富起来到强起来。

2019年中央1号文件《中共中央 国务院关于坚持农业农村优先发展做好"三农"工作的若干意见》中也指出：

"必须坚持把解决好'三农'问题作为全党工作重中之重不动摇，进一步统一思想、坚定信心、落实工作，巩固发展农业农村好形势，发挥'三农'压舱石作用，为有效应对各种风险挑战赢得主动，为确保经济持续健康发展和社会大局稳定、如期实现第一个百年奋斗目标奠定基础。"

彭小华夫妻没有让自己的小孩成为留守儿童，虽然活得艰苦，但是我们觉得从长远上看，他们似乎做得很对。而想让更多像彭小华夫妇一样的村民留在家里，让留守儿童成为"过去式"，农村的经济发展与民生事业的改善就显得尤为重要。

为了多挣点钱，彭小华夫妻打起了"组合拳"。

除了摆香烛摊外，他们又"摊外生摊"：冬天卖麻辣烫，夏天卖冰凉粉。每天，两人忙得如同陀螺，看着小钱箱里的角票子，夫妻俩认为，再苦再累也值得。就这样，一干就是三年多。还好，苦心经营的小店，收益不错，每年有3万多元的纯利润进账，这比做竹筷子好上很多很多倍。

彭小华唯一的儿子高中毕业了，刚好泰和高速公路招工，儿子如愿以偿参加了工作。我们问过他妻子周玉凤，为什么不多生一个孩子？周玉凤笑着说："孩子生出来，要培养好。如果培养不出来，不能为国家为社会做出贡献，还不如不生。"从周玉凤笃定的语气里，我们敏锐地感受到，随着时代的进步，随着各地改革开放步伐的加快和中国经济的强劲发展，不少农民的生育观念也在悄悄发生变化。

彭小华告诉我们：

"我后来又在龙市开了服装店，开了四五年。因为门面不好，没有赚到什么钱，就关门了。开服装店，看着风光，看着气派，讲出去比开香烛店好听，可是，赚不到钱也是白搭。再后来，我就在瓷厂里打工。父母的年龄大了，我也老大不小了，就不想再出去折腾了，想老老实实待在家里养娃娃鱼、黄鳝和泥鳅。反正，一门心思，就想着赚钱，想尽快与贫困说拜拜，逐渐改变一家人的生活状况。"

以前，山里人可能只是把泥鳅和黄鳝当成儿时田间抓摸的一种乐趣。但随着市场销路越来越好，泥鳅和黄鳝生长周期短，盈利快，不少山里人开始养殖起了泥鳅和黄鳝。在这方面，彭小华尝了一把创业瘾。

随着时间的推移，彭小华从事的行业又有了新变化。他甚至卖过塑料制品。从他的神情看，这一次，他经营的塑料制品项目好像不怎么样，应该栽了跟头。

从彭小华一步一步艰难走过来的历程可以看出，这个"70后"一直都在奋斗，一直都在努力，一直都在与命运进行顽强斗争。

成功，一直是属于有准备有抱负有梦想的人。

2019年2月2日，彭小华被神山村村民委员会评为2018年"返乡创业人士"，颁发了红通通的荣誉证书。那一天，他在微信朋友圈里写下这样一段话：

"2019，新的一年开始，撸起袖子加油干，脱贫致富奔小康。"

知名学者熊培云说过：

"没有故乡的人，寻找天堂。有故乡的人，回到故乡。"

新农民要干新农事。彭小华回到农村发展，在神山村这块希望的田野上，洒下汗水，收获果实。他是不需要去劳神劳力寻找天堂的幸福的"有根人"，也是精准扶贫的受益者与乡村振兴的践行者。

彭小华，这个从事着甜蜜事业的神山汉子，他的家庭、他的青春、他的追求与梦想，应该也是甜甜蜜蜜的。

日子再苦也要笑着过

不论是在神山村采访，还是回到我们居住的城市，只要一想起左细英的笑脸，就觉得日子充满生气，充满人间的温情。

最先，我们是预约好去采访回乡搞农家乐的罗林根和罗林辉两兄弟的，他们刚招呼我们坐下，正准备采访时，两辆安徽牌照的旅游大巴到了神山停车场。紧接着，客人陆续下来。为了不影响罗氏兄弟的生意，我们连忙起身。看来，这次对他们的采访得就此打住。

挎着相机，拿着笔记本，我们还是不甘心。来神山的每一次，我们都会把有限的时间全都用到有效的采访中。

一抬头，就看到了不远处的水杉树下，有两位老人在聊天。我们快步上前，还没等问话，旁边那位穿玫瑰色毛衣的大妈就对我们来了个"现场采访"，问我们是哪里人，干什么工作的，今年多少岁了，写书有什么用，昨晚吃住在哪一家，对神山村的印象怎么样，对神山的发展有什么好建议……

这位脸上泛着红光"现场采访"我们的大妈就是左细英。她2018年75岁，有四个儿子两个女儿。她也是哑巴葛湘村的母亲，爱笑，一笑起来，咯咯咯，咯咯咯，好像旁边的竹叶都要跟着她那爽朗的笑声上下抖动。

在神山村，有一面"笑脸墙"，左细英就位于"笑脸墙"的显著位置。

现实中，左大妈的笑，比"笑脸墙"上的表情生动多了。在我们看来，这笑脸，是对当下生活的感恩和知足，也是对大半辈子苦尽甘来的最好诠释;这笑脸就像村后竹林里冉冉升起的那枚月亮,那么美,那么亮。

环视着山连着山水连着水的神山村,我们问左细英的生活怎样,还有没有苦处。她笑了笑,显得淡定轻松:

"现在的日子哪里会苦呢?好得很!我不会吹牛皮,说大话,照实话哇,还是共产党领导得好。上面的政策好,上面的干部会做事,老百姓好过日子呢。你看,上面的干部帮我们村修好了路,修好了房子,还给我们请来了山外的老板,种植黄桃、黄菊花和茶叶。现在,我每个月的养老金是 80 元,听说一到 80 岁,就有 130 元,到了 100 岁每个月有 500 元拿,我要攒把劲多活些岁数呢!要是能拿到一个月 500 元,那才是呱呱叫!"

左细英说完这句话,情不自禁地竖起了大拇指。这个七旬老人的大拇指,是竖给自己的,是竖给生活的,是竖给帮扶干部的,更是竖给党的好政策的。

左细英的老家在湖南双峰。1964 年,她丈夫来这里帮人家锯木头,看着这里山清水秀,有那么多竹林,就动员她一起来。1967 年,左细英带着大儿子,翻身越岭来到了丈夫说的"富庶之地"。

初来神山村,夫妻俩就搭起了窝棚,屋子前面的水杉、樟树、橘子树和野八角树,都是那时栽种的,真可谓白手起家。

"年轻那会儿,生孩子全是自个接生。那个时候,村子里没有接生婆。我生细伢子(小孩子)来得快,把剪刀在火上燎一下,剪脐带全是靠自己。先把脐带打个结,女孩的脐带就平着剪掉,男孩的脐带留上一指长再剪掉,这些都是老一辈人传下的规矩。先前,胆子也大,知道生个孩子就是进一次鬼门关,可是,也没得办法呀。山里人,命也贱,我这一辈子生了九个娃娃,没有坐过一天月子,都是和寻常一样,还要洗衣做饭下地干活。公公婆婆和我自己的爹娘,都在湖南老家,身边没有老人帮,全是我和老公两个人,不能干也要能干。

"不光我们要能干,娃娃们也是。大孩子照看小一点的孩子,互相帮着。那时候建房子,没有路,要把买来的小青瓦从桃寮担回家。我六岁的大孩子,都会颠着小脚,学着大人的样子,担几片小青瓦回家做新屋。"

透过左细英娓娓道来的描述,我们仿佛看到了在崎岖的山路上,那些高高矮矮负重前行的身影。

在城市,十八岁才有成人礼。而在神山村,孩子们的"成人礼"却提早了整整"一轮"。穷人家的孩子早当家,真是一句大实话。

说起"过去的事情",左细英一直都在强调,日子苦是苦,可还是能过得下去,必须笑着过。

聊天中,我们获悉:1970年,她家的房子因烤火不慎全部烧掉了。十天后,她老公被冤枉而被抓回湖南三个月。那些日子,她都是背着孩子下田干活。因为没有通信设备,左细英只能望着山那边,祈祷丈夫平安归来。后来,经过调查,还了丈夫的清白,公家还补偿了三百多元钱。就是在这样艰苦的环境下,左细英依然供养大儿子葛平村读到高中毕业。葛平村在宁冈中学读书,来回要走上半天多。他每周回来拿五角钱的伙食费,每一分钱都节省着花,经常得到老师的表扬。

这些年,我们不断采访贫困乡村,感触颇深。其实,大多数老百姓吃苦受累习惯了,他们身上的忍耐与坚守,不能细品。一旦细品开来,都是一把辛酸泪。

说起左细英夭折的三个孩子,她刚才还欢笑的面庞,一下子悲伤起来。

左细英回忆道:

"一个儿子四岁走的,得急症,没有及时去医院。一个女儿是两岁走的,要是活着,应该有五十岁了。不知是咋个病,喝了一晚上的白开水,手黑紫黑紫的,还没有送到医院就没有气了。还有最小的一个儿子,因为孩子太多,不想要了。那时,又没有计划生育这一说,就自己在家吃打胎药。那个'老疙瘩'是我四十三岁怀的,他命硬,吃打胎药也不管用,在肚子里一直没有下来。这下可不得了了,村庄上的人抬着我去医院,花了三百多元,孩子终于生下来了,生下来就不太正常。就这样,我们又苦熬苦盼地带到半岁,'老疙瘩'还是走了。'老疙瘩'现在要是活着,也有三十多岁了。

"那一次,我哭了整整一天一夜,哭得眼睛肿得大大的,眼泪都哭干了。我心疼孩子,也心疼那三百多元钱。那可是走了满村好不容易才借来的一笔大钱,要攒一两年才能还上人家呀!"

只有为人父母,才知道孩子的分量;只有极度贫困,才知道那三百多元钱对一个家庭的分量。

都说"儿子连心财连心",人去钱空的日子,她是怎么缓过气来的,我们一遍一遍心疼她。

吃着左细英塞给我们的橘子,此时,我们不敢端详这位老妈妈。生活中,太多的苦难,都被她轻描淡写地化解了,真让人感慨万千。

说起见到习近平总书记那天的情景,左细英喜滋滋地回忆道：

"那一天，我嫁到外地的女儿和在外的儿子都回来了，我就站到总书记旁边。他个子高大，脸上带笑，我们全家人都跟总书记握了手。他那么大的领导，从北京那么老远来到我们神山，真是不容易。那一天，光知道开心。后来，总书记走后好久好久，我们才想起来该吃饭了。那时，开心得不晓得饿啦！不过，说句掏心窝的话，还是盼着总书记再来神山看一看。这几年，精准扶贫搞得好，我们老百姓口袋里都有闲钱了，想让总书记知道我们现在的好日子到底怎么样。

"我家几个孩子都很忠厚老实，大儿子现在办了个纯净水厂，买了房，买了车，也都有良心。我什么时候都教育我家崽女，要懂得感恩，要知足。我家孙女葛巧玲已经大学毕业了，在厦门发展得不错，跟韩国人和非洲人在一起做生意，气派，为咱中国人长脸。

"唯一感到难过的是，老头子走早了，走了已经快二十年了。老头子当了好多年村里的会计，在田里耙田时，一下子得了脑溢血，整个人倒在铁耙上。我们急手急脚，村里的男劳力也都来帮忙，把他送到龙市。那时候，还没有修通大马路，先走机耕小道到桃寮，再从桃寮转车去龙市。医生说，耽误了最好的治疗时间。老头子在龙市治了 20 多天，花了 5000 多块，还是走了。要是他能活着，享享现在的福气，我心里也好受些。"

左细英说,有困难干部都会来帮助

对于政府帮扶这一块,我们想听听村民的真实想法。

左细英如实相告:

"早些年,一听到帮扶组来了,人人叫穷,都想着到救济款里挖一勺子。2015年,省领导来我家慰问,送了1000元救济款,还有一壶油、一袋米,村里好多人眼红。有人指手画脚的,说风凉话嘞,说我讨米相,冇出息哦。

"现在不一样了,有些人还主动让出贫困户指标。话又说回来,村民这个要救济,那个要救济,政府哪里能救济那么多,政府也好为难。我们也要考虑政府的难处,为政府着想。

"我也不会说大话,吹牛皮也没意思,我就是想到咋个说就咋说,实话实说。我也是快八十岁的人了,这么多年,事情也看得多了,人呀,说一千遍,道一万遍,还是要靠自己的一双手。人勤地不懒,辛苦钱,万万年。你们说是不是?"

左细英说完最后这句话，又咯咯咯地笑起来。一边笑，一边捂着嘴，有点羞涩的模样。这位没进过一天学堂门的老妈妈，却懂那么多道理，我们感到有点不可思议。

一个刚强而勤劳的老妈妈，一个乐观而豁达的老妈妈。她以坚强而平静的微笑陪着神山的日月星辰，陪着神山的雨雪风霜，也感知人间冷暖，感知时光流逝与岁月变迁。

左细英的淳朴笑脸，让我们看到了贫困山区正式脱贫后，那令人热血沸腾激情澎湃的自信力量。

有了这种力量，神山村发展进程之中，还有什么困难不能克服呢？还有什么奇迹不能创造出来呢？

"铁杆土著"的大眼界

在左细英家，我们一边和她一起剥毛豆，一边打听神山村的人。

左细英说，整个神山村神山组，99％的都来自湖南。我们便问那1％的神山原住民呢？她嘴巴一努，示意住在她家屋后面的山上。她说，柏油路转弯处的邹长娥家就是。

神山人本来就少，几十户人家又稀稀拉拉分布在山脚处，很少有两户连在一起的，都是单门独户。天一黑，住在这的人家孤孤单单的，让人胆怯。你再看看那灯光，在山岚中显得十分柔弱，好像山风一吹，灯就会灭了。

打着赤脚的邹长娥和儿媳刘永林在门前的菜地里劳作。她儿媳是萍乡人，婆媳二人，有说有笑。一只大黄狗摇着尾巴，看到生人，对着山上青青的竹林狂吠一番。

邹长娥连忙关上菜园的竹篱笆门，邀我们到堂屋里落座。刘永林洗好杯子，泡了她家自己采的绿茶。只见茶叶在杯子里来个"鲤鱼打挺"，齐刷刷站立着。

讲起神山，邹长娥抬眼望了一下远处的茫茫的大山，掰着手指算着说，她家七代都在这里居住。七代，我们心里暗自算一下，要回溯到清代了。只有她家一户一直在此居住吗？我们想问问她，看看她的邹氏家族有没有族谱。她说，一家一户，势单力薄，真是修不起家谱。要是能有一本家谱就好了，祖宗几代人从哪里来，叫什么名字，家谱上会写得清清楚楚。她父亲1927年10月出生，只生下她一人，父亲就不幸病逝，母亲改嫁，她是跟着爷爷奶奶长大成人的。两位老人舍不得她嫁到山外，在她18岁时，就给她招了郎。

丈夫李昌先是遂川县高坪镇人，原先在养路段做临时工，后来入赘到神山，就当起了农民。他们育有四女一子，儿子李石龙是井冈山市好客神山乡村旅游有限公司负责人之一。

2018年67岁的邹长娥是神山村的蓝卡户，说起家里的情况，她叹了一口气说，老公李昌先刚开始是心肺病，后来又得了膀胱癌，一直尿血，这一病就是七年，84岁离开人世。"七年间，花了好几万元，多亏儿子李石龙有孝心，不然，老头子活不到这么大。"

我们在神山采访期间，遇见了好几对招郎的。一般招郎的女方，家庭缺少男性，经济条件又较好，在婚姻中处于强势地位。有些地方认为，招郎是伤尊严的事，一般男青年也是迫不得已才会走这条路。

但是，我们又有另外一种想法。在山多人少的神山，缺的就是人。无论如何,也要把神山这条血脉延续下去。不管用何种方法,有了人,就有了希望,神山才有未来。

在邹长娥家,我们尤其关注李石龙。这位年轻的"铁杆土著",眼界却不小。

李石龙初中毕业就到大陇开店,后来又去了深圳。2008年,他从深圳回来,在遂川县大汾镇开饮食店、副食品店、小百货店。2011年,父亲李昌先生病,李石龙就把遂川的门店关闭了,做起了电商生意。新的行当,全凭自学。从这一点可以看出,李石龙是非常聪明、非常能吃苦、非常勤奋的。父亲不在了,他要独自担起整个家庭的重担。

2015年元月,村民选举,他进了村委会,做会计。这个村民选出的年轻人,第一年的"年薪"是3000元,第二年是5000元,2017年,一年能拿到1.2万元。随着神山乡村旅游的火爆,李石龙铁了心要留在神山。他们组建的"井冈山市好客神山乡村旅游有限公司",也初具规模。

李石龙说,神山村一定要做大做强,不能只等着吃"政策红利",也要向自然要资源。神山村的明天怎么走?这数千亩的毛竹怎么由普通资源变为再生珍宝?这些成了这个神山小伙子不断思考的问题。

他说,神山的自然资源有"三好"——空气好、山好、水好。天热不用空调和电风扇,这天时地利人和不可模仿和复制,神山人的目光要看远一点。

现在,都在讲乡村振兴,农民工进城趋势放缓甚至出现回流。人力资源和社会保障部针对500个村的监测数据显示,2017年一季度农民工外出数量同比下降了2.1%。尽管根据国家统计局的数据，2017年全国外出农民工达到1.72亿人，同比增长1.5%，但在城市公共服务领域存在歧视农民工和乡村振兴战略提倡城乡融合发展的背景下，未来城乡人口流动的趋势究竟会如何演变？中国城市化进程又将走向何方？乡村到底该依靠什么振兴？就神山而言，它的优势农业，它的生态旅游突破口在哪里？怎么让村里的经济一年更比一年好？这些都是摆在神山人乃至全国人面前亟待解决的问题。

李石龙有山里人的精明，也有山里人的实在。他说，每天听着哗啦啦的山泉水从山上白白地流下来，心里很是焦急。这神山的山泉水，水质绝佳，要是把这神山的山泉水变成产品，卖到山外去，一定是不愁销路的。

我们欣喜的目光一直盯着他的眼神，想从他这里得到更多的信息。他沮丧地搓着手，忧心忡忡地说："也引进了矿泉水厂的老板来洽谈，打了孔，可人家投资方说出水量还是小了点，不好投资。"

李石龙还向我们透露了一个信息，他家的那栋干打垒的老屋，房子起火烧了两三次，有一堵老墙还保存着，有了将近200年的历史，这应该算是神山村人居历史的"活化石"。这栋老屋，应该是在他老外公的老外公手上建的。当年，他的老外公还给朱德和毛委员带过路，做过竹钉支援军队打胜仗。

跟随着他的叙述，我们脑海里一遍一遍勾勒着200多年前的神山，100多年前的神山，50年前的神山，10年前的神山模样。那时，是不是就有了神山这个地名？又是谁为这个地方起了一个这么大气的名字呢？他的老外公的老外公，是何方人士？又为何一路奔波，从山外而来？那时，整个神山村，又有多少人口呢？

望一眼葱葱郁郁的竹林，它静寂无声。我们想知道的答案，都藏在哪一片竹叶上呢？

李石龙说，如果神山开发红色旅游，也可以让游客亲手做竹制品，亲子游、体验游都要跟上。这些，也是别处没有的旅游元素。各级政府和企事业单位，已经帮助了神山。生态旅游和红色旅游这本经，要做大做强做精做实，靠外力，更要靠内生动力。神山人，要自己振作起来，靠自己的双手来描绘美好的未来。

幸福守望者

"人烟寒橘柚，秋色老梧桐。"

在神山村周山组，我们发现路边一棵棵树上沉甸甸的柚子，黄灯笼似的躲藏在叶隙间。要是在以前，这些柚子早被村里的调皮鬼摘光了，而现在无人问津，是因为这里的村民逐渐富起来了，也会买苹果、葡萄、鸭梨、蜜橘等新鲜的水果给小孩吃。带点涩味的土柚子渐渐遭遇冷眼，仅仅成为村民院子内外的装饰风景，成为一种摆设，一份童年的记忆。

走过宽敞的大路，视野里陡然出现一条窄小的水泥路，呈"7"字形沿山坡盘旋，见头不见尾，一直延伸到山旮旯深处。

我们联想到神山村干部黄承忠曾经说过，神山村已经实现"户户通"水泥路了。就是说，神山只要有人家，不管是在哪个角落里，政府也会帮忙为这家人修一条专用水泥路。水泥路虽然窄点，但也可以通三轮摩托车。

这是真正的党群干群"连心路"！

这样一想，我们的好奇心被调动起来。我们相信，在这条上山的水泥路尽头，一定有一户人家。于是走几步，拍些照片；又走几步，记录所见。

峰回路转，步移景换。果然，一栋白墙黛瓦的两层小楼出现了。同时出现的，还有一个中年男子，他正在把政府提供的太阳能灯柱加固好。

一问，他叫赖友芳，2018年60岁，是红卡户赖伯芳的亲弟弟。

说到照明，早些年，神山村用的是火把、竹篾片，或者煤油灯。一到晚上，漆黑漆黑的村里，从各家各户发出萤火虫一样的黯淡亮光。后来，村里搞了小水电，每晚照明时间有了"60分钟"。就是这短短的"60分钟"，让村民看到了希望与梦想之光。再后来，茅坪乡人民政府为神山村架了电线过来，有了变压器。虽然灯光忽明忽暗，有时也出毛病，但总算能保证晚上有亮了。这几年，鸟枪换炮，乡政府给全村安上了太阳能路灯。这种太阳能路灯，先进科学，没人经过时，发的光不算太亮；有人经过时，依靠声控的原理，灯光迅速提亮了许多。我们在神山村的夜间采访，自然体会到太阳能路灯的实用性，出行也格外胆大了。

赖友芳异常清瘦。他面色和善，正用锄头一下一下夯着泥土，想让灯柱尽量牢稳些。他说：

"今年过春节，儿子回来，还会带上女朋友来神山。晚上没有光亮，怎么行？今天工人有点事不能来，我急啊，就自己干上了。加固灯柱，也不是啥难事。得提前做好准备，加固灯柱后再清理一下路两旁的杂草。"

赖友芳生有二男一女，原配妻子刘宝香28岁时因病去世。

这二十多年里,他既当爹又当娘,吃了不少苦。他目前在龙市一家瓷厂打工。这两年,新找了个老伴叫叶慈凤。平时,叶慈凤在龙市照看自己的孙子孙女。节假日,他们才团聚。赖友芳苍白而干瘦的脸庞,让人心疼。

这些年,赖友芳吃尽了苦头,孩子们也跟着吃苦受累。好在,山里人的顽强和韧劲,让这苦难的日子终于熬出了头。

正说着,一个老太太从房子里走出来,面容清瘦,但难掩芳华青春时的秀姿。老太太戴着一对银耳环,说话细声细气,走起路来却虎虎生风。

她是赖友芳的母亲吴余清,2018年已是82岁高龄。神山村的山水和五谷养人,吴余清行动利索,特别康健,一点看不出老态龙钟的样子。

吴余清是湖南人,生有四女三男。三个儿子,过世了一个。目前,她跟着赖友芳一起生活。赖友芳如果出去打工,她就一个人守着一栋房子。还好,她家养了两只狗和十几只鸡。这些,都是她忠实的"伴"。

端详着吴余清的脸,我们的内心不平静了。她隔山隔水,这么老远嫁到神山,不容易。

正是这些大山女人,默默无闻地奉献,才有了山旮旯里的烟火弥漫,才支撑起柴米油盐的平淡日子。

问起吴余清过去的事情,老太太依然细声细气地说:

"以前,没得路走,我和老头子做箩筐、做筷子,都是翻山越岭去卖。半夜三更就要起床,用布包裹着咸菜加饭团,放在胸口上保温,打着火把就出门了。那火把,冇几多光,还怕风一吹就把火给熄灭了,小心又小心。火把有时用篾片,有时用松树枝。松树枝更耐用，也更亮些。我们担着重担子，想走快也走不快，翻了一座山又一座山，走了一道溪又一道溪。

"我问老头子，快到了吧？老头子就哄我说，快了，快了。翻了一座山，我又小声问，这下总到了吧？老头子又说，快了，快了。我的双脚都磨出了大水泡，还是没有到圩场。

"那时，一想到要翻山越岭去卖箩筐，我的腿都吓得打哆嗦。不敢想过去的事情，那真不是人过的日子。还好，现在一步步熬出来了，终于活出个人样来了，一晃，也八十多岁了。

"为了卖个好价钱，我们还去过永新县和新城镇卖，路更远，人也更吃累。也有个法子呀，家里几张嘴巴要吃要喝的。卖了钱，就换点油盐。卖不完，就先寄存到熟人那里，等下一次赶圩再去。原先的日子，真是苦惨哩，苦得能拧出胆汁来。

"现在好了，日子好过了，来钱也方便了。我的几个孙子孙女，都在外面打工赚钱，享受外面的花花世界。就是不去外头，在家门口也能挣个活钱。我大孙子听说还想买小汽车开回家来看我呢！要是放到从前，想也不敢想。原先买了小汽车，也没有路呀，咋开得进来？现在好了，大柏油马路修到家附近，水泥路修到家门口。

"这里来的客人也一天天多起来了，我每天吃了饭，有咋个多余的事，就喜欢扫地。屋里屋外，坪台上，都扫干净了。还有就是拔草，山里野草长得快，得经常拔。人家游客来家里看看，一路走来干干净净清清爽爽的，心里也舒服呗！

"跟你们说一件事吧，前些天还有几位外国人来我家参观呢，听说是大老远坐飞机来的。蓝眼睛、高鼻子、白皮肤，初看有点吓人。不过我还是很热情的，人家大老远从外国兴冲冲来神山参观，可不能冷屁股贴热脸，不然就败坏了神山的好形象。"

吴余清的语气，不急不躁，不高不闹，不温不火，始终是"胜似闲庭信步"的味道。

吴余清老太太，那么多曾经的苦难，那么多的泪水，那么多的忧愁，你都藏在哪里了？

老太太，你就像自家门口的那块沉稳的石头，脚踏实地、坚韧不拔，成为大山岁月的守望者、神山变迁的守望者、幸福生活的守望者。

有家就有温暖港湾

我们走访了神山村的三户红卡户，一户是老村支书黄端初家，一户是聋哑人葛湘村家，他们都在神山村神山组。还有一户就是神山村周山组的赖伯芳家。

一条新修的柏油马路，一个"U"字形的大弯，把神山组和周山组连接起来了。马路两旁的竹林，修长而摇曳，向蓝天尽情舒展着浪漫情怀。我们急切想采访一下周山组唯一的红卡户赖伯芳家，热情的张成德说："我带你们去。"

除了张成德的陪伴外，他家的"阿黄"和"阿黑"也跟着出来凑热闹。

神山村在大山的皱褶里，以前来人稀少。不知是为了壮胆，还是为了增加点热闹气氛，张大哥家居然喂养了6只狗和3只猫。这次，它们中间的活泼分子"阿黄"和"阿黑"，便迈着从容潇洒的步伐，冲在前面给我们带路。

由于地势的原因，神山村的房子建造得错落有致，好比古代律诗中的平平仄仄，又像音乐中的八度音符，给人以无穷的审美愉悦感。

这些白墙黛瓦的房子，点缀在青碧的林海里，如同仙人在天上作画时不小心跌落在人世间的调色板，美得让人心醉。行走在绿浪的空隙间，我们心无旁骛，脚步格外轻盈。

2017年2月26日，井冈山市正式脱贫"摘帽"。这是我国贫困退出机制建立后首个脱贫"摘帽"的贫困县（市）。这些年，在精准扶贫路上，无数的干部群众团结拼搏，迎难而上，留下了一路的汗水、一路的辛苦、一路的故事。

我们，就是这些珍贵故事的痴情追寻者。

红卡户赖伯芳家，在神山村的情况是特殊中的特殊。

他2018年69岁，上有80多岁的老母亲。妻子吴小梅刚满60岁，有点智力残缺。赖伯芳自己有高血压和心脏病，腰椎也曾经受过伤。卫生部门组织的健康扶贫与爱心义诊，每次都去他家送温暖。

对于这样纯粹的弱势群体，给予再多的关心与照顾也不过分。事实上也确是如此。

马路边，政府"交钥匙工程"帮助建的一座钢筋水泥结构的小平房，就是赖伯芳的新家。也就是说，赖伯芳的新家建成，自己没花一分钱。房子虽然面积不大，但设计合理，结实美观，与周边的优美环境融为一体。我们敲了几下门，里面没有应答，看看门口晾晒的衣服，猜测主人并没有走远。

在赖伯芳的家门口，我们发现钉着六块牌子。上面最大的一块牌子带有党徽，上面写着：井冈山党员干部进村户，精准扶贫大会战。一块牌子写着红卡户赖伯芳的家庭详细情况。帮扶人的姓名则清晰地写在中间的一块牌子上。责任区民警和健康扶贫"一对一"的姓名和电话也写在另一块牌子上，这些无疑让贫困户吃下了定心丸。还有两块牌子，一块是"政府资助援建"的金字招牌，另一块是门前三包责任牌。

这些牌子，是吉安市、井冈山市与茅坪乡为切实贯彻习近平总书记关于"精准扶贫首先要打牢基础，做实做细建档立卡，实现动态管理"的重要指示所采取的有效手段，目的是要加强对神山村贫困对象的动态管理，有序推进精准扶贫。贫情分析、入户调查、收入核算、群众评议、系统录入等，一个个环节，细致入微，环环相扣，就像一个个连心环，将党群干群的关系联结得异常紧密。

亮出牌子，就是亮出身份、亮出政策、亮出承诺，也就是亮出政府的担当、亮出党员干部的精气神！

可真巧，没走几步，我们就碰到了从山上回家的吴小梅。她拄着一根木棍，一瘸一拐的，脸色发白，上下门牙全部脱落了，稀稀拉拉的头发，胡乱地扎了一个鬏子。问她关于她的丈夫赖伯芳和女儿赖梅霞的问题，她也是天上一句，地下一句，说不清楚。

吴小梅的女儿赖梅霞今年22岁，只读了小学一年级，已经嫁到龙市。旁边一位穿玫瑰红毛衣的大娘低声说，她（吴小梅）脑筋有点糊涂，讲事不清楚。

吴小梅两只手上下比画着，从她急切切的表述中，我们知道赖伯芳因腰疼到龙市看病去了。我们心里有点担心，这一次，不知他看病花了多少钱，有没有困难。

一旁的驻村乡干部杨烨说，现在，政府给赖伯芳买了合作医疗保险，并尽最大力量最大支持给予他家生活上的照顾。

这样好，我们释然了。不然，一旦有个小灾小病，对这个贫困家庭来说，就是雪上加霜。好在像赖伯芳这样的特殊家庭，是各级政府最为牵挂的对象。各级政府的扶贫干部，总能在关键时刻伸出援手。赠人玫瑰手留余香，群众当然看在眼里记在心里。

杨烨说："建爱心公寓时，赖伯芳老两口也知道政府对他家的好，一丢下饭碗，他俩就挤出时间来搬砖。特别是吴小梅，搬砖特带劲，还一直眯着眼睛笑。她也知道自己有个'安乐窝'了，刮风下雨再也不用害怕了。"

我们感觉当地"问计于民，问需于民，担当实干，马上就办""要我建，我要建"等，不仅仅是挂在墙上的标语，更是体现在实实在在的行动之中。

回到住处时，再次路过赖伯芳的新居，我们在想：

赖伯芳家里唯一的经济来源就是山上的毛竹，他家算是没法扶持的贫困户，以前就住在破旧不堪的老房子里，后来老房子塌了，就只有寄住在亲戚家里。赖伯芳，算是地地道道的精准扶贫兜底对象。党和政府的扶贫政策，让这个墙倒屋塌的特殊家庭，重新拥有了一个能够遮风挡雨的温暖港湾。

心上的暖

神山的雾真有特点。

早上起床时，浓雾把路边的杉树、坡上的小雏菊、山后的竹林、蜿蜒的水泥路，甚至竹林里的一阵阵凉风，都裹得严严实实。就连古樟树上的鸟鸣声，以及屋前的流水声、菜地里的昆虫聒噪声，也似乎被包裹得一丝不透。

在神山村采访，真是惜时如金。早起床，就是为了用最少的时间采访更多的村民。

不一会儿，头发上就沾上一层薄薄的水珠。白天经常走的路径此时有些灰暗，人蹚进大雾里，就仿佛在太空中踩了棉花包，有腾云驾雾飘然欲仙的感觉。

难怪这里叫神山！一年四季，仙气弥漫，仙境一般。

我们顺着村委会这条路，慢慢往上爬，今天想采访王青阳。

走到神山村"笑脸墙"边，浓雾慢慢散了。整个神山村，格外清爽，宛如一幅淡雅的水墨画。

上一次来，在那棵高大的枳椇树下，我们和王青阳打招呼。他双手捂着耳朵，头摇得像拨浪鼓。然后，用低沉的断断续续的声音说："我耳朵聋了，听不到你们说咋个话。"

我们用镜头拍摄枳椇树掉下来的果实。枳椇也叫拐枣，是一种生长在甘肃、陕西、河南、安徽、江苏、江西、浙江等地的高大乔木，枳椇子是一种中药材。在宜春见过两棵枳椇树，像神山村这么高大的，我们还是第一次见，这棵枳椇的树龄应该在百年以上。

我们寻思着，谁在此地种下的这棵宝树呢？这棵树，到底隐藏了神山的多少秘密呢？

那些天，王青阳除了吃饭睡觉，余下的时间，我们采访别人的时候，他就跟着我们，也在附近转悠着。王青阳个子矮小、清瘦，走路的样子摇摇晃晃。后来，我们在左从林家喝茶时，他又转悠过来了。王青阳和左从林是同龄人，小时候是玩伴。左从林可以从王青阳的嘴型和肢体语言中，读懂他的心思。

我们就让这位相伴几十年的"发小"，为王青阳代言了。

从左从林口中，我们知道王青阳一辈子没有结婚，是孤寡老人，老家也在湖南。据说，他九岁时，生父去世，母亲带着他和妹妹彭金莲来到神山。因这边粮食紧张，他一个男孩子吃得多，又被"放逐"回湘了。在湖南，他没有一个亲人。后来，王青阳凭着手中写有神山村具体地址的一个纸条，自己从湖南一步一步摸索着过来了。

我们后来采访的罗桂堂也是孤儿，也是从湖南一步一步走到神山，投奔叔叔的。

默默无语的神山，你接纳了多少条走投无路的生命？！

左从林讲到这里的时候，我们的心，一遍一遍心疼王青阳。我们不知道，是什么力量，能神明指路般让一个十几岁的孩子抵达神山。要知道，那时，没有电话、没有微信。王青阳凭着什么力量，用一双稚嫩的"铁脚板"，从茫茫的大山外，走到茫茫的大山里。他要投奔遥远的妈妈，这世界上最疼爱自己的亲人。

是生存的希望吗？对，是活下去的信念！

左从林加了一句："王青阳呀，要是来不到神山，在湖南老家，无亲无故的，是要被活活饿死的。"王青阳似乎从左从林的口型里,"听"出了那个年代的那段悲苦往事,不住地点头。

我们更加心疼王青阳了!

这一次,雾天,我们估计王青阳在家,就径直走到他家厅堂里。没人!一看,他正在旁边的厨房里煮面条当早餐。

灶里的柴火烧得很旺,王青阳戴着一个绣有五角星的军帽,比上次精神多了。红彤彤的火光映衬着他的脸,他憨憨地笑着。锅里爆炒的葱姜,香味直冲鼻间,从厨房飘到薄雾间。此时此刻,炊烟的味道、薄雾的味道、香葱的味道,笼罩着我们目光所及的神山。我们站在王青阳家厨房的大锅旁,看着灶台上炒好的辣椒、芹菜和豆腐,有白有红有绿,颜色好看,很能勾起一个人的食欲。

王青阳随即递过来两双筷子,嘿嘿地笑着,示意我们一同吃,他没有把我们当外人。我们委婉地拒绝了,只想看着他美美地吃早饭。

房子是王青阳的继父建的,两层楼房,他一个人住在里面,真宽敞。我们又去了他睡觉的地方,床上铺着绒毯,有厚厚的被子,床头上放着他60岁生日的纪念照片。照片上的王青阳,头发平整,西装革履。要是不说,我们还真想不到,照片中的就是眼前这位有点蹩脚且带点自卑的老人。

后来,听王青阳的妹妹彭金莲讲,照片还是当地政府帮着照的呢,扶贫干部连同大相框一起送过来的。这是王青阳人生当中照的第一张大相片,当然挺神气的!

上一次在村委会,我们看到墙上挂着一棵心愿树,村民们把自己想要的东西写在心愿树上。王青阳的心愿是"想要一床棉被过冬",而今已兑现。

厚厚的被子，带着扶贫干部的体温和爱意，温暖着这个孤寡老人的心。

在王青阳家的墙上，我们看到了一张吉安市扶贫攻坚领导小组办公室统一制定的"井冈山茅坪乡神山村贫困户 2018 年度收益确认公示表"，上面写着王青阳于 2016 年脱贫，写着他的政策性补助收入情况，还写着政府帮其代缴了上半年的新农合 180 元，代缴了商业医疗保险 200 元，养老金 960 元。目前，他的收入情况如下：

五保户待遇一年近 4000 元，再加上茶叶和黄桃入股分红各 1500 元。还有，他的一半房子租出去做民宿，据说一年也有几千元的收入。这些收入供王青阳一个人穿衣吃饭还是绰绰有余的。

听左从林介绍，政府想要王青阳到敬老院去养老，王青阳不想去，就喜欢在神山村。那个枳椇树下的落寞身影，已经和神山长在一起，连在一块，再也分不开。

一个地方，对一个人的恩情，早已经根深蒂固了。长长久久的陪伴和守望，那是一生的岁月，也是一世的光阴。

王青阳送我们去周山组继续采访。在枳椇树下，他指着一块宣传牌给我们看。这是《井冈山报》的张建华记者在多次入驻该村时，有感而发写的《神山感恩三字歌》：

"神山村，山坳里。千百年，贫瘠地。乙未年，总书记，携春来，送暖意。今回首，仍历历。

一夜间，春潮起。草木苏，千帆举。

日日新，月月异：羊肠道，变街衢；断桥连，路接续；小沟渠，修整齐，水车转，清小溪；房前地，百花丽，屋后山，名树绿；饰立面，新如洗，修房顶，无雨滴，土坯房，成记忆；环村路,更亮丽;安全水,甜如蜜;卫生厕,入画里。村容美,最宜居,如仙境,桃源地。风雨来,有挂记;霜雪至,有提及。

产业兴,一批批:老和妇,浸糯米,打糍粑,好生意;年轻人,有闯劲,忙创业,抓商机;黄桃树,种遍地,开红花,结硕粒,合作社,连一体;农家乐,笋沾雨,炊烟升,风味异,立协会,统管理;土特产,变俏女,金凤凰,山里鸡,活水来,养好鱼;茶叶香,飘四季,神山牌,名鹊起;竹筒酒,山中玉,亮清清,甜蜜蜜;竹木林,银行绿,不乱伐,鸟欢啼,经低改,价值提,升品质,增效益。

脱贫战,来破题:举措新,拓荒犁;形式多,先锋急;串景点,连景区,深融合,游全域;游步道,全建齐,停车场,好几里;山外客,密如蚁,乐体验,留足迹;外国客,传信息,乘兴来,满意去;兴民宿,留客居,兴致高,旅无虞;帮扶队,聚合力,倾心血,提志气;扶助金,入股去,到年底,有红利,连年增,永受益。

多个人,有名气:彭夏英,勇自立,战贫困,金句题,红杜鹃,是赞誉;左香云,有能力,致富路,急奋蹄,思路广,忙生意,大市场,小工艺,新理念,促升级,热心肠,听民意;赖伯芳,原无居,政府帮,众心聚,甘替苦,住公寓,好日子,活出趣。

神山人,变化巨:口袋鼓,精神激;评先进,美名记;爱心墙,笑容聚;深贫户,已无一;暂贫者,信心提,等靠要,都摒弃,自强路,皆出力;小轿车,不新奇;新电器,入家里;沐朝阳,雄心立,开放路,不封闭;小康路,都走起,不缺席,一二一。

神佑山，有福地。遇贵人，逢佳期，振兴篇，好机遇。心含暖，涌感激，莫忘恩，永铭记。

十九大，东风疾。崛起路，更鼎力；中国梦，已可期，为实现，驰不息。

我河山，多壮丽。远天涯，近江西，频欢歌，多笑语。神山村，仅一隅。小缩影，大道理；时代卷，共答题，作答人，十四亿。"

我们交替诵读，声音洪亮。

王青阳虽然听不见，但他似乎明白"三字歌"里所蕴含的意思，不停地点头，还连连竖起大拇指。

看着这一幕，我们的心，也跟着温暖了。

全面小康路上一个也不能少，脱贫致富一个也不能落下。只有真正实现兜底"保障"，才能让王青阳这样最弱势的贫困家庭感受到党和政府温暖的阳光，感受到弥足珍贵的幸福的味道。

为神山村的精准扶贫，点赞！

为通俗易懂的感恩"三字歌"，点赞！

用眼神与笑脸交流

左细英不止一次对我们说，她的哑巴崽葛湘村不是个废人！

他会上网，会做家务，会跟着村里的"娘子军"在家门口做些清理水沟和清扫路面的活，工钱是一百元一天。

眼见为实，我们想早点去见见这个村里的"红卡户"。

神山村和山外相比，早晨，天亮得晚；傍晚，天又黑得早。在彭夏英家的农家乐吃完晚饭，天猛然一下暗下来，就像泼了浓墨汁，还淅淅沥沥下起了小雨。那雨，仿佛被细筛子筛过一般，落在头发上，头发也跟着湿润了。

山村的雨夜，显得更加清冷。

经过小广场时，我们的车子就停在眼前。车里有长柄伞和短柄伞，可我们没有撑伞的想法，我们想融入神山的细雨里，想混合着这里的一草一木、一砖一瓦的独有气息，想让自己成为同样没有打伞的神山人。

我们爬了一个小缓坡，赶去葛湘村家。

来神山村采访，说容易也不容易。每一次来，我们力求采访得细致，花费的时间最短。这不，刚吃完晚饭，天黑了也不忘加个班。

葛湘村的母亲左细英健谈得很，上一次采访，似乎有许多话儿还没有聊开。我们在想，她认得我们，这么晚去她家，一定不会吃闭门羹的。

山里人晚上睡得早，听到脚步声，她家的狗就汪汪直叫。我们敲着门，喊着话，厚重的实木门咯吱一声打开了。左细英先是有点愕然，片刻工夫，就赶走了狂吠的狗，然后热情地叫我们落座。

左细英爱笑。一笑起来，眼角便绽放一朵朵细小的菊花。

这种笑，是山里人特有的爽朗的笑，仿如奔泻直下的瀑流；这种笑，是素朴的笑，素朴得就像一天三餐的洁白大米；这种笑，是善意的笑，恰似清凉的微风拂面，带来微痒的惬意。

她黑红的脸上泛着亮光，一看就感觉非常康健。我们问："葛湘村在家吗？"左细英嘴巴一努说："葛湘村在里面'打电脑'呢！"

葛湘村祖籍在湖南双峰，2018 年 43 岁。左细英说，葛湘村生下来时，皮包骨，养到3岁多还不会说话，才知道这是"胎里带"的毛病，治不好。左细英讲："葛湘村跟着哥哥在神山村小学'听'了两年课，也认得不少字，打起电脑来，也噼里啪啦响。别看他是个哑巴，可有心了，什么事，他心里都明明白白的。"

一看来了陌生人，葛湘村有点不好意思，起身想把电脑关机。我们一看，好家伙，他正在看央视《新闻联播》呢。

在葛湘村家的厅堂入座，厅堂里的日光灯明晃晃的，电压也很稳。我们刚把采访本打开，葛湘村就走到里屋，捧了一堆炒熟的野板栗。

左细英又夸他了："我这个哑巴崽，真是好客热情人善良。你们看，我也没有说，他自己都知道给你们拿'吃嘴'（零食）了。他呀，心里透亮透亮的。可惜，就是不会说话。"

经母亲一夸奖，葛湘村更加羞涩了，一直有意无意地躲着我们的目光。

井冈山市通过精准识别，依照贫困程度，把贫困户分为红卡户、蓝卡户和黄卡户，建立了档案卡，因户施策。2015年，全市减少贫困人口7016人，贫困发生率由13.5％降至7.15％。2017年2月26日，井冈山实现全面脱贫。

红卡户里面，90％是因病因残致贫的。只要一户家庭有一个因病致残的人员，这个家，就会生活得十分困难。所以，红卡户必须特别关照，才能真正脱贫。我们了解到，葛湘村现在加入了峰源黄桃合作社和井冈红神山茶叶合作社，每年光这两项收入就有3000元，还有红卡户补助1500元。再加上葛湘村平时在村里干活，也有一些小钱领回来。

我们在心里打着算盘,快速地用加法算出了这个红卡户的总收入。虽说不是太多,但也算收入稳定,能够保证葛湘村的日常开支。

左细英说:"平时过日子,自己要会划算,这么多钱,我这个哑巴崽一个人是够吃够用了。多亏上面的政策好,共产党领导得好。还有呢,他哥哥姐姐也会给他买衣服,他几个侄子侄女也会给他买吃的。哦,另外,葛湘村满了60岁有'五保'吃。就是我哪一天不在人世了,我也走得放心。有党和政府在,葛湘村不会没人挂念。"

葛湘村和左细英坐在一条长凳上,不自觉地,葛湘村把右肩膀靠在他母亲的左肩膀上。他的眼神,如小孩子般干净纯真。他一会看着母亲,似乎听懂了母亲的话,一会又抿着嘴巴浅笑。

这个葛湘村,一直在用眼神与笑脸跟我们、跟自己的母亲交流。太有意思了!

尊前慈母在,浪子不觉寒。

在葛湘村的内心深处,母亲左细英当然就是他的天。而在左细英眼中,这个有点"不完美"的儿子,是上天送给她的一件"特殊"的金贵礼物。

夜深了,我们合上采访本准备回到住处,葛湘村把刚才散落在桌子上的野板栗收拢好,一个劲地往我们口袋里塞,少拿一颗都不行。

一个聋哑人的举动,在这寒凉的雨夜里,让我们深深感受到了人性的温暖和芬芳。

采访最后一天的下午,我们准备回城。在一株桂花树下,又碰到左细英。她指着不远处的茶园,笑着对我们说:

"家里哑巴崽今天'上班'了,在那里赚钱呢。他做事不会偷奸耍滑,人家都喜欢和他共事。他在村里做事好,省得在家里闷得慌。哑巴崽有使不完的力气呢,可别浪费了!"

我们走下坡,看到葛湘村正拿着一把铁锹在清理茶园的水沟。

看到他眯着眼睛认认真真地清理水沟,我们觉得,这个身残志不残的年轻人,是非常幸运的。他之所以没有成为废人,是因为他碰上了一个好时代,有人疼,有事做,活得充实而有尊严。

一个优秀的母亲,对儿子的现在和未来,是一百个放心和满意。我们夜访"红卡户"得到的精准扶贫的感人信息,忘不了。

天黑了,算什么,心却是明亮的;

哑巴了,算什么,眼睛总是明亮的。

回首往事,我们的眼前,总在隐隐约约跳动着葛湘村那害羞、纯真、幸福的微笑,好像一团小小的火苗。

一个老党员的心里话

神山村神山组,电视报纸网络等媒体经常宣传。周山组的村民说,写写我们这几户吧,我们也属于神山村。

周山组人大都姓赖,目前有7户人家,还有些正在盖新房。一条新修的柏油马路,携着郁郁葱葱的竹林,把神山组和周山组连接起来。除了这些,还有高音喇叭,让这个村组在大多数时间与神山组同频共振。

随机采访村民。这不,到了周山组,我们问村小组有没有共产党员,旁边一个叫赖国洪的年轻人用手一指,说:"山坡上那个锯木头的就是老共产党员,他叫赖福洪,是蓝卡户。"他一边喊赖福洪赶快下来,一边带我们到赖家的堂屋落座。

堂屋的大门没有上锁。

我们看厨房外面的竹棚子里有个水池,用竹竿把山上的泉水

引下来,泉水清冽。水池边,放着一个葫芦水瓢。赖国洪说:

"这些山泉水又甜又解渴,不信?你们喝一口尝尝就知道了。"

哪能不信呢?!从踏入神山那一刻起,就深深地喜欢这个山清水秀、毛竹青碧的小山村了。我们每个人拿起瓢把子,舀上一瓢"神山甘泉",咕嘟咕嘟喝了几口。

我们站在这个干净的农家小院里,惬意端详中,发现小院的围墙有半人高,用环保砖垒砌,围墙上面放着几盆指甲花、仙人掌和大丽菊。墙脚边,种着香葱和空心菜。也许是神山的空气好,这里种的花呀,草呀,水果呀,蔬菜呀,好像可爱的小村姑,娇滴水润!

作者和赖福洪(左)在他家门口合影

赖福洪一脚泥巴,两手抱着板材的下脚料。他眼睛笑成一条缝,没有查看我们的证件,也没有半点迟疑,爽快地喊我们进屋。在神山,真有点"昼不关门,夜不闭户"的味道。

赖福洪拿出自己采的明前茶，泡了两杯茶，放在小板凳上，我们就坐在门口的竹椅子上和他聊天。

其实，更多的时候，我们把在神山的采访当作一次次进村入户的串门。有时候，我们连采访本都不想打开，村民那一举一动、一言一行、一颦一笑，都在脑海里存储，我们喜欢这种无目的而又随意的聊天。

随着聊天的深入，我们感觉眼前这个老人慢慢高大起来。

赖福洪1942年出生，50多年党龄。他说：

"我算入党较早的，20多岁就是党员了。那时，上面的工作组住我家，一个带队的领导看我忠厚老实，人也精明能干，话不多，就有意培养我，他是我的入党介绍人。当时，这个领导的想法是，要让党组织在最基层生根发芽。他的培养没有白费，我最早是神山村团支部书记。后来，当了40年生产队长，5年村治保主任。现在年龄大了，就在家里照应一下。我老婆是湖南双峰人，叫罗美华，今年68岁。她舅舅来我们神山做草纸，看我忠厚老实，又是生产队长，就把自家的外甥女介绍给我。

"说实话，习近平总书记没有来之前，真没有几个人知道神山这个小山村。外面的女子，也不愿嫁过来。你们发现没有，我们村有个怪现象，大多是本村男子找本村女子，亲戚连亲戚，这也说明一个问题，千说万说，还是一个字——穷。"

赖福洪，这个大山的儿子，一脸的从容和友善。他虽然年近八旬，但精气神十足。古铜色的面容上，既有岁月的风霜，也有客家男子的和善和谦逊。在松风竹韵里，他家的白墙灰瓦，就像一幅山水画。此时，夕阳斜斜地照射过来，他的笑容质朴而纯真，我们的心情也跟着漾动起来。

赖福洪告诉我们：

"党中央十分关心基层的老党员，我每年有600元老党员补贴，每个月还有80元的养老金。三个儿子一人拿一点，女儿给一点，钱足够用。就是不要生病，生病了，用钱就是无底洞，就不好说了。原来这里吃'门户酒'包3元5元的红包，现在一拿就是100元，日常开支也就这些。自己种菜养鸡鸭，节省着花销，也够了。每个月，交党费5角钱。"

我们问赖福洪，党支部有定期开展学习的必要吗？他刚才舒展的面容，一下子严肃起来，赶忙说：

"每个月组织党员学习，很有必要。得时刻知道自己是党员身份，要比群众的觉悟高。神山村党支部每个月都会组织党员学习，学习贯彻党的十九大精神和习近平新时代中国特色社会主义思想。我们从电视上，从报纸上，从杂志里，从文件里，也可以听到党的声音，知道党的政策，明白一些事理。秀才不出门，也知天下事。我们不是秀才，大老粗一个，但也得学习啊！不然，就要被社会淘汰啦。

"2016年7月份，神山村的全体党员还去了毛主席的老家韶山参观学习，参观的人真多，人山人海的。我们是井冈山茅坪来的，感觉身份不一般。毛主席在我们井冈山建立了革命根据地，我们有一种自豪感。

"参加党员学习活动，我越来越觉得什么时候都是共产党好，为人民办事。没有中国共产党，就没有今天的幸福生活。

"党和政府无比关照我们，现在，上了年纪的老年人坐公交车都不要钱，还有各种各样的补助与优惠政策，享福啊！"

赖福洪接着说：

"习近平总书记来了之后,神山村发生了大变化。总书记为全国人民当家,当得好,我举双手赞成。现在有吃有喝,我跟老太婆说,把身体保养好,多活些年岁,看看更好的生活到底是啥样子!"

他又说:

"都说人老无能,神老无灵。我却不这样认为。好好活着,才是真本事。我虽然不当村干部了,村民偶尔有点小纠纷,也可以帮着调解一下,这样才觉得自己还有一点用处,还能够发点光和热……"

和赖福洪交谈,我们感觉他就是一本书。

这本书,记录着年轻时的光辉岁月,也归纳了年长时的生命轨迹,是一本值得品读、越品越有厚度的书。

说着说着,赖福洪讲到了彭德怀来神山村的故事。他指着门外,自豪地介绍说,他的亲大伯赖衷塔见过彭德怀,当时部队就住在他家,还在厅堂里写了"打土豪,分田地"的标语,用以前的墨写的,可惜老房子的墙已经倒塌了。

说起神山村周山组的来历,我们了解到:周山组比神山组有历史,赖氏先人是从赣州安远县迁徙到神山的。这树深林密的地方,还出过一个"钦赐举人"呢!这举人叫赖尊立,应该是赖福洪的太公公吧。因为周山组人口少,没有修家谱。他们赖氏有个祠堂叫永川堂,现在坍塌了,如今,还保存一块高高矗立的旗杆石。

安居福地长富贵,金榜儿孙世代绵。

神山村出过举人呢!

我们无法想象,多少年前,在这个大山深处,是什么力量能让"文化"生根发芽？那个叫赖尊立的先贤，吃了多少苦，受了多少罪，胸怀多大的志向，才把自己送出了神山，才让神山"诗书继世长"，为赖氏后人做出了榜样？

在赖福洪家厅堂里，除了有毛主席像，还有习近平总书记来到神山村的大幅照片，用相框装好挂起来。赖福洪说：

"习近平总书记来到神山村，是天大的喜事，家家户户都花钱装帧了大幅照片，和我们'赖氏家训'挂在一起。上面领导也没有要求我们这样做，都是群众自发的，老百姓心里有杆秤呢。"

经赖福洪提醒，我们又打量了他家的厅堂，宽敞而大气。他谦虚地说："这屋子是三十多年前做的。当时，全村人都帮了忙，都不要工钱。这房子，木头是山上背下来的，总共花了一万多块钱。近几年政府又帮着全面修缮了一下，下雨天，再也不愁屋子漏雨了。我的儿女们在外面工作，也安心。"

赖福洪说，小儿子是南昌大学毕业的，目前就留在南昌工作，儿媳在省邮政储蓄银行上班，过春节时一家子会开着小轿车回神山。

要结束采访了，我们一再要求赖福洪留步。客家礼节重，老人一直送我们到路口。

赖福洪指着倒塌的永川堂，惋惜地说："我们这一辈人老了，是没有力气重新修建祠堂了。下一辈伢崽有出息了，得把赖氏祠堂修缮一下，把'赖氏家训'刻在祠堂里，把祖宗的牌位供起来。"

人，要知道自己的来处，更要传承好家风，让文脉和血脉一代代延续下去。

一梦浮生如虹，满山的翠竹，婀娜着，摇曳着，也在为我们招手送别……

神山铁脚板

"老张,不是吹牛皮,你现在出门,不用买火车票就能上车,人家进站刷身份证,你'刷脸'就成了。你上过电视,跟总书记握过手,还坐在一个桌子上唠嗑呢……"

上次采访,在周山组,赖发新打趣逗老张。老张呵呵一笑说:"哪有这么好的事呀,我的脸黑,刷也冇用。你个青皮后生,你'刷脸'准成。"

老张叫张成德,爱笑。一笑起来,一口黄牙就会"直接表达"他的心情。他老家在重庆市合川,他可能上辈子都没有想到:他的一生,会和千里之外的井冈山茅坪乡神山村产生千丝万缕的联系。

张成德,1950年出生在合川一个贫苦家庭。1968年当兵入伍,在西藏一待就是8年。

是什么机缘让退伍的张成德来到井冈山?我们的猜测是对的。因为饥饿,40多年前,还是小张的他来到莽莽神山。

1978年,张成德跟着四川老乡来到神山锯木板。他那时身体好,长相英俊。最主要的是,他口袋里还有粮票。于是,经人撮合,1982年,他和小他17岁的彭夏英结了婚。

在第一次采访中,我们看到夫妻俩的外表形象有点差别,也问过彭夏英,老张究竟要比她大几岁?彭夏英捂着嘴不肯说。原来老张是"老夫少妻"呢。

张成德与彭夏英一共生了两子一女。孩子名字的前两个字,是他们两个人的特制"复姓"。也许是"近水楼台先得月",妻子的姓排在了前面。老张开玩笑说:"这是在神山村,在她的一亩三分地上,当然是她当家的嘛!"。

井冈山有句俗语:田种不好一年苦,婆讨不好一世苦。

张成德想不到上天对他这么眷顾,讨到了一个既能干又贤惠且俊俏的好老婆。

说起以前的苦日子,张成德一下子打开话匣子:

"刚结婚那会儿,还和岳父岳母住在破旧的泥巴房子里。生了女儿彭张芬,就想为女儿做满月酒。一来,为迎接女儿的出生;二来,也请帮助过自己的老乡和战友一起来热闹热闹。"

张成德说,那时年轻,喝酒能喝一葫芦,干活能顶一头牛。于是,他拿出了仅有的攒了好久的30元钱,办了两桌酒席。可哪知,就是这两桌酒席,让岳父岳母暴跳如雷。两位从来没有走出大山的老人,觉得女婿不应该花掉天大的"巨款",觉得他是个不会过日子的主。干脆,井水不犯河水,张成德立马就和他们分了家,各过各的。

半担谷子、三只饭碗、三双筷子、一个菜碗,他们三口之家分开另过了。张成德用两个多月的时间就挖平了一座小山做厨房。那个小山余留的直角,刚好做了厨房的墙。再后来,他又自力更生建起一栋干打垒。我们夸老张吃得苦,是神山的现代"愚公"。

古代传说中的"愚公移山",现实版的"成德凿山",都令人感动。老张说:

"现在有推土机了,两个小时就可以推平一座小山,我却用时两个多月。虽说吃了苦，手上磨出了大血泡，累得腰都像断了一样，但有了新厨房，俺们一家人可开心了。"

我们说："你看，现在多好呀，吃得苦中苦，方为人上人。"

老张咧着一口被烟熏黄的牙齿，咯咯咯地笑个不停。这个不肯向命运低头的人，用质朴的情怀、必胜的信念、顽强的韧劲，向我们诠释着不忘初心、砥砺前行的神山精神。

其实，在采访他妻子彭夏英时，我们已经了解到老张老实厚道的性格和吃苦耐劳的品德。彭夏英说，原来她和丈夫到山上砍竹子，老张一扛就是近两百斤。走起山路来，哒！哒！哒！一般人都走不赢他。

扛竹子，乃力气活！山上湿气重，浸透毛竹的身子骨。虽然瞅一眼修长翠嫩，像京剧里的青衣，但扛在肩上时美感顿失，仿佛背起了猪八戒。一路摔跤让腿肚子磨出血痕，跌跌撞撞回家，只是用粗布条扎紧伤口，又得再去受罪。

腰杆都快被竹子压弯了，可老张从来都不叫一声苦。他这个人，老实巴交，全凭良心做事。

妻子背后的赞美，是代表神山的一草一木献给老张的最高奖赏！

2016年2月2日，是张成德终生难忘的日子。这一天，天下着小雪，他家来了最为尊贵的客人——习近平总书记。他和妻子一边一个，挎着总书记的胳膊，把总书记让到了屋里。张成德回忆起见到总书记的情形，依然非常激动。他说：

"总书记没有一点架子，说话很温柔，轻声轻语的。总书记看我们家的厨房,问我们吃得怎么样,住得是不是暖和,山里的电视能收多少台,家里的粮食够不够……还在我家吃了刚出锅的米果呢!我老婆做的米果,冒着热气。总书记连连说好吃,好吃。"

总书记视察神山的当天下午,张成德家就接待了三桌客人。随着来神山的客人增多,他家正式开起了"成德农家乐"。这会儿,他的名字成了响当当的店名,就好像拿到了玉石印章,优越感也"嗖嗖嗖"地往上涨。

说到入住的客人,张成德兴奋地说:

"刚开始开农家乐,心里没有底,家里人都是摸锄头把子的,忽然开店当老板,有点害怕。还好,来神山的客人,一天天多起来,我们开农家乐,也有底气了。前年,有五个画家,在我家吃住三天。他们画了神山的山、神山的水、神山的树、神山的竹、神山的人。他们在这里吃住好满意,还说有空带家人一起来神山度假呢。"

别看老张人高马大的,他除了种地,砍竹子,还会编竹器。那些沾着他体温的小筐子、小篮子、小篓子,带着老张特有的"神山味道"的竹编,被游客带到四面八方。老张说,他家开农家乐,再加上黄桃、茶叶等分红,年收入近10万元,达到小康水平了。

说起当蓝卡户的日子,老张话语就多了:"在省里、市里、乡里的精准扶贫的帮助下,我家和其他贫困户一样,分得了7只成都麻羊。"他们夫妻俩把这几只"脱贫致富羊"看得很金贵。后来,羊从7只变成近60只。

说起到山上放羊,老张告诉我们:

"我是农民出身，骨子里还是喜欢原来的生活，到山上放羊，可舒服了，心里透亮着呢。每天一大早把羊赶到山上，下午再去赶回来，日子充实得很。不像现在，不放羊了，也不种地了，庄稼人，一下子清闲下来，有点不适应。原来，跟老婆有个小矛盾，一个人到山上放羊，和竹子说说话，和青草聊聊天，愁云一下子就会'走'掉。老农民，就是做粗活的料，一下子清闲了，还真是不习惯。"

现在，腰包鼓起来的老张，也"潇洒"起来了：一天一二两米饭、两天一瓶高度酒，抽两元一包的庐山烟，一天两包。原来肚子里没得油水，越没有粮食，越是吃得多。现在，肚皮里面存了油水，饭量小了。三个孩子都在外面打工，儿子彭张卫和彭张明在东莞开了干洗店，收益都不错。

如今，让老张两夫妻发愁的，就是两个儿子的婚事。年轻人有自己的主见，往往是"先立业后成家"；做父母的，就想着让孩子们"先成家后立业"。

两代人的观念在碰撞的那一刻，也是山村的一次"成长"。衷心祝愿彭张卫和彭张明能尽快找到满意的"另一半"。

习近平总书记来到张成德家的新闻，在电视和报纸杂志上轮番报道，也把老张的心，一点一点撩拨着。当一些领导听说他二三十年没有回到老家时，都劝他尽早联系家人，回家看看。于是，老张和妻子带着一些神山的特产，踏上了漫漫回家路。

其实，这二三十年里，张成德不好意思回家，也没钱回家。贫穷，制约了游子回家的心；贫穷，让这个七尺男儿，只能把思乡之情，暗暗地藏在心窝里。

远在千里之外老家的哥哥姐姐都以为他不在人世间了。

在重庆老家，张成德说习近平总书记去了他家。许多人都觉得他痴人说梦，哥哥姐姐也表示不相信："全国那么多地方，那么多人家，怎么可能去了你家？"

张成德在手机里找到相关视频证实，这一下，老家的亲人们才相信。这一次，哥哥姐姐不但相信了弟弟家确是福星高照，还跟着他一起来到神山游玩。他们也要看看神山村的新风貌呢！

这个憨厚朴实的外地男人，把一生之中最青春勃发的时光交给了神奇的神山。

神山，也把最好的姑娘赐给了他。

从前、现在、将来，张成德和神山，已经是休戚相关的一个整体了。送我们下山时，他说：

"我们现在的日子好过多了，建了新房子，我们就不要'低保'了。生活，还得凭着自己的一双手，才能吃得长久。如果光靠政府拨款，吃了就冇得了。靠自己的双手，会越来越长久。"

没有游客的时候，老张抽上烟，认认真真地编着竹器。他家的6只狗和3只猫，会在他腿弯里窜来窜去撒娇。望一眼远处的竹海，看一看现在平实安逸的光景，老张的日子，也如神仙一般自在逍遥。

这个神山的"铁脚板"，虽然不再上山背竹子了，但他依旧在用"铁脚板"丈量越来越甜蜜的日子。

那越来越实在的梦想，就在不远处等着他呢！

同志仍须努力

赖志鹏的家在神山村周山组,是一座新建的砖混结构的小洋楼,和其他的老房子相比,有点鹤立鸡群。我们夸他建的房子好,赖志鹏谦虚地说:"还算马马虎虎吧!"

赖志鹏长相清秀,精明能干,听说他原来搞副业是一把好手。

赖志鹏起身给我们倒茶水,我们发现他的腰身明显直不起来。一问,才知道他 2015 年生了一场大病,动了手术,先后花了一万多元钱。还好,现在有新农合,国家报销了一部分,自己掏了一部分,日子过得不会太吃力。要是搁在以前,自己一下子掏出去这么大一笔"巨款",生活难免雪上加霜。如今,差不多三年了,赖志鹏的腰还没有完全恢复。医生说,以后不能用大力气了。这句话,对于一个向土里刨食的庄稼汉来说,是致命的打击。目前,赖志鹏只能干点轻活,多半情况下在家休养,靠中药维持现状。

赖志鹏生病之前在龙市的瓷厂打工,后来又辗转到了福建和江苏一带的五金厂打工。

家里的农田少,身强力壮的男劳力大多数靠外出打工补贴家用。赖志鹏说:"我们这一代人比上一代人强,还有地方去打工挣钱。早先,父辈那一代,即便是身强力壮,也只能守着神山,过着吃了上顿没有下顿的苦日子。"

这房子是赖志鹏和妻子谢志珍打工存的钱建成的,他透露花费的钱不多。赖志鹏说,铺地砖做泥水活,都是他自己弄的,反正弄坏了也不要紧。再说,自己没有出去打工,在家闲着也不是个办法,能省一个算一个。

赖志鹏家有八兄妹,四男四女。他说,这辈子最遗憾的就是没有进过一天学校门,斗大的字不认得一个。现在,人到中年,肠子都悔青了。

那时候,赖志鹏家里人口多,田地少。先是父亲生病,紧接着哥哥大病。最后苦到他结婚时,拿不出一分钱。结婚后,光还债就还了十多年。赖志鹏说老婆跟着他,吃了大苦。现在,自己的腰身又生了病,连扛竹子这样简单的活都干不了,只能跟老婆打打下手,算是废了武功。这辈子,真正对不起她。

为了还账,赖志鹏夫妻两人劳心劳力,烧过木炭还账,养过鸡鸭还账,卖过筷子还账……那时,夫妻两人一起背毛竹,两个人一趟要背二十多根。老婆夸赖志鹏有"八两力"一定会用到"一斤力"出来。这辈子,把大力气都全部用完了,用早了,就累出病来,还真有点不划算。

和赖志鹏聊天,可能是身体的原因,他始终想有点"壮志未酬誓不休,来日方长显身手,甘洒热血写春秋"的表白。赖志鹏说,自己年纪轻轻的,现在政策这么好,但凡是有一点办法,也不愿当这个"黄卡户"。

赖志鹏家的大门口,挂上了大红的灯笼。他说,这是乡里统一挂的。政府根据他的实际情况,给他家评了个"黄卡户"。

最让人感到欣慰的是,他的两个孩子是国家教育扶贫的直接受益者。女儿赖慧敏目前在一所卫生学校读书,学费全免,并签了合同，毕业后有工作分配。儿子赖凤林今年14岁，在龙市读初中，学杂费也是全免，目前吃住在亲戚家。

2017年2月26日，井冈山市在全国贫困县中率先脱贫"摘帽"，教育扶贫作为井冈山精准脱贫十大举措之一，较好地发挥了基础性、先导性的作用。井冈山市教育部门精准发力，围绕"人人有学上，人人上好学，人人都学好"的目标，主动担当，积极作为，让教育扶贫的阳光温暖每一位井冈山贫困学子。

为了精确区分扶贫对象，井冈山市独创了精准识别贫困户的红卡、蓝卡和黄卡。赖志鹏家是黄卡户，他的两个子女都在教育扶贫数字库里建档立卡。根据"两免一补"政策，除了免去学杂费和教科书费外，小学贫困寄宿生每人每年补助1000元，初中贫困寄宿生每人每年补助1250元，高中每个贫困寄宿生依照红卡、蓝卡和黄卡每年分别有2500元、2000元和1500元的补助。像赖志鹏的女儿读书，他基本上不用出钱。这次教育扶贫的力度很大，也激励了山里的娃娃安心读书，从而实现自我价值。

刚才赖志鹏还对自己的身体情况有点灰心丧气，说到子女都在学校用心读书，他的眼睛亮堂起来。读书明智，读书明理，读书让人心透亮。赖志鹏自己是"睁眼瞎"，一辈子吃了没文化的苦，他希望孩子们为他扳回本来。

习近平总书记来神山那一天，赖志鹏和妻子正在山上砍竹子。他说，之后一连数天，村里的高音大喇叭都在不停地播放着总书记的讲话，他们砍起竹子来，也格外有力。

"革命尚未成功，同志仍须努力！"

赖志鹏幽默地问我们,这句话是不是孙中山先生说的?又自言自语道:神山的发展还在继续,真的需要大家更加努力才行。

我们品味着赖志鹏和妻子从山上采来的神山茶,香甜,有回甘,不住地点头夸奖他"不像个文盲,倒有点像个读书人"。他用右手拍着胸膛,羞涩地笑着说:

"我要是真有文化,就不会是这个熊样子的。我那些知识都是一点一滴学来的,给你们献丑了。这一生,我就是吃了没文化的亏。现在政府资助我儿子和女儿读书,我打心眼里感谢党,感谢国家,感谢政府,感谢扶贫干部。真羞羞脸,我有一箩筐感谢的心里话呀,都在这里藏着呢,就是倒不出来。"

第五章
神山之变：>>
赤橙黄绿青蓝紫，谁持彩练当空舞

春天，
神山村民注视一朵桃花绽放笑靥，
期待那枚甜蜜的黄桃挂果；
春天，
他们一边打糍粑，
一边唱起山乡巨变的欢快山歌。
雨后的彩虹璀璨多姿，
一头联结贫穷落后的过去，
一头联结幸福明媚的未来。

村民玩起"邮乐购"

"神山是个穷地方,有女莫嫁神山郎。走的是黏糊糊黄泥巴路,住的是漏风漏雨土坯房,穿的是土气旧衣服,吃的红薯当主粮。背回湿沉沉竹子做筷子,辛苦一年换油盐,换油盐。"

这是神山村以前的顺口溜,罗桂堂告诉我们。顺口溜弥漫着悲凉感伤的气息,而今却"旧瓶装新酒",换了活泼欢快的新内容:

"神山是个好地方,游子陆续回家住。走的是亮敞敞大柏油路,盖的是牢固漂亮新别墅。开着风驰电掣小轿车,玩起微信网购与民宿。唱支滴溜溜山歌给党听,乡村振兴有前途,有前途。"

我们从顺口溜的字里行间,能够感受到罗桂堂等神山人的感恩之情,也感受到神山村正在奋发有为,吹响乡村振兴的雄壮号角。

罗桂堂家在神山村的大帐里。

大帐里,祖祖辈辈都是这么喊下来的。半山腰,松松散散有六七户人家。这一次采访,天气晴好,在这里俯视着四周,视野非常开阔。因为有灿烂的阳光相随,有和煦的山风相伴,有鸡鸣狗叫相陪,我们也就不觉得山里人家孤独了。

罗桂堂的大女婿黄承忠当村支书时,因缺少资金,大帐里这段路一直没有资金修。现在好了,宽大的柏油马路直通家门口。

最先看到的是罗桂堂家院墙上的几大盆大丽菊,那红艳艳的花瓣,沁着露珠。

紧接着,两只大黄狗和几只鸭子也跑出来迎接我们。真可谓:

大山深处有人家，

面前绽放大丽花。

鸡鸣鸭摆迎客到，

瑞犬信步在溜达。

往里走，两块绿色大牌子扑入眼帘。一块写着：国家电子商务农村综合示范服务站。另一块写着：神山益农信息社。这是江西电商扶贫工程。我们正认真读着上面的信息，罗桂堂从里屋走出来，邀我们进屋坐。

在神山村采访这些天，走了一家又一家，我们感触最深的，还是山里人的淳朴和好客。

罗桂堂是黄端初的妹夫，在神山，似乎家家户户之间都有亲戚关系。

罗桂堂1953年出生在湖南，7岁时，父母双亡，他的叔叔罗胜七在神山做草纸，能吃饱肚子。罗桂堂一个人在湖南生活了九年，其中的艰辛可想而知。16岁时，凭着信封上的地址，他一步一步走到神山，其境遇与王青阳有几分相似。听罗桂堂的讲述，我们忍不住几次落泪。那个16岁的小伙子，误打误撞来到人生地不熟的神山，真是一个奇迹。

罗桂堂的叔叔罗胜七担任了好多年的神山村生产队长，一辈子没有成家，把罗桂堂当作儿子养。叔叔1982年过世，罗桂堂为他养老送终。

回忆往昔，苦中得乐，等于活出了两次人生。罗桂堂说，好久没有跟别人提到原先的苦日子了。

罗桂堂的身份特殊，他是神山村第一个吃公家饭的。

这里面有原因。他一个大小伙子从湖南"空降"到神山，没有户口,没有口粮,三年中,是神山村的父老乡亲省下千口饭,养活了他。19岁那年,他在井冈山大陇公社大食堂帮工,刚好每个村里派一个人去永新修铁路,于是,他就成了一名铁路工人。后来,他被派到赣州一家厂矿,因表现突出,被组织留下工作,从此成了吃"公家饭"的人。孩子出生后,妻子黄翠英一个人忙不过来,罗桂堂便向组织要求调回井冈山,于是就在柏露乡邮政代办所落脚,一直干到所长的职位退休。退休后,罗桂堂回到神山村。

高小文化的他,一步一步走过来,不断学习,不断进步,真是不简单。

罗桂堂的儿子罗斌从师范毕业,是神山村"邮乐购"服务站站主。神山的山山水水滋养他长大,罗斌也立志扎根神山,经营起自己的电商事业。

神山村里的"邮乐购"逐步发展起来

发展农村电商门槛低，收入高，这吸引了一批人才返乡创业。让拿起锄头的农民也能娴熟地拿起鼠标，在电脑前"指点农产品，驾驭新市场"，让农村电商为乡村振兴赋予"新动能"，从而在市场运作中有可持续发展的动力，这些都是消费方式的变革、市场需求的扩大所提出的新要求。

当地政府通过电商培训，组织外出参观学习等渠道，让越来越多的神山人掌握互联网销售等现代技能。罗斌，就是其中一个佼佼者。

罗斌把神山村的土货山珍择优挑选，放在邮政电商平台上销售，老百姓得到了实惠，他自己也从此有了一份"朝阳事业"。

在罗斌的精心"培养"下，父亲按照步骤，也会一步一步操作。瞧着罗桂堂坐在电脑前专心致志的样子，我们看到了山村的发展观念在慢慢变化，山里人的精神面貌也在悄悄变化。

随着互联网的发展，农村也成了社会发展、产业转型的战场。江西邮政顺势而为，率先实施农村电商精准扶贫工程，全力打造农村邮政综合服务平台，为老区人民提供了新的脱贫致富的途径。与此同时，还吸引了一大批年轻人返乡创业，推动农业产业发展升级。这种"互联网＋"带来了新的精准扶贫模式，正在越来越有效地发挥作用。

如今，罗斌只需要在键盘上轻轻一点，神山的笋干、竹荪、乌梅蜜饯、茶叶、黄桃、土鸡蛋、竹编工艺品等土特产，便搭上邮政电商的快车，飞抵山外的世界。"每一口都是山里的记忆"，这种好品牌正宗货，就是不用打广告的"香饽饽"，成为客户十分青睐的纯天然绿色山货。据悉，此项精准扶贫工程，让神山每户村民平均多出1000余元的收益。

罗桂堂家还开办了农家乐，由村里统一协调安排游客吃饭。他说：

"青菜是自己种的，鸡鸭是自己养的，水是山泉水，油是山茶油，客人们吃了都说好。这不，为了招待远方的客人，表达山里人的热情，我还学会了唱红歌唱山歌呢。"

说完，罗桂堂便站在饭桌边，用手在上面有节奏地打着拍子。我们被他的性情所感染，也和他一起大声唱起《北京的金山上》《映山红》等歌曲。

意犹未尽，罗桂堂又饶有兴趣地为我们送上一首山歌：

茶树打籽叮咚叮，

大树下面好谈情。

如若有人来相问，

哥妹假装捡茶仁。

罗桂堂腼腆地唱着这首山歌，唱出了山里男女情窦初开的感觉。

罗桂堂接着又唱起《插秧歌》：

谷雨时节春落田，

水花飞溅笑声甜。

巧手当针秧成线，

龙飞凤舞绣田间。

唱到最后一句时，罗桂堂做了一个娴熟的插秧动作，十二分地接地气，把我们逗乐了。

他兴致来了，又唱了另一首山歌：

哪根竹子唔生杈，

哪个后生唔爱妹。

哪条田垄唔生草，

哪位妹哩唔相好。

哪条山路不走人，

哪对男女唔结婚。

这首山歌的歌词简洁而欢快，却把男女浓烈的情爱表达得淋漓尽致。

谁说山里人木讷？谁说山里人羞涩？那一首首山歌，诠释了山里人的才华和风趣，也解读了普通百姓追求幸福追求爱情追求自由的大胆和睿智。

罗桂堂的歌声，透过窗户，飘到青翠的竹林里。我们听着听着，心里好一个畅快！

罗氏父子，还有像他们一样的"田教授"和"土专家"，这些"农村知识分子"，新一代的"乡贤"，既有示范引领作用，有激情和担当，又有反哺桑梓的情怀，有智慧和梦想，正在用电波，用互联网，用聪明的头脑、崭新的观念、浪漫的情怀，一点点联结起山里山外的世界。

长期以来，各种要素单向由农村流入城市，造成农村严重"缺血"。尤其人口流失，成为乡村建设的主要瓶颈。建设"颜值与气质"兼具的农村，需要处理好走出去、留下来、引回来、招进来的关系，让更多的乡土人才、创业人才、文化人才，即所谓的新一代"乡贤"扎根农村、建设农村，此乃当务之急。

目前，需要创新政策体系和制度安排，既吸引在外务工、创业经商的村民回乡发展，聚集人气，会合众智；也要让城里想为乡村建设出钱出力的人，在农村有为有位，开创事业。

乡村振兴，就是应该从神山村这些点点滴滴的小作为中，从这些实实在在的新一代"乡贤"创新创业的过程中逐渐实现。

把神山精神带到山外

对已婚女子来说，无论年龄多大，回娘家大概都是她们心底最高兴最盼望的事情。

彭金莲回娘家越来越便利了。她小儿子在神山村搞工程，用小轿车直接把她送到娘家门口。

彭金莲的穿着打扮已经没有普通农村妇女的模样。她头发乌黑，穿着时髦的呢子大衣，眼睛噙着笑，说一口标准的普通话。

我们对她会讲普通话有点诧异。她说，自己一个儿子在山东临沂开厂子，这十多年来，她一直住在山东，当然会说普通话。

1955年出生的彭金莲，是王青阳的亲妹妹。因母亲从湖南嫁到神山彭姓人家，她就跟着后爸姓彭。

家贫如洗，逼得彭金莲没有进过一天学堂门。她13岁就到井冈山东上水库出苦力，担砂浆把肩膀都磨破了，一天能挣六个工分。

彭金莲18岁出嫁，嫁到井冈山柏露乡。

因为当时整个井冈山都穷，所以彭金莲找了个"穷人"当伴侣再正常不过。

贫穷，倒是不怕，就怕人没了。

不幸的是，彭金莲的丈夫在她27岁时因病撒手人寰，留下她和四个孩子。采访时，我们陪着她几度落泪。她说：

"一生一世，别人的眼泪能装一大盆。我的眼泪就要用木桶装，甚至一大木桶都装不下。"

随着她的讲述，我们一次次地听出了无尽的酸楚，很是心疼她。

"老公这么年轻就走了，我整个天都快塌了，哭了整整三天，一粒米都没有进嘴。气自己的命不好，运气差，就把头撞到墙上，撞出了一摊血。要不是为了父母和四个孩子，我也会随着老公一起走了。看着四个孩子都还小，父母年龄大了，我一下子改变了轻生的念头。

"我不能走！哭完了，自己包扎伤口，其中一个孩子可怜巴巴地走过来替我擦干了脸上的血水和眼泪。低头看看这四个哭闹的小毛头，我想自己必须勇敢地站起来，重新活一次。我在娘家已经吃过不少苦，所以说，我不怕吃苦，黄连一样的苦，也难不倒我。

"那时候，我家小儿子的鞋跟都磨得没有了，他穿半个鞋子去上学，有的同学笑话他，可他从不计较，每次考试都是第一名。

"穷是穷，苦是苦，我还是坚持供养四个孩子都读了书。小儿子最争气，还考上了一所好大学，为家里争了光，为我争了气。"

彭金莲虽说没有上过一天学，但她表述清晰而得体，这一点让人刮目相看。从她的描述中，我们知道了她现在生活幸福，衣食无忧，儿孙孝顺。

懂事的小儿子说，老妈一辈子做了人家两辈子的事，吃了人家两辈子的苦，说什么也不能让老妈再受半点委屈了。

彭金莲先苦后甜的日子，令我们欣慰。

彭金莲跟我们讲述：

"有一年家里杀猪卖钱，供儿子读书。别人家都是男人杀猪，我家里不敢请，寡妇门前是非多，怕别人说闲话。自己就和四个孩子齐上阵，我拽着猪耳朵，拿着杀猪刀，四个孩子一人抓着一条猪腿，才把这头猪杀死。"

我们的眼前，随即出现了这样一个凄苦而顽强的画面。这个孤儿寡母的家，还经历过多少风雨呢？

那一次，彭金莲既有胜利者的自豪，又有弱女子的无助。当卖完猪肉，一家人开开心心地吃着仅剩的一小盆猪血时，她却躲开孩子，呜呜呜地大哭起来。

这个不怕吃苦不怕受累的女人啊，也需要在无人的地方，宣泄绵绵不断的酸楚，释放心灵层层叠叠的重负。

她是神山的女儿，她把神山人吃苦耐劳的精神，带到了山外；把自立自强的好家风，传承给了儿孙。

为了方便以后继续采访，我们与彭金莲相互添加了微信。

彭金莲的微信名叫"家"。

在她心中，最重要、最温暖、最牵挂、最自豪的地方，就是"家"。既爱小家，又爱大家，更爱国家。

我们发现，彭金莲的微信朋友圈内容非常阳光，荡漾着浩然正气，洋溢着人性之美：对过去的苦难生活她从不怨天尤人，对祖国的发展进步无比欣慰，对社会的丑恶事物深恶痛绝，对当下的美满日子充满感恩，对未来的璀璨梦想无比期待。

彭金莲的一条条微信朋友圈，散发着真善美的气息，讲述着中国好故事，传播着人间好声音，传递着社会正能量。这，是不是神山精神的另一种表达方式？

"没有神山，没有我的彭爸爸，我们一家人会被饿死。神山村对我有恩，我是神山人，我希望我们神山村越变越好。我们做女儿的，看到神山村的大变化，都很开心。可惜呀，我的爹娘走早了，他们没有享到一天福。要是活到现在，我一个人就可以养活他们二老。心里难过呀……"

彭金莲的微信，我们会一直留着。农村老太太能自主玩"转"微信，也是难得。

彭金莲朋友圈的动态，记录着中国从北到南，从过去到现在，从城市到乡村的变化。

因为经常去看望哥哥王青阳，经常去小儿子的工地上走走，我们发现，彭金莲2019年的朋友圈里，记录的内容更多是神山村在乡村振兴进程中的点点滴滴细节，点点滴滴喜悦，点点滴滴传奇……

倔强的井冈竹

赖发新的家在神山村周山组，他家是两层的客家小楼，厅堂很宽敞。他八十多岁的母亲吴清娥，面色和善，穿着一身大红色的毛呢上衣，在厅堂的竹椅子上晒太阳。

阳光斜斜的，从门框上射进厅堂，照在人身上，暖烘烘的。再看看他家大门外，正对着满山青翠的竹林。

此时，屋内一幅画，门外又是一幅画。画里有画，景中嵌景。

赖发新1968年出生，属于神山村的帅哥，要长相有长相，要个头有个头，整个人收拾得特别精神。他现在是神山村的一名乡村导游。

相比神山村其他人，赖发新是见过大世面的。

1988年，他就在江西省人民政府做过保安。此后的那些年，他和神山属于"剥离式"关系。大城市的精彩对比神山村的无奈，让他不愿意画地为牢，而是一次次离开神山村，走到山外的世界去。

在赖发新看来，当时这个默默无语、死气沉沉的小村子，只是他人生的起点，根本不是他的归宿。

1995年赖发新结婚，1996年正月初九，宝贝儿子赖凤军出生。1996年至2000年，赖发新和几个伙伴联合开发茅坪象山庵景区，因人气不旺，经营不善，没有赚到多少钱。2000年，赖发新到龙市卖食品，也是微利经营。2003年，因亲戚在东莞，他和妻子又到东莞打工。赖发新在物业公司勤勤恳恳地干，深得老板器重。2007年，儿子在龙市读初中一年级，为了培养和照顾儿子，赖发新和妻子回龙市干起了酿酒的行当。儿子勤奋读书，学业见长，他们夫妻二人吃苦受累也心甘。眼看着，苦日子将熬到头了。

天有不测风云，人有旦夕祸福。

2011年，赖发新唯一的儿子被诊断为膀胱癌晚期。从2011年10月到2012年的年初，赖发新就一直在吉安市中心人民医院陪着病重的儿子。2012年农历正月初十，儿子过完十六岁生日的第二天，不幸离开人世，赖发新和妻子万念俱灰，带着无限的伤悲，回到了大山深处的小村子。

在这里，赖发新想用家乡自然的山水，用乡里乡亲的关心，用埋头苦干的汗水，疗伤！疗伤！疗伤！

赖发新家的故事，和意大利影片《儿子的房间》有着太多的相似。影片中，乔万尼一家生活在意大利北部的小城，他有深爱的妻子宝拉和十七岁的儿子安德烈。一天，安德烈溺水身亡。当这一切的一切在亲人的突然过世中停止时，一切的规则都被无情地打破，爱的天平也失去了平衡的能力。有些痛苦，很难愈合；有些创伤，很难平复；有些遗憾，成为永恒。乔万尼原封不动地把儿子的房间保管好，就像他不曾离世一样。

赖发新儿子的房间，一些东西也原封不动地保留着，仿佛时光停止了流转。赖发新心里有太多的遗憾，儿子走得太早了。儿子的坟墓就在后山，可以俯瞰整个神山村。赖发新就是想让儿子的在天之灵，看看现在的神山新貌。

儿子夭折后，妻子也离家出走，赖发新陷入了痛苦的深渊。扶贫干部了解这一情况后，联系他到村里的旅游协会专门负责为游客讲解，一来可以慢慢摆脱痛苦，二来也能拥有一份固定的收入。

热烈欢迎远道而来的朋友们，大家好！

我是土生土长的神山人，我叫赖发新，欢迎你们来神山参观旅游。神山村位于井冈山市茅坪乡东北边，现有神山组和周山组两个村民小组，是"十二五"省定贫困村。全村耕地面积198亩，其中水田157亩，旱地41亩；山林面积4950亩，90%为毛竹林，是名副其实的"竹乡"。一直以来，村民们的主要经济来源就是卖毛竹、做竹筷，属于典型的"老少边穷"村。为此，政府给贫困户送来了黑山羊，并签订销售合同。

2016年2月2日，正是农历小年，习近平总书记带着党中央的深情厚谊，来看望乡亲们，并发表了重要讲话。如今的神山村，成了远近闻名的旅游胜地，还上榜2017年中国美丽休闲乡村推介名单。欢迎你们来这里看美景，吃美食，呼吸新鲜空气，过把神仙瘾。

你们看，这是神山糍粑，又甜又香，就像我们家家户户越过越甜的好日子！

我们神山啊，正在贯彻落实井冈山的发展战略，切实做到红色最红，绿色最绿，脱贫最好……

赖发新一边为游客进行生动讲解，一边让他们体验打糍粑和炒板栗的过程。聆听他的传神讲解，我们仿佛听见乡村振兴的号角在神山吹响。

这号角声，那么熟悉，好像穿越时空，与井冈山革命斗争时期红军冲锋陷阵的号角声融为一体，让我们泪流满面。

一趟游下来，赖发新的讲解费有100元。有的旅游团觉得赖发新讲解得特别到位，就要多给他一两百元，他都会婉言谢绝。赖发新说：

"我不是代表我个人，而是代表神山村的形象，代表井冈山的形象，代表江西老表的形象。我不能占小便宜，唯利是图，为家乡抹黑。该得的就得，不该得的我一分钱也不要。政府已经帮助我老妈治好了白内障，又安排我从事稳定的讲解工作，家里的经济状况也是一天天好转起来。扶贫干部还经常找我谈心，让我逐渐走出丧子之痛，逐渐坚强起来。我已经很知足了。我也会更努力的！"

采访快结束时，赖发新进里屋拿了三本大红的荣誉证书：一本是他被茅坪乡评为 2016 年"文明家庭户"的证书；一本是 2016 年度脱贫攻坚工作中，他荣获的"支持脱贫攻坚先进户"证书；另一本也是乡里颁发的，在 2017 年度工作中，成绩突出，被评为"先进个人"的荣誉证书。这些荣誉证书，赖发新存放得整整齐齐，看得很重。

说起今后的打算，赖发新说：

"神山村将围绕着'井冈桃源，好客神山'这一定位，着力打好美丽乡村旅游这张牌。现在，已经高标准编制了神山村的总体规划和神山谷旅游规划，下一步将着力开发神山谷、双龙潭、水帘洞等景区，将神山与八角楼和黄洋界景区串联起来，形成精品旅游线路。到时候，神山才真正成为神仙居住的地方，至于我自己今后的生活嘛，相信会跟神山村的明天一样，越来越好！"

前不久，赖发新的朋友圈发了一个"野猪吃毛竹笋"的视频。他在上面写了这样一段话：高湖巡山发现野猪在吃不高的毛竹笋，大概五六十米近距离拍到的，体现神山的好生态，是好现象。

他对神山对生活浓浓的爱，必将一点点"稀释"心头的伤痛。

遇风不折，见雨不浊，经霜不凋，好一根倔强的井冈竹！

山沟沟里的全国人大代表

车子绕了九九八十一道弯,到神山时,已经是下午三点了。

第一次到神山村采访时,山坡上的野葛花开得正灿烂,那一串一串的紫色,如一层透明的紫雾,把沟沟坎坎装点得如待嫁的新娘。

那一次,只和左香云打了个照面,他被一群来自浙江的游客团围住,游客们除了在他家打糍粑,还争着和他这位神山村走出来的年轻的全国人大代表合影留念。

这一次,我们无意挑选日子,恰巧在2018年立冬这一天去采访。乡里提前和他打了电话,他是大忙人,不提前预约还真不行。

不巧,这天神山村停电。进了左香云家,屋里格外暗。还好,房间正中央生了一盆木炭火。他父亲左秀发戴着一顶绒线帽,边拨木炭火边说:

"立冬了就是真正的冬天,神山是山区,比山外冷得早,有时还冷得离谱。你们大老远辛苦了,围着木炭火,剥剥花生瓜子,唠唠家常,可甭见外啰!"

左香云,1978年出生,祖籍湖南湘乡。他的太爷爷左桂林是革命烈士,1928年参加红四军,在红四军里面做通讯员。1929年,左桂林在井冈山一个叫"暗垄"的地方,被凶残的敌人杀害。

忘记过去就意味着背叛。左香云忘不了太爷爷的悲壮故事,无数来井冈山的游客也忘不了革命烈士的牺牲精神。正如参观完井冈山北山烈士陵园的一个游客在留言本上这样写道:用鲜血和生命筑成的背影,不会远去。他们,一直活在我们心中。

井冈山牺牲了多少烈士？那戴着镣铐的双脚知道。

井冈山牺牲了多少烈士？浴血的哨口知道。

井冈山牺牲了多少烈士？无言的松柏知道。

井冈山牺牲了多少烈士？傲霜的杜鹃知道。

我们记得，有一位革命烈士，在《自誓诗》中这样写道：

喜看东方瑞气升，

不问收获问耕耘。

愿以我血献后土，

换得神州永太平。

太爷爷左桂林远去了，但是，他的精神却是永恒的，就像天上的星辰，永远照耀左家人的心灵世界，激励他们砥砺前行。

一种骨髓与血脉里的勇敢和坚强，谁说不是在暗暗传承呢？

1995年，左香云初中毕业。1996年，他学了当时比较热门的摩托车修理。因为没有别的门路，这一做，就是4个年头，一个月300元工资。就是这区区300元，比起左香云一家人卖竹筷子的收入，也是非常可观的。

在神山，要问谁家没有做过竹筷子，估计找不到一户。

要问大人小孩，谁没有做过筷子，估计也找不到一个人。

在神山，因为耕地少，每人只有四分田。一年当中，自家产的粮食只能维持半年温饱，家家吃"返销粮"和红薯度日。当地有句俗语叫"五月三荒：荒米、荒油、荒菜"。

左香云一家分工明确，头一天，他和父亲步行2公里，到自家的山林砍竹子，一般是四五根一捆，一捆大概有75公斤。然后，深一脚浅一脚费力地背回来，一天要背四趟。那长长的竹子，就像两股"绿旋风"在林间穿梭。

竹，清明一尺，谷雨一丈。千百年来，人们爱竹子的清雅淡泊，也勉励自己像竹子一样有傲然风骨，可一旦竹子成为谋生工具时，就没有那么诗情画意了。

这让我们想起多年前的一次爬山。那一次，遇见一个古色古香的小山村，世外桃源一般。在一棵枇杷树下，我们与文友你一句我一句，纷纷赞叹那里的风光旖旎，冷不防旁边走过一位穿着补丁上衣的挑柴大嫂，她迸出一句话：

"你们在这玩一会儿，都说喜欢这里。要是让你们天天都在山里打转转，就没有这么开心了，会哭鼻子的。"

大嫂说的是大实话。久住大山的山里人，对大山，既有爱也有恨。

"把山上的竹子背回来，紧接着，父亲劈竹子，我用刨子刨筷子，母亲用大铝锅煮筷子，弟弟晒筷子，一家老小齐上阵。"左香云陷入回忆中。

我们对"煮筷子"不得其解。

左香云解释说，竹子里面含有糖分，煮熟了不容易发霉。就这样，一家老小天天忙个不停，还是吃不饱肚子。

肩头扛着大山的色彩，脚下是黄泥巴路，左香云想走出大山！看看大山外面精彩的世界，于是，他学了当时最为热门的摩托车修理。

有一次，已经很久没有见面的同学，了解左香云的实际情况后，真心实意地说：

"香云呀，你就这样干，咋个时间能娶到老婆呀？我在黄洋界摆摊子，有时走运了，一天可以赚到100多元。你脑壳灵光，不如也去黄洋界挖一勺甜酒恰恰（吃）看！"

2000年，黄洋界上的杜鹃花层层叠叠盛开时，左香云的角色转换了，他成了景点卖旅游纪念品的小贩。

说着容易做着难，算来算去，一年下来，也没有挣到多少钱。2001年上半年，左香云整天一头的迷茫。2001年下半年，刚好井冈山劳动局向福建输出"农民工"，他又和五六个老乡踏上了去福建的列车。也许是书读得太少，不久，他们陆陆续续都打道回府了。没有办法，左香云又重操旧业，继续到黄洋界景区摆摊。

一个闷热的中午，和左香云一起摆摊的兄弟说：

"现在，这生意有一天没一天的，别说娶老婆、侍奉爹娘，就是自己都养不起。香云，你看人家供货的，一年到头没有淡旺季，比咱赚得多。你们神山多的是竹木，如果你回去把竹子加工成工艺品，应该是一条很好的出路。"

在黄洋界的阵阵松涛中，左香云怔怔地沉思着。那句话，在他心里扎下了根。

是呀，神山的竹子，就是宝。

怀揣着仅有的100元积蓄，左香云开始做技术含量最小的弹弓。那仅有的100元钱，承载着"盛大"的使命：买了两组油漆，三斤人造革，一把一次性刨子。弹弓皮是从别人那里分来的。

弹弓是一种传统的玩具。记得小时候看电影，"小八路"拉起弹弓，总是把日军打得屁滚尿流。左香云说，第一次做了100个弹弓，因为没有像样的工具，他只是在山上简单地寻找开杈的树枝，就地取材。无可奈何地"被动原生态"，没有按人家的要求做。结果，他的弹弓成了景区里的"四不像"。

第一次，100个弹弓在人头攒动、翠竹婆娑的黄洋界景区成了怕见公婆的"丑媳妇"。第二次，左香云和父亲按照样品的尺寸和款式,"依葫芦画瓢",一下子做了200个。看着这大同小异的弹弓一个个在箩筐里"整装待发",左香云激动得快要流泪了。这是他第一次用神山的资源做成合格工艺品。

一个个弹弓被运到旅游点,再由旅客坐飞机、坐火车带到全国各地。销售完这200个弹弓,左香云格外激动,兴奋地笑起来。第一次,他为神山自豪,为自己的付出自豪,为能从大山深处"淘宝"而自豪……突然,父亲在一旁叫醒他。原来,是在做梦。睁开眼,天快亮了,左香云又回到现实中。

这一天,左香云用箩筐挑着弹弓,赶着山路去送货。可哪知走到半路上,下起倾盆大雨。他连忙脱下衣服,盖在弹弓上。心里只有一个念头,自己就是淋成落汤鸡,也不能让能够换钱的弹弓受半点委屈。

左香云咬着牙,一步一个脚印地走向目的地。一个弯,又一个弯;一个上坡,又一个下坡。终于,他一步一步挑到了黄洋界景区。2.5元一个,批发给人家。

晚上做的梦终于实现啦!从原始资金100元变成了500元,左香云挣到一笔大钱,心里乐开了花。

就这样,日头升起又落下,杜鹃花开了又谢。左香云做了三年弹弓,每年可以挣两万元。怀揣着厚厚一叠大票子,他心里有了底气。这一次,左香云觉得娶老婆的钱应该是赚到了。

有心人,天不负;有心又有钱的人,老天更是对他格外垂青。

缘分是天注定吗?

是,又不是;

不是,又是!

当柔和的山风吹来,当明媚的杜鹃花绽放,当神山村的山泉唱着欢快的歌，春天来了。随着春姑娘的到来，在与神山隔着重峦叠嶂的龙市，真的有山外的姑娘看上了这个神山小伙。不过，左香云非常自卑，因为那时候，山外有传言：有女莫嫁神山佬，冇吃冇喝活不了。

左香云向我们描绘当初到丈母娘家"闪亮登场"的形象："一根扁担，两个蛇皮袋子，一双解放鞋。"他说，这三样，是那时神山人的"标配"。

未婚妻胡艳霞第一次上门的情形，左香云讲起来已经没有了自卑感，而是变得绘声绘色了："当时，我们神山村还没有通柏油马路，只有一条一尺多宽的砂石小路。晴天，摩托车还能转圈。要是遇上下雨天，'车驮人'就变成'人驮车'。"

小胡姑娘只知道神山的名字，真是不知道它就在"云深不知处"的山坳里。山路十八弯，每走一个弯，就会离家更近一点。"到了吗？""到了吗？"……未婚妻起码问了十八遍，还是没有到家。赶到家时，天色已经暗下去了。那一夜，在土坯房里，胡艳霞一晚上没有合眼，这个在娘家没有受过半点委屈的漂亮姑娘，泪水涟涟，怎么也睡不着。

于是我们对胡艳霞来了个现场采访。她说，晚上，一是怕虫子，有飞虫在脑壳上飞来飞去。二是，他家的被子潮乎乎的、硬邦邦的，真让人不敢睡。

左香云的眼神，刚开始还是看着木炭火，一说起他的婚事，小伙子一下子来了精神，口口声声说要感谢丈母娘。左香云说，岳母人好心好，对又偏远又贫穷的左家，没有半点嫌弃。还鼓励她女儿说，这个神山小伙子，老实、本分，人又勤快，不偷奸耍滑，靠得住。嫁给他，不吃亏，看好他！

就这样，2003 年，身材高挑、善良朴素的小胡姑娘，成了神山村的美丽新娘。

爱情战胜了贫困，但爱情也需要面包。胡艳霞回忆道：

"那时候，一根直径 7 寸的竹子，从山上背下来，能卖 11 元。一根竹子可以做 10 对小水桶，一对小水桶批发价是 2.6 元。啤酒杯可以做 300 个，1.1 元一个。小酒杯可以做 200 个，批发价也是 1.1 元一个。那时候，我们一家人都在忙着从竹里淘宝，不仅是全家做竹子的工艺品，香云还带动其他村民一起做，一起把竹子换成钱，一起发家致富。

"那时候，家里一天的毛利润应该有 300 元左右。母亲彭冬莲一辈子也没有见过这么多钱，她背起毛竹，就像背起钱串子，开心得很。"

2006 年，左香云还清了结婚欠的账。

2007 年，他家终于有了积蓄。

在上级政府的关怀和鼓励下，为了充分利用家乡的自然资源，带领村民开展竹子深加工，凭着一股不服输的劲头，左香云，这个年轻的共产党员，远赴浙江学习竹制品加工技术，目的就是想抓住家乡竹子原材料丰富的优势，带领乡亲们共同致富。

从浙江"学成归来"，左香云便购买了一台竹筒雕刻机，创办起了竹制品小作坊。一个个印着"神山"标志的笔筒、茶叶筒、小水桶，从神山走出大山，走向典藏着"诗和远方"的大都市。

左香云打起了"竹算盘"：一根竹子，卖原材料，原来可得 11 元左右。现在毛竹的价格涨了，也只能卖 15 元左右。做成小水桶，一根竹子做出来的可以卖到 20 多元。做成机器雕花的笔筒，一个就可以卖到 50 元。现在做成了竹酒，每罐卖到 80 元，一根竹子，可以卖到 250 元左右，翻了十几倍。

"君子本虚心，甘自低头伏。"

竹子还是那个竹子，人，还是神山人。只因为观念变了，用了新技术，有了新产品，把一根根毛竹都"吃干榨尽"，竹子的附加值就翻了几番。

左香云，对大山执着地坚守；大山，也对他无私地奉献。

你若盛开，清风自来；你若精彩，天自安排。

神山竹，已经长在左香云的生活里；神山梦，在这个年轻人的心中生根发芽。

2016 年 2 月 2 日，神山向中国、向世界打开了大门。

那一天，天降瑞雪，总书记和群众一起打糍粑。

那一天，名不见经传的"神山"，一夜之间成了热词。总书记在看左香云的竹制品加工坊时，鼓励他好好创业。

随着神山旅游的不断升温，左香云的脑瓜子又转动起来了。他想继续充分借助"神山"品牌，进一步提高竹制品的附加值，带动更多的群众一起致富。经过认真考察，反复调研，左香云"研发"了新的拳头产品——神山竹酒。

2016 年 6 月 16 日，他注册了井冈山茅坪乡神山竹酒业销售部。同年 7 月 27 日，这种饱含深情的醇香型白酒，终于掀开了"绿盖头"，扎着红头绳，羞答答地"出嫁"了。

2017 年，新年新气象，神山竹酒也换了新包装，更加适宜旅途携带了。2018 年，神山竹酒的包装又升级了，原来"赤裸裸"的竹筒穿上了金黄的塑料衣衫，最外面是绿色的外包装盒。包装盒的底部，一个红色的小标签耐人寻味——2016，一瓶有故事的酒。

神山出品的"一瓶有故事的酒",每年给左香云家里带来十多万元的纯收入,还带动了不少村民就业。

一位安徽的游客一连买了十六个竹制的笔筒,他展示给我们看:"上面还有毛主席的诗词《西江月·井冈山》,很有收藏价值。"一位戴着红军帽的女士,端详着神山竹酒,爱不释手。她说,这神山竹酒既有普通白酒的醇厚,又有原生态竹子的清香,回家送亲戚、送朋友,不仅独特,还意义超凡,其他的游客也跟着买了好几箱。

左香云告诉我们,如今神山在淘宝商城开办了网店,神山的农产品在网上"长了脚"。全国各地的顾客,只要轻轻一点鼠标,神山原汁原味的产品,就会跋山涉水送到顾客家。

竹是神山竹,米是神山米,水是神山甘泉水。"烹制"神山竹酒的人,是聪慧睿智的神山小伙。

神山竹酒色质犹如琥珀,入口绵香温和,竹味淡香,酒味清纯,因竹子在自然生长中形成了"竹沥",营养丰富,一面世便受到游客追捧。真可谓:山不在高,有仙则灵。酒不在窖,以竹为瓶。

除了神山竹酒外,左香云带领村民泡制的神山杨梅酒,因为产品地道,也深受游客喜爱。下一次去神山,我们要亲口尝尝"出自山中,当然正宗"的美酒。

神山竹酒升级换代,一年一个变化,就像变化中的神山村。

2017年7月20日,一道无比壮观的彩虹横跨在微雨蒙蒙的神山之上。安得五彩吉祥虹,架作长天如意桥。那一日,左香云在微信朋友圈里写下了这句话:

东边日出西边雨,精准扶贫看这里。神山的美景,神山的你,党和政府关心你。

短短几句话,我们能感受到左香云激动的心情。

神山,成全着一切可能。

2018年1月28日,江西省十三届人大一次会议第四次全体会议,选举左香云为江西省出席第十三届全国人民代表大会代表。2018年3月5日,第十三届全国人大会议开幕前,首场"代表通道"集体采访活动在人民大会堂举行举办。

西装革履的左香云,胸前挂着代表证,拿着麦克风,自豪地对记者们说:

"这两年,在党和政府、社会各界的支持下,神山村搞起了黄桃和茶叶基地,大部分人家开起了农家乐。2016年,接待游客接近10万人次。2017年,接待游客20多万人次。2018年,神山村接待游客27万人次。"

择一事,终一生。

以匠心,致初心。

游客数量翻了一番,村民的收入翻了一番。回村创业的年轻人,数量也将会翻一番。2017年,神山村被评为江西省4A级乡村旅游点,中国美丽休闲乡村。一个昔日出行都困难的小山村,经过几年的发展变化,已经成了美丽中国的示范区与精准扶贫的一个生动缩影。

日记本里寄深情

2018年10月,我们跟随着凉凉的雨丝进入神山。

其实,仰面感受着,那不是雨丝,是雾丝。一年四季,神山村多为云雾缭绕的天气。山坡上，淡紫色的小雏菊开得鲜活。自然生长的南瓜，个头不一，有的已经转黄，有的还倔强地"青葱"着。神山的天气还不怎么冷，左秀发就把那顶灰色的绒线帽戴上了。

这顶有特色的绒线帽，在中央电视台播出的新闻节目中已经出现过好几次。

左秀发用地道的湖南话解释说，小时候得了病，没钱及时治疗。这么多年，身体一直不好，有肺气肿，不能受凉。"一受凉，身子骨就像'琉璃甏甏'，半条老命就会起祸。年纪大了，要好生伺候身子骨，想多活几年，看看神山到底能发展成咋个样子。"

左秀发2018年满68岁，身材单瘦，如一根经年的竹子一般。他祖籍湖南湘乡，祖父左桂林烈士，当年是红军小号手。

这一次采访，是在左秀发家的"会客厅"完成的。屋子里挂着习近平总书记的大幅照片。左秀发自豪地说：

"我一抬头，就可以和习近平总书记对望，就感到好幸福、好自豪，也好亲切。以前，看天上的云，都是愁云密布；现在，看天上的云，觉得云彩会跳舞，会唱歌。同样是看天看云，心情不一样，感受也不一样。"

左秀发向我们讲述了2016年习近平总书记来他家的情景：

"那一天是农历小年，下着小雪，我们全家都忙着准备年货，炒花生、打糍粑、搞卫生。总书记来了，真像是做梦，我们神山老表想也想不到，会有那么大的中央首长来。总书记看着我们不少村民在打糍粑，笑着问，咱们一起打，好吗？他说话声音很温和，没一点官架子。总书记抡起木杵，足足打了十多下，还问一次要打多久。我孙子当时信口说，一次要打十二分钟哩。总书记风趣地说，这活可以锻炼身体。惹得我们大笑起来。总书记到了我家，和我家每个人都握了手。当看到我儿子左香云开发的竹制品时，他可高兴了，不住地点头。总书记说好日子是干出来的。临走时，给我家五个孙辈送了书包，叮嘱孩子们好好学习。"

总书记离开神山村后，左秀发就养成了每天看央视《新闻联播》的好习惯。并开始用日记本记录总书记的行程，已经记了三大本。用他自己的话讲：

"和总书记有了感情，就像自己家的亲戚一样。每天晚上，一到《新闻联播》的时间，我就早早地打开电视，盯着屏幕看。总书记出国访问了，去贫困山村了，去边防哨所慰问了，去街道社区了，去大学校园了……我都会一一记录在日记本上。虽然我没读过多少书，只有高小文化，字写得也不好看，可我还是喜欢把总书记去过的每个地方记录下来，这是一份感情在那里摆着的，你们说是不是？"

突然停电了，左秀发打着手电筒，给我们讲他日记本上的大事。这次采访，虽然周边环境很暗，但是，我们能感受到左秀发心中的那股纯真的感情，他心中的那一束光，十分明亮。

我们兴致勃勃地从左秀发的日记本中摘抄了几段：

能忘吗？这是一辈子忘不了的事情。习近平总书记的到来，给我们神山村带来了翻天覆地的变化，我的精神面貌也焕然一新。这几年来神山参观的游客不少，我也跟着慢慢学习，不学不行啊！用现在的话说就是"赶时髦"，我老头子也要时髦一回。

现在，我是相当开心啊！真是感谢党，感谢政府，感谢社会各界对我们老百姓的关心和帮助。我一定要保养好身体，多享受党和政府给我们老百姓带来的福气，看看我们神山村如何实现从脱贫摘帽到乡村振兴,从一个胜利走向下一个胜利……

问起左秀发家里现在的收入情况,他妻子彭冬莲说,现在来神山旅游的多了,农家乐能赚到一些钱。打一锅糍粑,收费100元,差不多也能赚70元。

"生意好起来时,从早上忙到晚上,我蒸糯米饭都蒸不过来。一年下来,打糍粑的收入就有一万多元。坐在自己家门口都能赚钱,还能看到这么多城里人,真是开了眼。"

现在,打糍粑已经成了游客来神山的经典旅游体验项目。

一个大石臼,两个木杵,一团软软的糯米饭,经过十多分钟的"水乳交融",最后抱成一团,放在大圆箕里,滚上炒熟的豆粉,一团团丸子就大功告成。吃到嘴巴里,糯糯的、香香的、甜甜的,唇齿留香。那圆圆的糍粑,也是吉祥和圆满的象征。

早两年,左秀发的小儿子左春仁从打工的南方回来发展,搞木头加工,做崖柏手串,还在网上开了个淘宝店,供不应求。一家人收入稳定,衣食无忧。

现在的日子是越来越好了,我们家实实在在享受到党的好政策。我有个心愿,就是想通过记者们的镜头,想跟习近平总书记捎句话,我们不等、不靠、不要,幸福是干出来的。以后的日子,凭着一双手,会越来越好。我这糟老头子,就想多活几年。

左秀发日记的字里行间,寄托着一名中国普通农民对共产党、对总书记的一片赤诚之情。

左秀发,这位烈士后代,家教甚严,看到游客一不小心把物品遗失在他家,他都会叫儿子立马送还。如果客人走了,他会想方设法要儿子帮他快递给客人。用他的话讲,神山人,是代表井冈山的形象,得挺直腰杆做人。

合上左秀发的日记本，喝了清香的神山茶，我们起身告辞。一群游客穿着红军服，"喔——嗬，喔——嗬"喊着号子，轮换着打糍粑。黏黏的糍粑如白色飞碟，被他们开心地托在手上，放在大箩筐里。彭冬莲一边做示范揉糍粑，一边要他们自己动手来做。裹着黄豆粉的糍粑胖乎乎的，瞬间成了美食。我们每人捏了两个品尝，那糯糯的糍粑，又香又甜，仿佛左家现在的好日子。

回乡也能竞风流

罗林根和罗林辉是两兄弟，他们的房子连在一起，这就是客家民居典型的一条龙式的"竹竿屋"。因房子靠近停车场，占了天时地利，他们兄弟两人，哥哥罗林根开农家乐，弟弟罗林辉开神山土特产店。他们说，真要感谢老爸老妈，选了这么好的位置建房子。

要是在五年前，默默无名的神山，别说开农家乐，就是请人家免费来吃，人家都不一定会来。谁愿意翻过九十九道弯来这个穷山沟蹭饭吃呢？

罗林根1970年出生，和妻子彭茶香同岁。夫妻俩一直在龙市镇瓷厂打工，一个月收入有3000多元，因上有老下有小，家庭开支较大，日子一直过得紧巴巴。

2016年，一场前所未有的精准扶贫"大战"在神山村打响。

"功昭千秋路通人心畅，德泽万民扶贫情义长。"

精准扶贫路先行，修通了进山公路，山区告别了行路难，打破了村域经济社会发展的"瓶颈"制约，也实现了几代人的梦想。可以说，修路，是最大的扶贫策略，从此，神山插上了腾飞的翅膀。

在上级领导的帮助下，政府出大头，村民出小头，神山村的民居也来了个全方位"化妆"：在不改变村落民居原生态的基础上，神山村对所有民居进行了加固和粉刷。罗氏两兄弟的房子修葺一新。房前屋后还新开辟了菜园和水塘，整个居住环境干净清爽。

村子还是那个村子；人，还是那些人；乡村却变得更有奔头，人变得更有活力。

罗氏两兄弟一合计，是到了该回家乡的时候了。于是，他们各自拿出"两下子"。哥哥会炒一手好菜，开办了农家乐。弟弟罗林辉一直在沿海打拼，见多识广，利用自己的偏屋开了一家土特产超市，还在里面装修出一个档次很高的茶室，来者都是客，游客可以随意落座，免费品茶。

那茶，当然是原生态的神山茶了。

罗林辉的微信名叫"山里人"，可他的穿着打扮和思维方式已经明显不像山里人了。我们坐下来，他侃侃而谈，一点都不拘谨，倒像来山村开店经商的城里人。

其实，通过这些天的采访，我们发现老一辈的穿着，多多少少还有点土气。但新一代的神山人就不一样了，简直可以用"时尚、前卫"四个字来形容他们。年轻的神山人出门有车子，荷包里有票子，能熟练使用电脑和手机，已经把山里的世界和山外的世界彻底联通。神山的竹荪、茶叶、蜜饯，以及神山村的风土人情，通过微信和互联网，传到了更远的地方。

我们经常浏览罗林辉的朋友圈，其中2019年4月3日，他的朋友圈发了九张图，有大水车、有实木的大酒柜、有防锈木的凉亭,上面一行文字:"水车、酒柜、凉亭,有需要的可以订制。"17日一大早,他的朋友圈就上了新照片,有醇香的腊肉、有新挖的竹笋、有精美的竹编工艺品、有嫩绿的新茶。他写道:"用餐、打糍粑、工艺品、茶叶,只要你想要,我就可帮你送到。"

罗林辉,新一代神山人,凭着自己灵活的头脑与创业精神,生意越做越大,越做越红火。

说起原先的日子,用罗林辉的土话说:父辈那一代人呀,真是苦"爆"哩。

一个"爆"字,听者能够感知那时的神山人吃"苦"的程度。

罗林辉一家兄弟五人,那时吃得又多,父母就省着饭菜。有一次,他母亲饿晕了,还是邻居把她送到龙市医院。她一听要住院花钱,强打着精神从医院"逃"了出来。

想起以前的苦日子,想起吃苦受累的父母,罗林辉这个坚强的男子汉神情一下子变得有些伤感。

罗林辉的儿子罗俊在龙市读小学,习近平总书记亲切看望神山村贫困群众时,小家伙跟着总书记跑前跑后,十分乖巧,上镜频率也最高。罗林辉说:

"现在家里收入比打工时多,也稳当,自己的文化知识太短缺了,就是想让儿子能好好读书,考出去。"

小罗俊他们这一代,可以说是神山村的新新人类。他们的父母这一代,大多在龙市镇或井冈山市"拼"到了房子,让他们成了城市人,受到了更好的教育。将来,他们这一代,会飞出神山,飞到更高更远的地方。他们这些小字辈,对神山村单薄的情感,大多是依靠短暂的过年过节回到神山来培养。神山的将来,靠新新人类这一代，到底行不行？他们学成还会归来吗？还会回到神山发展创业吗？

党的十九大提出："实施乡村振兴战略……按照产业兴旺、生态宜居、乡风文明、治理有效、生活富裕的总要求，建立健全城乡融合发展体制机制和政策体系，加快推进农业农村现代化。"

神山村在"一乡一业、一村一品"的产业扶贫思路指导下，在围绕"质量兴农、绿色兴农"过程中，因地制宜，种植黄桃和茶叶，贫困户入股成股民，触摸到了实实在在的实惠，这是好事。振兴农业，最主要的是让有志于在农村发展的青年回家。像罗林辉这样的青年，他依托精准扶贫成果，依托神山的旅游，可以把日子过得红红火火。但也有一些贫困村，没有得天独厚的条件，如果出去的年轻人满腔热情地回乡，没有资金，没有产业，没有用武之地，他们在家里种植养殖的收入远远不及在城市的打工收入，那还会死心塌地留在村庄吗？

现在当农民，不再是脱鞋下田，忍得辛苦，不怕脏不怕累就行，还得要有点子、有智谋、有魄力。要想让年轻人留下来，农村的生活条件必须改善。要改善生活条件，就必须让农民增产增收。如何做到良性循环？既要外在助力，也要内生动力。

当前，农村科技人才奇缺，农民适应生产力发展和市场竞争的能力还远远不足，还存在着"小农"意识。走出大山的农民，已经不是单纯意义上的农民了，他们在接受城市繁华和节奏变化的同时，有的在城里安身立命，只是节假日回农村短暂停留，要他们一下子"身心全回"，用当今的一句时髦的话讲，"那不是一件容易的事"。

乡村是承载"乡愁"的独特载体，"乡愁"是乡村不可复制的宝贵财富。"乡愁产业"是对"乡愁"资源活化、转化、物化、商业化、产品化的新型产业。在神山实地采访中，黄承忠、左香云、彭展阳、彭夏英、罗林辉等人，不止一次提到，用"神山泉水"＋"神山糯米"做成的"神山糍粑"，就是一件宝贵的承载乡愁的资产。把"乡愁产品"销往全国各地，转化为"金山银山"，则是实施神山振兴战略的重要考量。

把"乡愁产业"植入乡土产品的生产和消费过程，可以满足生产者和消费者的"精神性"偏好，这一"记忆化、特色化、个性化、艺术化"的产品和服务，文化和情感的附加值明显高出商品的既定价值。所以说，把乡愁与文化、旅游等高度融合，对于促进神山村产业建设、村民创业增收具有十分重要的意义。只有发展接地气的"乡愁产业"，村民才会觉得更靠谱，也更容易接受。

乡约千年梦，独守有农道。大道至简、返璞归真，把复杂问题简单化，这是前瞻性，更是改变乡村面貌的重要途径。年轻人是希望，是潜力股，也是生产力。神山村今后的持久发展，主要还得依靠年轻一代的"加盟"，年轻一代的打拼，依靠更多像罗氏兄弟一样有抱负、有情怀、有才干的青年人回到村里，回归乡村文化，回归乡愁情结，回归家门口创业。

我们期待：更多漂泊的游子，一个个像大雁回归，接过父辈创业的"接力棒"，继续为神山的繁荣进步建功立业，哪怕出点子、找路子，当回致富的"红娘"也行。只有这样，神山村将来发展的内生动力才能"兵强马壮"，才能"活水长流"，乡村振兴的宏伟目标也才能真正实现。

糍粑越打越黏，日子越过越甜

2019年，对神山村来说，有一件大事值得记录下来。那就是2019年央视春晚三大分会场之一花落井冈山，为神山村的老百姓增加了全新的年味，他们在家门口就可以近距离接触、参与和感受中国这道盛大而又别具风味的"文化盛宴"。

春晚一开场，在井冈山分会场，便呈现出无比壮观、无比惊艳、无比接地气的一幕：

1700多名小伙子舞动起独具江西民间特色的板凳龙，在广场构成一个个无与伦比的发光队形；舞台周边，穿着红白相间衣服的120多名青年人，左一下右一下，气势昂扬地打起糍粑。

这一天，彭水生家也传来好消息。

老村支书自豪地告诉我们：

"今年的央视春晚井冈山分会场的节目中，就有我们一家七口与神山村的部分村民一道在村委会门口合唱《再颂红军》的内容。

"随着背景音乐的响起，我一家七口人，包括大儿子彭丁华、儿媳范秋英、二儿子彭小华、儿媳周玉凤，以及孙女彭丹和彭青都成了演员。我们与村民们一起系上红围脖，乐呵呵地唱着歌，用一张张笑脸，恭贺全国人民新春快乐，吉祥如意。

"我们心里呀，激动得不得了，巴不得在电视机镜头前多露下脸，让全国、全世界人民都来看看神山村民的新变化，新形象。你们想想，这么重要的央视春晚节目，都来给我们神山村免费打广告，宣传我们，我们能不开心吗？以前每年的央视春晚，都在看别人演出。今年，我们这些'土疙瘩'上了镜，一下成了春晚的'角'。虽然节目还不到两分钟，但我们开了几次家庭会，一遍一遍按照导演的意思进行认真排练，练到滚瓜烂熟，有时在梦中都会哼唱几句呢。其他参加节目的村民也一样，都认真对待，这毕竟是千载难逢的好机会啊。

"我们神山村这几年，真像做梦一样，变化大得惊人；又像坐火箭一样，发展快得惊人。山里老表也碰上好年头，交上好运了。这一次，央视春晚一播放，神山村就更加名扬全国名扬全世界了。作为神山人，我们发自内心感到自豪。这片土地，以后还会发生更新更美的变化。怎么变化，可能我们想也想不到。"

习近平总书记在新年贺词中说了，我们都是新时代的追梦人。我想，这个"梦"，就是老百姓心中的"好日子"吧。怎么去追梦？还得靠我们每个人的一双手与两只脚。

在电视镜头里，彭水生那标志性的大拇指，那率真淳朴的笑脸，让我们感受到神山村民感恩奋进的情怀。

"……朋友，我相信，到那时，到处都是活跃的创造，到处都是日新月异的进步，欢歌将代替了悲叹，笑脸将代替了哭脸，富裕将代替了贫穷，康健将代替了疾苦，智慧将代替了愚昧，友爱将代替了仇杀，生之快乐将代替了死之悲哀，明媚的花园将代替了凄凉的荒地！这时，我们民族就可以无愧色地立在人类的面前……这么光荣的一天，决不在遥远的将来，而在很近的将来！"

春晚井冈山分会场，伴随着众多舞蹈演员奇妙的服装变化，在水与火的特效交融中，著名演员刘劲、刘佩琦、李光洁激情朗诵方志敏烈士的散文《可爱的中国》经典片段。

老中青三代演员的精彩吟诵，发出了新时代全体中华儿女的时代最强音和对中华民族伟大复兴中国梦的热切期盼，也寄托着神山村民、井冈山人民、江西人民对祖国繁荣昌盛国泰民安的美好祝愿。

"从井冈山中心广场到红军剧场，再到神山村，在改革开放40年后的第一个春天，春晚井冈山分会场的节目，展现出井冈山儿女不忘初心、牢记使命永跟党走的精神面貌，展现出井冈山革命老区所发生的翻天覆地的变化。尤其是糍粑舞这个节目，其实就来源于神山村传统的打糍粑民俗，只是经过了艺术的加工，反映了糍粑越打越黏、日子越过越甜的群众心声，我看得是热泪盈眶热血沸腾啊！"彭展阳一脸灿烂的笑容。

"过新年，打起糍粑过新年，龙舞欢腾就笑开颜，龙舞欢腾就笑开颜……"伴随着春晚井冈山分会场的轻快音乐，电视屏幕上出现这样的喜庆画面：

神山村部挂起一盏盏亮堂堂的红灯笼，前面的小型广场上，村民欢快地舞起了龙灯，打起了糍粑。璀璨多姿的烟花，一朵朵绽放在山乡的夜空……

2019年神山村的除夕之夜，注定是一个欢快之夜，一个幸福之夜，一个不眠之夜。

"草长莺飞二月天，拂堤杨柳醉春烟"，2019年3月下旬，我们踩着一路花香、一路鸟鸣、一路春风第六次来到神山村。一去，就听闻一个喜讯：

井冈山市神山村旅游有限公司入驻神山村后，为全村共231人代缴了新农合新农保共10多万元，减轻了村民的负担。更重要的是，公司从2019年开始正式投产神山村糍粑，不仅包装精美，而且包含枇果、椰丝、抹茶等各种味道，预计到年底，至少可产糍粑 250 万公斤。陈学林在为神山糍粑代言中讲道：

"昔日红军粮，今朝致富宝。

"你一棒，我一槌，捣成了可口香软的糍粑。白如雪，拉如丝；一棒接一棒，一槌连一槌，捣出糍粑做成的歌谣，唱出神山脱贫的希望，唱响百姓甜美的生活。您的每份贡献，助力神山贫困群众两元分红。

"糍粑越打越黏，日子越过越甜！神山糍粑，你舌尖上的美味！"

这意味着神山村最有特色、最具"乡愁"的小吃，开始走出大山，走向全省乃至全国、全世界。只要有华人的地方，就应该有中国的美食，有乡愁的味道、妈妈的味道、爱的味道。通过当地公司与农户的合作，我们坚信：

神山村将来一定有越来越多的特色小吃从乡村走向城市的超市与餐桌，飞入世界各地华人居住的场所，成为人见人爱的"香饽饽"。神山村"糍粑越打越黏，日子越过越甜"的阆苑胜景，也将通过各种形式展现在全国人民乃至世界人民的面前！

神山的笑脸

神山村扶贫大事记

(2005 至 2019 年)

2005 年，完成进村主干道硬化。

2006 年，完成村部修建。

2015 年，井冈山市科协挂点神山村开展扶贫工作。

2016 年 2 月 2 日，习近平总书记来到神山村视察，并发表了《在全国建小康社会的征程中，不落下一个老区群众》的重要讲话。

2016 年 2 月中旬，吉安市委办脱贫攻坚工作队进驻神山村。

2016 年，中国井冈山干部学院将神山村列为社会实践点。

2016 年 4 月，组建神山村旅游协会。

2016 年 6 月，完成神山村安居工程建设。

2017 年 2 月，神山村所在的井冈山市在全国贫困县中率先脱贫"摘帽"。

2017 年 3 月，完成神山广场建设。

2017 年 8 月，神山村举办首届黄桃节。

2017 年 9 月，神山村被评为"2017 年中国美丽休闲乡村"。

2017 年 11 月，神山村获评第五届"全国文明村镇"。

2017 年 12 月，神山村被认定为江西省 4A 级乡村旅游点。

2018 年 1 月，神山村党支部换届，选举出新一届支委班子。

2018年3月,神山村民左香云出席第十三届全国人大会议,亮相首场代表通道,接受中外记者采访。

2018年5月,井冈山市好客神山乡村旅游有限公司注册成立。

2018年7月,神山村获评第七批"全国民主法治示范村(社区)"。

2018年,进村主干道再次拓宽,完成"白改黑"升级改造。

2018年10月,神山村民彭夏英荣获全国脱贫攻坚奋进奖。

2018年10月,神山村民彭夏英出席中国妇女第十二次全国代表大会。

2019年2月,神山村群众参加央视《2019年春节联欢晚会》合唱节目。

2019年6月,井冈山市神山村商务服务有限公司注册成立。

2019年12月,神山村被评为"国家森林乡村"。

2019年12月,神山村被评为"全国乡村治理示范村"。

后　记

　　从 2018 年上半年到 2019 年上半年，接近一年的时间，我们一直来回穿梭在吉安这座城市和神山这座山村之间。

　　这个世界，除了城市，还有另一个隐藏秘密的地方，那就是乡村，它无疑是另一种人间烟火。

　　神山，是跌落在大山深处的一块璞玉。它历经战火与岁月的淘洗，依旧光彩夺目，熠熠生辉。

　　黄端初、彭水生、黄承忠、彭展阳等，他们是这一方水土的基层干部；陈学林、刘美仁、康莉、杨烨等，他们是基层的帮扶干部；左秀发、赖福洪、赖福山、胡玉保、左细英、彭夏英、张成德、左香云、赖国洪、李石龙、赖发新、罗林辉、赖志鹏、赖伯芳等，他们是淳朴善良而又勤劳坚强的村民。

　　是这些人的默默坚守和无私奋斗，才让神山村——这个谦卑而生生不息的村子，这块隐藏在大山深处的璞玉，被习近平总书记深情牵挂，被无数中国人深情惦记，被大千世界所关注。

　　说实话，最先去神山采访，我们和神山还并没有"身心交融"，我们只看到其表象：

　　蜿蜒盘旋的柏油马路、装扮一新又错落有致的民居、竹团箕上书写的红漆标语、新添置的大水车、打糍粑的石臼、村子四周的碧绿竹林、新栽的黄桃树、规整的茶园、小型停车场，还有经常发生思维碰撞、智慧闪光的神山大讲堂,游客啧啧赞叹的农家乐,等等,纯粹一个美丽乡村的形象,跟全国各地的美丽乡村示范点大同小异。

而真正深入进去,是在我们和一个个采访对象进行推心置腹的交谈之后。其实,大部分的采访对象,都愿意把心里话像倒豆子一样,不设防地全部说给我们听。

这时候,我们觉得笔下的神山变得"有感情"了。神山不再是粗线条的、抽象的、板着面孔的,而是立体的、具象的、鲜活的,它弥漫着生命的温度与真情的芬芳。它对我们来说,是一辈子都忘不了的地方。那些神山的乡亲们,也就成了我们山里的"远房亲戚"。

在采访中,五保户王青阳严重耳聋,红卡户葛湘村也是聋哑人。我们通过一些简单的手势和嘴型,尝试与他们"聊天"。我们十指并用,有时还动用脑袋和双脚,但似乎还不够,于是恨不得马上找到老师进修"哑语",好让彼此的沟通自由快乐、畅通无阻。

在采访中,彭夏英年过九旬的老母亲谢福庄,一直用诧异和警觉的眼神盯着我们。这个一生最远只到过附近龙市镇的老太太有些老年痴呆,总以为还是中华人民共和国成立初期的"剿匪"时期。那个时代的紧张、焦虑的情绪仿佛一颗种子,已经深深地埋藏在她的心房。一旦有人多话杂热热闹闹的场面,便会激活她存放在心头的经年往事。开始那几天,谢福庄老太太总是用木然且带点惊惧的眼神,偷偷观察我们手中的照相机和采访本。后来慢慢混熟了,又经她女儿女婿的一再解释,她终于会和我们点头示意了。更让我们惊喜的是,离别时,谢福庄居然默许我们跟她合影留念。

六十多岁的王青阳一辈子没有成家，除了吃饭睡觉，几乎都跟着我们。他先是神情紧张，到最后频频向我们竖起大拇指，有时还绽放明媚的微笑。王青阳向我们竖起大拇指时，他一定相信，我们可以把他心中的神山写美、写活，我们有能力写出他的心声。

第一次看到偌大的房子只有王青阳一个人居住，回城后，我们还一直惴惴不安，怕他清寂无助，怕他孤单无援。又一次去采访，看到王青阳家有扶贫干部捐赠的厚厚棉被及其他物品时，我们悬着的一颗心才轻轻放下。

精准扶贫，就是要扶贫干部进村入户，与贫困户手拉手、心连心，让贫困户吃穿不愁，心灵有慰藉，老了有靠山，病了有保障。这才是真扶贫，扶真贫。

每个人心中，都有一个自己的故乡。行走在神山的小路上，就好像抵达内心深处的故乡。

在神山，面对漫山遍野的竹子，我们总觉得颜色比别处更翠绿，更有情致；倾听潺潺流水，总觉得声音比别处更圆润，更能拨动心弦。

"脚下有泥土，心中有群众，笔下有真情。"

说实话，在钢筋水泥组成森林的城市待久了，很难勾起我们的情感波澜。但随着一次次深入神山采访，我们一次次对这里的一花一草、一沟一壑、一人一屋、一鸡一犬、一鸟一鱼、一石一木等不由自主地产生强烈的共鸣。

神山村，藏在大山深处的神山村！忘不了的神山村！越来越美的神山村！我们的神山村！

我们惊叹神山的风景，是一种"养在深闺、欲语还休"的神秘幽邃，是一种"清水出芙蓉、天然去雕饰"的清新恬静，是一种"柳暗花明、九曲回环"的跌宕奇观。

采访文字中，我们写了神山村的生态之美、建筑之美、山歌之美、小吃之美和民俗之美，就是想让更多的游客来魅力神山做客，把神山村的旅游做实、做强，让老百姓从"乡村旅游＋精准扶贫"有机融合这一新型模式中得到实实在在的利益，让乡村旅游业成为增加农民收入最现实、最直接、最有效、最可持续的支柱产业。

我们感慨神山的群众，他们对逆境的态度、对苦难的包容；他们憨厚的笑脸、真挚的情感；他们对新生事物的好奇、对知识的渴求；他们对世界的感恩、对人性之善与人格之美的坚守。他们让我们无比敬重。

他们就像这里的大山，仰之弥高；他们也像这里的小吃，百品不厌；他们更像这里的山泉，活力迸发。

我们，还有什么理由不去想尽一切办法，调动一切资源，展现一切才情，将神山的天地万物与可爱可敬的群众记录下来？

过去的日子，苦吗？苦不堪言。过去的生活，累吗？筋疲力尽。过去的挫折，多吗？多如牛毛。过去的负担重吗？重如千钧。

可是，神山人还是顺着四季的脉络，顺着山水的节奏，顺着生命的鼓点，走过来了，挺过来了，活过来了。

采访中，我们一次次被神山人的坚韧不拔和坚强不屈所感动。同时，感动我们的，还有那些默默无闻的扶贫干部。

路修了，灯亮了，家美了，心乐了。考验一个地方的扶贫成绩，不是用简单的表格，而是要在"精准"上下功夫。用老百姓的笑脸说话，用老百姓的口碑说话，用老百姓的幸福指数说话。

习近平总书记强调，脱贫攻坚工作要实打实干，不搞花拳绣腿，不做表面文章。

采访中，第一书记陈学林、驻村干部杨烨等扶贫干部，都能随口准确说出每家的实际情况和家庭收入，我们对此深深感佩。

把群众放在心上，群众才会把扶贫干部当亲人。用心、用情、用爱、用力去做好扶贫攻坚工作，是天下难事，却是神山的大事，急慢不得、敷衍不得、简单不得。

采访中，当看到神山村民的新房子、新汽车、新家电、新手机、新打扮、新作为时，我们猛地觉得：

再也不能用老眼光、老思路，去看待神山等全国许许多多经过精准扶贫历练的小山村了。

诸多外力的强劲帮扶，以及村民内生动力的自觉迸发，让曾经封闭落后的小山村"改头换面"，焕发生机；让曾经的贫困户"破茧化蝶"，从外表直至骨子里面，都发生质的变化。

在我们的梦里，经常有神山的影子在晃动。这个群山环绕的小山村，成了我们心中"邮票般大小"的另一个故乡。

采访中，我们感觉神山一年四季都在演绎着传奇。我们更坚信：

神山去年是一个样子，今年一定会有新样子，明年当然会有更大的变化。

神山，还有很多梦没有实现。

它前进的脚步，永远不会停止。来年，春暖花开的时节，我们还会再来。

一本书的问世，凝结了无数人的心血。江西省委宣传部、江西省作家协会、吉安市委宣传部、吉安市委讲师团、吉安市文联、吉安市作家协会、井冈山市委宣传部、井冈山市茅坪乡人民政府、井冈山市新城镇人民政府等单位，对我们的采访创作、宣传推介给予了大力支持，在此深表感谢。

由于篇幅有限，我们不能对神山村的所有村民以及所有扶贫干部、村干部都留下笔墨，实属遗憾。

由于水平有限，本书难免出现遗漏、不足之处，恳请大家提出宝贵意见。

愿借和风吹得远，家家门巷尽成春。

感谢美丽好客的神山，感谢所有亲爱的朋友们！

编著者简介

主编： 刘伟

高级编辑，光明日报社原副总编辑，中南大学中国村落文化研究中心教授，太和智库高级研究员。曾任人民日报社西藏站、山西站负责人，新华社西藏分社、山西分社社长，新华社人事局局长。出版小说集《等待蓝湖》，长篇散记《苍茫西藏》，长篇纪实《十一世班禅坐床记》等多部作品。

副主编： 纪红建

文学创作一级，中国报告文学学会理事、青年创作委员会副主任。著有长篇小说《家住武陵源》，长篇报告文学《乡村国是》《哑巴红军传奇》等二十余部。获第七届鲁迅文学奖、第十五届精神文明建设"五个一工程"奖特别奖、第二届"茅盾文学新人奖"等，系中宣部"宣传思想文化青年英才"。

作者： 曾绯龙

吉安市文联副主席，中国散文学会、江西省作协会员。出版《大珠小珠》《庐陵映象》《千年鸟道》等作品，主编《永新红色历程》，在《人民日报》《光明日报》《散文选刊》等报刊发表文学作品120多万字。曾获全国优秀文艺志愿者、第三届全国"书香之家"等称号。

作者： 张昱煜

江西省作家协会会员，吉安市作协副主席。出版《己心温暖》,《扶贫路上的追梦少年》（合著）《千年荣耀：庐陵文化精粹》《吉州民俗》等多部作品，参与编辑出版《迁徙》《品读井冈山》《老城·吉安》等书籍。获第二届"吴伯箫散文奖"优秀奖，第七届井冈山文学奖。

图书在版编目（CIP）数据

神山梦圆/曾绯龙，张昱煜著. —长沙：湖南教育出版社，2020.6
（十村记：精准扶贫路／刘伟主编）
ISBN 978-7-5539-7573-3

Ⅰ.①神… Ⅱ.①曾… ②张… Ⅲ.①报告文学—中国—当代 Ⅳ.①I25

中国版本图书馆 CIP 数据核字（2020）第 094780 号

十村记：精准扶贫路——神山梦圆
SHI CUN JI：JINGZHUN FUPIN LU——SHENSHAN MENG YUAN
曾绯龙　张昱煜　著

总策划	黄步高　刘新民　黄永华　徐　为
策　划	杨　宁
出版统筹	杨　宁　徐夏楠
责任编辑	张　洵
特约编辑	周　曒
装帧设计	肖睿子
责任校对	任　娟　王怀玉
出版发行	湖南教育出版社（长沙市韶山北路443号）
网　址	www.hneph.com
微信号	湖南教育出版社
电子邮箱	hnjycbs@sina.com
客服电话	0731-85486727
经　销	湖南省新华书店
印　刷	湖南省众鑫印务有限公司
开　本	710 mm×1000 mm　16 开
印　张	17
字　数	194 000
版　次	2020 年 6 月第 1 版
印　次	2020 年 6 月第 1 次印刷
书　号	ISBN 978-7-5539-7573-3
定　价	68.00 元

本书若有印刷、装订错误，可向承印厂调换